dtv
Reihe Hanser

Seltsam finden seine Klassenkameraden Mingo schon: Er raucht nicht, trinkt nicht und schmeißt keine Pillen ein. Mit dem kann ja was nicht stimmen. Tut es auch nicht. Mingo ist verliebt. In Isa. Eines Tages ist Isa verschwunden, was keinen außer Mingo zu interessieren scheint. Er macht sich auf die Suche und findet sie schließlich, verstört und eingeschüchtert. Eine kurze Zeit des Glücks erleben sie miteinander, bis etwas Schreckliches passiert ...

Friedrich Ani wurde 1959 in Kochel am See geboren. Er arbeitete als Kulturjournalist, Polizeireporter und Drehbuchautor für die Fernsehserien ›Tatort‹, ›Ein Fall für zwei‹ und ›Faust‹. Heute lebt er als Schriftsteller in München.

Friedrich Ani

Durch die Nacht, unbeirrt

Roman

Deutscher Taschenbuch Verlag

Ungekürzte Ausgabe
In neuer Rechtschreibung
Mai 2002
Deutscher Taschenbuch Verlag GmbH & Co. KG,
München
www.dtv.de
© 2000 Carl Hanser Verlag München Wien
Umschlag: Peter-Andreas Hassiepen unter Verwendung
eines Fotos von Jörg Koopmann
Satz: Fotosatz Reinhard Amann, Aichstetten
Druck und Bindung: Druckerei C. H. Beck, Nördlingen
Gedruckt auf säurefreiem, chlorfrei gebleichtem Papier
Printed in Germany · ISBN 3-423-62099-4

Da ruft einer und schreit:
Hochherrliche Zeit!

Ich bin blank und bloß.
Aber mein Engel ist groß.

Ich bin arm und bleich.
Aber mein Engel ist reich.

Jesse Thoor, »Im Dezember«

Erster Teil

1

Plötzlich eine heisere Stimme

Als er ihn zum ersten Mal sah, erschrak er, und dieser Schrecken war das Glück. Er war erschrocken und glücklich zugleich, überwältigt von unbändiger Freude, die ihn zwang, wie angewurzelt stehen zu bleiben, den Atem anzuhalten und etwas Seltsames zu tun: Er schaute sich um. Er schaute sich um, weil er plötzlich glaubte, heimlich beobachtet zu werden. Das war unsinnig, denn er wusste, dass außer ihm niemand den Weg von der Hauptstraße, wo seine Kollegen ihre Autos geparkt hatten, bis zu diesem Teil des Waldes gegangen war. Er war der Einzige gewesen, der sich abgeseilt hatte, weil er seine Ruhe haben und den schrecklichen Anblick loswerden wollte, der sich ihm vor einer halben Stunde im Unterholz geboten hatte. Keiner seiner Kollegen von den anderen Zeitungen und vom Fernsehen, keiner der vielen Polizisten, die den Fundort der Leiche abriegelten, die ein Jogger vor einer Stunde zufällig entdeckt hatte, war ihm gefolgt. Vielleicht hatten sie sein Verschwinden nicht einmal bemerkt. Und dennoch konnte er nicht anders als ruckartig den Kopf zu drehen und zwischen den Bäumen hindurch ins diffuse Morgenlicht zu starren. Farne, Sträucher, abgeknicktes Gehölz, Erdhügel und giftige Beeren, aber nirgends ein Mensch, nicht einmal ein Tier, kein Vogel weit und breit, kein Eichhörnchen, kein Käfer. Als wäre der Wald ausgestorben und zum Stillstand gekommen. Während dieses Augenblicks, als er sich umschaute und in die

Richtung blickte, aus der er ziellos bis hierher gelangt war, gehörte die Gegenwart vollkommen ihm, er war ihr Mittelpunkt und ihre Quelle, die kühle Tannennadelluft floss ihm wie sein eigener Atem durch die Nase und in den Mund, und er ballte die Fäuste und spürte eine Kraft wie noch nie. Für die Dauer dieses Blicks kam er sich vor wie der Allmächtige und es dauerte Tage, bis er begriff, was ihn in diesen Zustand versetzt hatte.

Dann wandte er sich wieder um und schaute zu dem Jungen hinauf, und dieser, ebenso erschrocken, schaute zu ihm herunter. Und der Mann machte einen Schritt auf den Baum zu, in dessen Geäst der Junge hockte, der sich jetzt weiter nach vorn schob. Sofort blieb der Mann stehen. Nicht springen, auf keinen Fall springen! Der Mann ließ ihn nicht aus den Augen. Und nach der ersten gleißenden Begegnung ihrer Blicke senkte der Junge den Kopf und starrte nach unten, wo eine massige Baumwurzel aus der schwarzen Erde quoll.

Er hockte in ungefähr zwei Meter fünfzig Höhe auf einem Ast, die Arme vor der Brust verschränkt, die Beine aneinander gepresst, und rührte sich nicht. Er hatte blonde, struppige, ungewaschene Haare, ein schmales blasses Gesicht mit einer breiten Nase und verschattete Augen. Sein linkes Ohr stand schräg ab und an seinem Hals klebten Reste von Lehm und Rinde. Seine rote Jeansjacke war an der Schulter aufgerissen und weiße Fäden hingen heraus, die olivgrüne Militärhose war ihm zwei Nummern zu groß, und seine Füße steckten in abgetretenen verdreckten Turnschuhen, auf denen jedoch das *Nike*-Emblem noch deutlich zu sehen war. Der Mann schätzte ihn auf vierzehn, später erfuhr er, dass er sechzehn war. Er saß da oben, zwei Meter fünfzig über dem Boden, was nicht sehr hoch war, aber er durfte nicht springen. Auf keinen Fall, dachte der Mann die ganze Zeit, darf ich zulassen, dass er springt!

Also begann der Mann zu reden, über Sachen, die er in den vergangenen Tagen erlebt und eigentlich vergessen hatte, über seine Arbeit und seine Kollegen, über das Einerlei, das er unsinnig und zunehmend lächerlich fand und dem er seit Jahren ausgesetzt war und sich hingab, als hätte es eine tiefe Bedeutung und irgendeinen verborgenen Sinn, den er nicht verstand. Und er verscheuchte das Licht und die finsteren Geräusche, er redete über einen fernen Glockenschlag hinweg und synchronisierte das Krächzen der Krähen, sprach über die Ereignisse in diesem Wald, über die verstümmelte Leiche, die er gesehen hatte, über die Geschichte, die er als Journalist schreiben würde, die Vermutungen, Gerüchte und die üblichen Erklärungen der Kriminalpolizei, und er redete immer weiter, bis er plötzlich innehielt. Da war eine zweite Stimme, ein heiseres Raunen und Stammeln, das nicht aufhörte.

Und so erfuhr der Mann, der Andras Kettelbach hieß, wer der Junge war, der ihm jetzt, ganz unerwartet und mit dünner, wackliger Stimme, von den Scherben seines Lebens erzählte.

Und später umarmten sie sich, und der Mann drückte den schlotternden Körper des Jungen an sich und hörte ein Herz, das trommelte, und spürte Finger, die sich in seinen Rücken krallten.

Und heute, fünf Wochen später, sitzt Andras Kettelbach allein an einem Tisch, und draußen ist Musik, und Leute singen laut, und unaufhörlich scheint die Sonne. Und an seinem Platz am Fenster denkt er an einen Jungen namens Mingo.

Und sein Schweigen ist ein Tanz von übermütigen Gedanken.

2

Franziska schreibt Geld in den Wind und wartet

Alle zwei Minuten stand sie auf, stützte sich auf dem Tisch ab, den sie mit Moosröschen in einem bauchigen Glas und blauen, kunstvoll gefalteten Servietten dekoriert hatte, und ging zum Fenster. Sie schob die Gardine beiseite und schaute hinaus auf die Weißensteinstraße. Die Straßenlampe beleuchtete das neue saubere Auto der Erlingers, ein Audi oder Opel, sie war sich nicht sicher, jedenfalls metallic, wie ihr Herr Roeder erzählt hatte oder ein anderer ihrer Nachbarn, die sie nicht besonders leiden konnte, weil sie dauernd Fragen stellten und sie nötigten, tatsächlich zu antworten und nicht nur irgendetwas zu sagen, was Freundliches, was Schnelles; sie fühlte sich von ihnen gezwungen zu lügen. Und das Seltsame und geradezu Ärgerliche für sie daran war, dass sie aus einem Grund, der ihr völlig unverständlich blieb, nicht anders konnte als um die Wahrheit herumzulügen. Sie brachte es nicht fertig, einfach eine erfundene Antwort zu geben, einfach etwas zu sagen, das ihr gerade in den Sinn kam, und so die Neugier ihrer Nachbarn zu befriedigen. Stattdessen antwortete sie auf die Frage von Frau Schindlbeck, ob Eddi, ihr Mann, noch immer wegen seiner Bandscheiben in der Klinik sei, mit der Aufrichtigkeit einer beichtenden Katholikin, die ein wenig schummelt, weil sie sich schämt.

»Es geht ihm schon wieder besser, er muss sich noch schonen.«

Tatsächlich hatte Eduard, den jeder Eddi nannte, auch wer ihn nicht näher kannte, ein paar Tage im Pasinger Krankenhaus verbracht, nachdem er in der Bahnhofsgaststätte laute Reden geschwungen hatte und von seinem Freund, dem betrunkenen Hubert, zusammengeschlagen worden war. An der Bandscheibe hatte es Eddi noch nie gehabt, eher an der Leber und am Magen, aber deswegen würde er keine Minute in einem Krankenhaus verbringen.

»Hat Eddi sich das Rauchen abgewöhnt?«

»Er achtet auf seine Gesundheit«, sagte Franziska, als sie von Frau Fuchs an der Haustür abgepasst wurde. Und das war fast wahr. Im Krankenhaus hatte Eddi starken Husten bekommen, der ihn derart schüttelte – beutelte, wie Franziska sagte –, dass ihm die Zigarette beim Anzünden aus der Hand fiel. Das ärgerte ihn unglaublich, und er verzichtete ein paar Tage aufs Rauchen, was er seit seinem siebzehnten Lebensjahr nicht mehr getan hatte.

Warum hatte sie nicht einfach den Kopf geschüttelt und abgewunken an der Haustür: Natürlich raucht er wie ein Schlot wie eh und je, warum hatte sie sich in ein Gespräch verwickeln lassen, das aus nichts anderem als aus versteckten Fragen und hinterhältigen Kommentaren bestand? Wieso hatte sie überhaupt zugegeben, dass ihr Mann im Krankenhaus lag, wen ging das was an, und wieso hatte sie nicht einfach gesagt, Eddi sei wieder unterwegs, irgendwo Richtung Berlin oder Hamburg, bei der Arbeit, wo sonst? Wieso hatte sie dauernd das Bedürfnis, wenigstens ein bisschen ehrlich sein zu müssen, auch wenn sie sich damit in verzwickte Situationen brachte? Sie musste sich ihre Antworten vom Vortag merken, um an ihre alte Geschichte anknüpfen zu können, damit die anderen keinen Verdacht schöpften. Wieso musste sie das? Und was sollte das heißen: damit die anderen keinen Verdacht schöpften? Nichts anderes taten sie doch den ganzen Tag, verdächtigten jeden, der ihnen über den Weg lief, wegen irgendetwas. Verwickelten einen in ein Gespräch, in dem man sich wie in einem Fernsehquiz vorkam, bei dem es allerdings nichts zu gewinnen gab, man konnte nur verlieren. Und das Ganze hieß dann nachbarschaftliche Fürsorge. Sie war froh, wenn sie morgens aus dem Haus kam, ohne mit einem ihrer Nachbarn sprechen zu müssen.

Eddi hatte ihr schon vorgeworfen, sich abzukapseln und abweisend zu allen Leuten zu sein. Aber das war sie nicht, da ließ sie sich nichts einreden, auch nicht von Eddi, mit dem sie seit sechzehn Jahren verheiratet war und auf dessen Meinung sie was gab. Sie war nicht abweisend, sie war nur kein Mixer, in den man alles Mögliche hineinpressen und dann vermanschen konnte, bis es gut schmeckte und alle zufrieden waren. Sie war eher verschlossen und von Natur aus etwas mürrisch und nicht im Geringsten quirlig und leichtsinnig, und sie hatte vor vielen Jahren aufgehört sich den Kopf darüber zu zerbrechen, wieso sie so geworden war. Bei ihrer Arbeit, im Supermarkt, wo sie den Kunden frisch gepresste Fruchtsäfte als Service des Hauses anzubieten hatte, nahmen die Kolleginnen ihre Wortkargheit in den Pausen längst kommentarlos hin und stellten nur noch selten Fragen.

Manchmal, so schien es Franziska, konnten die Menschen sagen, was sie wollten, so freundlich und sanft wie nur möglich – sie glaubte ihnen einfach nicht, sie glaubte nicht, dass sie wirklich an ihr, Franziska Border, interessiert waren, an ihr als Person, als Frau, als Bekannte, als Einzelne. Sondern dass die Menschen nur Stoff für neue Pausen suchten, in denen es nicht still sein durfte, und dass sie, Franziska, nur ein Vehikel war, mit dem die anderen ihr Leben am Laufen hielten und ihr Bedürfnis nach Gemeinschaft stillten, die nichts als Einbildung war. Ich bin ungerecht, sagte sich Franziska dann und war froh, dass sie unter Leuten war und von ihnen geduldet wurde, ihrer unverbesserlichen Schroffheit und Einsilbigkeit zum Trotz. Es war ihr dann angenehm, ihnen zuzuhören, jedenfalls eine selbstbestimmte Zeit lang.

Sie hörte Schritte auf der Straße und trat ein Stück zurück, damit man von draußen nicht sehen konnte, dass sie hinter der Gardine stand. Beobachtet zu werden, empfand sie als demütigend. Gelegentlich musste sie sich ermahnen, nicht vor Mingos Zimmer zu lauschen oder heimlich in die Nähe der Schule zu fahren, um zu kontrollieren, ob er wieder rauchte oder Alkohol trank oder sonst was tat, was verboten war. Und manchmal konnte sie sich einfach nicht beherrschen und hielt ihr Ohr an die Tür oder borgte sich das Auto ihrer Kollegin Tamara und fuhr damit so unauffällig wie möglich vor die Schule. Hinterher bereute sie es und war nahe daran, Mingo die Wahrheit zu sagen.

Jetzt wünschte sie, sie wäre heute in die Schule gefahren und hätte ihren Sohn abgeholt und er hätte sich gefreut und wäre gern mit ihr gekommen. Sie wünschte, sie hätte in jüngster Zeit mehr auf ihn geachtet, sein Verhalten besser beobachtet und jedes Wort seiner spärlichen Sätze auf die Goldwaage gelegt. Jetzt wünschte sie, ihm wäre bewusst, wie sehr sie sich sorgte, und er hätte Nachsicht mit ihr und würde sie nicht so oft alleine grübeln lassen.

Vorsichtig zog sie die Gardine beiseite, um besser sehen zu können. Aber da war keiner mehr. Die Schritte waren verklungen und niemand war an der Tür.

Sie ließ die Gardine los und blieb reglos stehen. Die

Straßenlampe beschien noch immer das glänzende Auto der Erlingers, wie in einem Werbespot, und Franziska drehte sich um, weil ihr die blöde Karre auf den Wecker ging.

Es war der zwölfte April und Abend geworden. Mingo hatte versprochen, heute ausnahmsweise pünktlich zu sein, am Geburtstag seiner Mutter.

Sie setzte sich wieder an den Küchentisch und trank Doppelwacholder gegen das Alleinsein.

»Wie war's bei den Eichhörnchen?«, grölte Daniel und zog an der Camel. Sie hingen im Pasinger S-Bahndurchgang rum und tauschten Zigaretten und Pillen. Konstantin, Martin, Lobo und Jule bildeten den inneren Kreis um die Schaltzentrale Daniel. Mingo hatte nie richtig dazugehört, ein paar Mal war er dabei gewesen, als sie nachts durch die Straßen zogen und Leute erschreckten, aber schon bald fing er an, sich auszuklinken und Bücher zu lesen und in den Wald zu gehen und keinen Alk mehr zu trinken. Sie wurden nicht schlau aus ihm, und der Grund, warum sie ihn trotzdem weitgehend in Frieden ließen und ihm nicht ausführlich ihre Meinung eintrichterten, wie sie es bei anderen aus der Schule machten, lag darin, dass Mingo und Konstantin im selben Haus aufgewachsen waren und praktisch ihr ganzes bisheriges Leben zusammen verbracht hatten. Konstantin war der Einzige, der sich noch nie über Mingos schräges Ohr lustig gemacht hatte, und er war der Einzige, der fand, dass sich Mingo so oft und so lange im Wald verkriechen konnte, wie er wollte, und wenn er lieber ein Buch las statt mit ins Kino zu gehen, war das okay. »Hast du 'n Schuss?«, blökte Daniel dann jedes Mal und die anderen vermuteten, dass Mingo im Wald ein Mädchen traf, für das er sich schämte. »Ja, oder einen Jungen!«, grölte Daniel und Konstantin zeigte ihm dafür den Effe. Solange Konstantin seine holländischen Connections hatte und regelmäßig bunte Pillen besorgte, war er für Daniel, den großen Verteiler, unantastbar, und dieser akzeptierte das. Der Warmduscher Mingo, der auf einmal keinen Alk mehr anrührte und kein Fleisch mehr aß, aber dafür an Kaufmanns Isa rumfingerte, war Daniel sowieso total egal.

»Ich muss mit dir reden, Konny«, sagte Mingo zu Konstantin und Jule meinte: »He, seit wann kannst'n du reden?«

»Was is?«, fragte Konny. Sie waren ein paar Meter in Richtung Eingangshalle gegangen und Daniel grinste durch die Gegend.

»Hast du Isa gesehen?«, sagte Mingo.

»Nö.«

»Sie war nicht in der Schule.«

»Die ist doch dauernd nicht da.«

»Ihre Mutter hat gesagt, sie ist in die Stadt gefahren, was einkaufen.«

»Ja und?«, sagte Konny. Er war einen Kopf größer als Mingo, kräftig, und roch nach abgestandenem Zigarettenrauch.

»Wir waren aber verabredet«, sagte Mingo und schaute seinem Freund in die Augen. Seine blonden fettigen Haare klebten ihm am Kopf und Konny kam es so vor, als würde das linke Ohr noch weiter abstehen als sonst.

»He, mit deinem Ohr stimmt was nicht«, sagte er und grinste. »Sieht aus, als würd's jeden Moment wegfliegen, echt!«

»Wo kann die nur sein?«, fragte Mingo und seine

Stimme wurde lauter. »Ich hab auf sie gewartet vor dem *Blue Nile*, aber sie ist einfach nicht gekommen ...«

»Alter! Die Maus ist cool, die taucht schon wieder auf. Jetzt komm wieder runter von deinem Trip. Seit du keinen Alk mehr trinkst, ist irgendwas anders bei dir. Was is'n mit deiner Jacke passiert? Bist du wieder tarzanmäßig im Wald rumgeklettert?«

An der roten Jeansjacke war ein breiter Riss quer über die Schulter.

»Bin am Zaun hängen geblieben«, sagte Mingo und blickte in Richtung S-Bahnaufgang, wo Leute die Treppe herunterkamen. Das Mädchen, nach dem er Ausschau hielt, war nicht dabei.

»Was'n für'n Zaun?«, sagte Konny und kramte in seiner ausgeleierten Jeans nach den Marlboros, die er in einer der Taschen gebunkert hatte. Die Hose schlotterte ihm um die Beine.

»Der hinterm *Sunrise*, die verdammten Köter waren auf einmal da.« Mingo kniff die Augen zusammen und ein kalter Schauer zog plötzlich über seinen Rücken, er spürte ihn so stark, als wäre er nackt.

»Die Doberjungs? Scheiße. Was wolltst'n in dem Laden?« Endlich hatte er eine Zigarette gefunden, steckte sie sich in den Mund und suchte nach den Zündhölzern.

»Isas Mutter sprechen! Die hat mich angelogen, das hab ich gemerkt, und dann wollt ich hinterm Haus nachsehen, in dem Schuppen, wo die Tür immer verriegelt ist ...«

»Vergiss es!«, sagte Konny. Die Zigarette brannte und er blies den Rauch durch die Nase.

»Glaubst du, das stimmt, dass sie mit Typen rummacht, wie alle sagen?«

»Keine Ahnung, Alter. Interessiert mich auch nicht.«

»Mich aber!«

Konstantin winkte ab.

»Ihr seid alle beknackt!«, sagte Mingo. Dann wischte er sich übers Gesicht, blickte wieder zum Durchgang und sagte leise: »Wo kann die bloß sein? Die versetzt mich doch nicht.«

»So fängt's immer an, Alter!«, sagte Konny. Er wandte sich um und sah zu seinen Freunden hinüber, die sich in einem Laden frisches Bier geholt hatten. Er hatte auch Durst. Von den Pillen kriegte er immer einen Höllenbrand. »He, hast du nicht gesagt, deine Mutter hat heut Geburtstag? Was machst'n dann noch hier?«

»Ich geh nicht nach Hause.«

»Los, dann trink was mit uns und vergiss deinen Trip mit der Isa, vergiss die Kleine, los, komm!«

»Sie ist verschwunden!«

»Na und?«, sagte Konny, schlug seinem Freund gegen die Stirn und schlurfte in seiner riesigen Jeans, deren ausgefranste Beine über den Boden scheuerten, zum Laden, vor dem die andern standen.

Mingo schaute noch einmal in ihre Richtung, dann auf seine Swatch und strich sich die Haare aus den Augen. Er fühlte sich betrogen und er wusste nicht wieso und er wusste nicht, was tun dagegen. Und das ärgerte ihn maßlos, das machte ihn zornig, unglaublich zornig.

Er war so zornig, dass er nahe dran war, rüberzugehen und sich ein Bier zu kaufen, das erste seit sechs Wochen.

Die andern glotzten ihn an, und das konnte er nicht leiden, wenn man ihn anglotzte. Er stand da und kam nicht vom Fleck. Ihm war kalt, eiskalt. Jemand stieß einen Pfiff aus, wahrscheinlich Daniel. Der hielt ihn für einen *Straight Edger*, für einen dieser turbodämlichen Mönche, die es schräg fanden, keinen Alk zu trinken, kein Fleisch zu essen, keine Pelze anzuziehen und nicht mit Mädchen rumzumachen. Aber so einer war er nicht. Was er machte, das machte er für sich allein, das ging nur ihn was an, das war seine Sache, da brauchte er keine Parolen dazu, und er redete auch nicht drüber wie diese Labersäcke, die sich irrsinnig wichtig vorkamen. Er war nicht wichtig, er wollte einfach seine Ruhe haben. Und wenn er kein Fleisch mehr aß und keinen Alk mehr trank, dann deswegen, weil er das so wollte, er, niemand sonst, und erst recht nicht einer dieser *Edger*, die sich bloß in der Gruppe stark fühlten. Wenn man so einen mal allein traf, was schwierig genug war, dann laberte der Typ dämlich rum und erzählte irgendeinen Müll von wegen geschundenen Masthühnern und verseuchtem Schweinefleisch, und es hörte sich an wie von einem Politiker vor der Wahl.

Wieso war er überhaupt noch hier, was wollte er von diesen Losern? Okay, Konny war eine Ausnahme ... Wieso war er nicht bei seiner Mutter, die hatte heute Geburtstag, den wievielten eigentlich? Egal. Er war sowieso nicht bei ihr. Sondern hier. Er wollte endlich weg, aber er kam nicht von der Stelle. Er dachte an Isa und daran, wie sie ihn gestern geküsst hatte, mit ihren weichen Lippen und ihrer weichen Zunge, und die Spucke war ihm aus dem Mund gesabbert und das war ihm superpeinlich gewesen. Er hasste sich, wenn ihm was peinlich war. Und ihm war dauernd was peinlich. Zum Beispiel, wie er jetzt dastand, in der Bahnhofshalle, und sich angaffen ließ wie ein Affe im Zoo.

Und als er endlich auf den Vorplatz hinaustrat, kam auch noch die Sonne durch die Wolken und das hatte ihm gerade noch gefehlt, dass sie direkt auf ihn draufschien.

Franziska Border, die jeder Franzi nannte, auch wer sie nicht näher kannte, sah aus dem Fenster und hielt wieder Ausschau nach ihrem Sohn. Inzwischen war es halb acht geworden und sie hatten ausgemacht, dass sie um Punkt sechs essen wollten. Sicherheitshalber hatte sie die Lasagne bereits kurz nach sechs aus dem Backrohr genommen, mit einem Geschirrtuch zugedeckt und dann wieder in den abgeschalteten Ofen geschoben. Der Tomatengurkensalat stand in einer Glasschale auf dem Tisch neben den Moosröschen und Franziska hatte einen Teller draufgelegt. Zwei Stunden hatte sie für die Zubereitung der Mahlzeit gebraucht, zwei Stunden, für die sie keinen Lohn bekam, weil ihr Chef nicht einsah, dass sie wegen dem Geburtstag ihres Sohnes einfach die Arbeit verweigerte. Ihrer Meinung nach litt ihr Chef, Frank Haberle, ein dreißigjähriger Schwabe, der über seinem modisch gemusterten Anzug einen weißen Kittel trug, in dessen Brusttaschen drei goldene Füller steckten, an Verfolgungswahn. Ständig verdächtigte er seine Mitarbeiter, schludrig zu sein und Zeit zu schinden, und vor Weihnachten und Ostern kontrollierte er heimlich ihre Taschen und Mäntel, weil er darin gestohlene Waren vermutete. Er zahlte ihr zwanzig Mark die Stunde, keine Extras, keine Versicherung, nichts. Sie war eine Hilfsarbeiterin, sie mixte Früchte und reichte den Leuten kleine Plastikbecher mit gelben, roten oder grünen Getränken, ein kostenloser Service, den sich Haberle ausgedacht hatte, um Leute anzulocken. Unter keinen Umständen wollte sie von ihm ein Geschenk annehmen, irgendeine gnädige Gabe, die er sich von einer seiner Angestellten einpacken lassen und ihr dann mit einem sinnlosen Spruch überreichen würde. Diesen Auftritt, seinen ebenso wie ihren, wollte sie vermeiden, zumal sie sich fest vorgenommen hatte, das Danke-Sagen gegenüber ihrem Chef auf ein Minimum zu reduzieren.

So kam es, dass alle ihre Kolleginnen und auch Haberle ihr zum Geburtstag ihres Sohnes gratulierten und sie über ihn ausfragten. Alle wollten wissen, was sie ihm schenken würde, und sie sagte, mit einem Blick auf Haberles Kittel, einen teuren Füllfederhalter und neue Turnschuhe einer berühmten amerikanischen Marke. Warum sagte sie das? Sie konnte es nicht fassen! Es stimmte: Zu seinem letzten Geburtstag, dem sechzehnten, hatte sie Mingo einen schönen Kugelschreiber und einen Block mit Büttenpapier geschenkt. Ein Sonderangebot bei Aldi, und er hatte sich darüber gefreut. Ja, daran zweifelte sie nicht, er hatte sich gefreut, denn er hatte sie auf beide Wangen geküsst und gleich etwas geschrieben. Er schrieb manchmal was auf, immer heimlich, was sie ein wenig verunsicherte und Eddi ärgerte, aber sie hatten keine Chance, er redete nicht darüber. Neue Turnschuhe hatte er nicht bekommen, obwohl seine alten aus dem Leim gingen, Franziska hatte dafür nicht das Geld.

Vierzig Mark gingen ihr wegen der zwei Stunden, die sie früher wegmusste, flöten, und wenn sie zugegeben hätte, dass es ihr Geburtstag war, hätte ihr Haberle die Zeit vielleicht sogar angerechnet. Aber sie wollte nichts geschenkt haben von ihm, sie wollte es einfach nicht. Und dabei war es dumm, unverzeihlich und unverantwortlich, auf so viel Geld zu verzichten. Sie waren auf jeden Pfennig angewiesen, auf jede Mark, und wenn Eddi davon erfuhr, dann würde er sie anbrüllen und als hirnverbrannte Ziege bezeichnen. Das war seine Lieblingsbeleidigung nach dem achten Bier.

»Und ich schreib vierzig Mark in den Wind! Wieso hab

ich diesmal nicht gesagt, wie's wirklich ist? Tu ich doch sonst immer, ich blöde Kuh! Sonst erzähl ich immer allen Leuten alles haargenau so, wie's ist! Wieso mach ich das? Und jetzt? Jetzt erzähl ich allen, mein Junge hätt Geburtstag, bin ich denn verrückt geworden? Was ist los mit mir, machen mich die Kiwi- und Mangosäfte high? Vierzig Mark! Wofür steh ich denn da den ganzen Tag und pansch mit den Früchten rum und lass mich anstarren von den Männern? Vierzig Mark! Ich bin verrückt! Die Erlingers haben ein neues Auto und ich schreib vierzig Mark in den Wind! Und ich kauf meinem Sohn amerikanische Cookies und Schokowaffeln und Paprikachips, gut, die kosten nur neunundsiebzig Pfennige die zweihundert Gramm. Aber die Schokowaffeln kosten zweineunundfünfzig und die Cookies einsneunundfünfzig. Und wieso hab ich das gekauft? Weil *er* Geburtstag hat? Weil *er* sechzehn wird heut? Falsch! Ich hab Geburtstag! Ich werd zweiundvierzig! Aber ich kauf für meinen Sohn ein! Und ich koch ihm sogar sein Lieblingsessen, nicht meins. Meins ist nicht Lasagne, meins nicht. Und der Doppelwacholder hat auch neunachtundneunzig gekostet. Aber wenn ich den jetzt nicht hätt ... Wo bist du, Mingo? Die Frau Fasnacht hat gesagt, die letzte Stunde wär um halb zwei aus gewesen. Und ihr hättet euch wieder gestritten. Hat sie gesagt. Soll das bedeuten, du hast zur Abwechslung mal den Mund aufgemacht? Unwahrscheinlich. Du hast die Lehrerin reden lassen und bist dann einfach weggegangen. So machst du das immer. Auch bei mir. Du hast was von mir geerbt, du kannst schroff sein und menschenfeindlich. Das ist nicht gut, da fällt man auf. Jetzt ist es schon bald neun.«

Es war fünf vor neun, als das Telefon klingelte. Ruckartig stand Franziska vom Küchentisch auf, wischte sich die

Hände an einem Geschirrtuch ab – sie hatte Gurkenstücke aus der Schale gefingert, abgebissen und den schmalen Rest ins Wacholderglas getunkt und dann genussvoll zerkaut – und ging ins Wohnzimmer. Das Straßenlicht schälte die Schrankwand aus der Dunkelheit.

»Border.«

»Polizeiinspektion Pasing, Hauptwachtmeister Zink. Frau Franziska Border?«

»Ja.«

»Ihr Sohn ist bei uns.«

»Mingo? Bin ich froh! Ich möcht mit ihm sprechen.«

»Sollen wir ihn bei Ihnen abliefern?«

»Ich möcht mit ihm sprechen.«

»Mama?«

»Mingo! Ich hab so lang auf dich gewartet.«

»Die Isa ist verschwunden!«

»Was?«

»Allen ist das egal, aber mir nicht!«

»Ich hol dich gleich ab.«

»Ich muss sie unbedingt finden, sonst sterb ich!«

3

Isa will weg, bloß weg

Sie hatten beide keinen Hunger. Mingo hatte zwei Bissen seiner Lasagne gegessen und den Teller dann beiseite geschoben, den Salat rührte er nicht einmal an. Seine Mutter hatte sich auch ein kleines Stück auf den Teller getan, aber nur, um ihrem Sohn einen Gefallen zu tun. Den Aufwand hätte sie sich sparen können, er saß da und schaute zu Boden, und Franziska fand, dass er noch blasser war als sonst, und er hatte Ringe unter den Augen, die ihr noch nie aufgefallen waren.

»Soll ich's noch mal warm machen?«, fragte sie.

Er schüttelte den Kopf, kurz und schnell, und versank in Schweigen.

Sie waren mit dem Bus von Pasing nach Hause gefahren, und beim Aussteigen hatte ihr Ludwig, der Fahrer, einen Blick zugeworfen, als wollte er sagen: Du tust mir Leid mit so einem Jungen. Was ging den ihr Junge an? Er warf ihr ständig solche Blicke zu. Sie mochte ihn nicht, was wusste er schon? Er wohnte in München in einem sauberen Viertel, in dem niemand hungern und mit zerrissenen Klamotten rumlaufen musste.

Jetzt fiel ihr auf, dass sie München gesagt hatte – wie die Kinder in dieser Gegend, so, als wäre Neuaubing ein Dorf und kein Stadtteil Münchens. Sie kannte etliche Jungen und Mädchen, die noch nie auf dem Marienplatz waren, der war für sie so weit weg wie das Meer.

Manchmal, gegen Abend, wenn der Himmel über den

riesigen Feldern jenseits des Freihamer Wegs blutorangen-farben glühte und Franziska zufällig Zeugin war, hörte sie Wellen schlagen und das Schreien von Möwen und die Äcker färbten sich blau bis zum Horizont. Sogar das Salz konnte sie dann auf den Lippen schmecken, und sie war jedes Mal kurz davor, ihre Schuhe auszuziehen und barfuß durch den Sand zu laufen, unbeschwert wie ein Mädchen. Dann hob sie schnell die zwei voll gestopften Alditüten hoch, stieg vorsichtig die Anhöhe zur Kunreuthstraße hinunter und machte sich auf den Heimweg, an den flachen grauen Sozialwohnungen vorbei, den achtstöckigen Blocks mit den Satellitenschüsseln auf den gedrungenen Balkonen und den schnellen Autos vor der Tür, die den Eindruck vermittelten, als lebten hier wohlhabende Leute. In den Fenstern nach Westen spiegelte sich das orange Licht und Franziska sah nicht hin. Sie blickte starr nach vorn, zum Ende des Bürgersteigs, zur Kreuzung, zu den Ampeln, zu den Dingen, die wirklich waren. Immer fürchtete sie, dass jemand sie bemerkte und ihr zusah, wie sie da oben auf der Anhöhe stand und sich was vorgaukelte und die Zeit vertrödelte.

An solchen Abenden kam sie sich vor wie eine verrückte Alte, die nicht mehr alle Tassen im Schrank hatte und die man nicht allein lassen durfte, weil sie sonst Dummheiten machte. An solchen Abenden umarmte sie ihren Mann, wenn er angetrunken zwei Stunden später als vereinbart nach Hause kam, und gab ihrem Sohn einen Kuss auf beide Wangen, auch wenn er länger, als sie es erlaubt hatte, im Jugendtreff geblieben war. Dann schauten die beiden sie komisch an und Franziska verkniff sich ein Lächeln.

»Ich hab dich was gefragt, Mama!«

Sie hob den Kopf, wischte sich mit der blauen Stoffserviette den Mund ab, obwohl sie nichts gegessen hatte, und kniff die Augen zusammen.

»Ich mag das nicht, wenn du so schaust«, sagte Mingo.

»Was hast du mich gefragt?«, sagte sie.

»Kannst du mir fünf Mark leihen?«

»Wofür?«

»Ich brauch's eben.«

»Nein«, sagte sie. »Und jetzt steiger dich nicht in was rein, morgen ist die Isa wieder da. Wieso kümmerst du dich so um sie, kennst du sie näher?«

Er stand auf und ging zur Tür.

»Stell deine Teller in den Ausguss«, sagte Franziska.

Scheppernd stellte er den Salatteller auf den anderen mit der kalten Lasagne und trug sie zur Spüle.

»Ich brauch das Geld aber«, brummte er.

»Du hast letzte Woche fünf Mark gekriegt, obwohl du genau weißt, dass wir im Moment nichts übrig haben.«

»Wir haben nie was übrig«, sagte er und schlurfte in sein Zimmer, machte die Tür zu und ließ sich aufs Bett fallen. Er starrte hinauf zur Decke, wo ein zerknittertes Poster von Will Smith und Tommi Lee Jones aus *Men In Black* hing. Als er hörte, wie sein Vater nach Hause kam und im Flur über den schmiedeeisernen Schirmständer stolperte, drehte er sich zur Seite und dachte fest an Isa. Morgen wollte er seine Suche fortsetzen. Doch er brauchte fünf Mark, irgendwie musste er die Kohle beschaffen, irgendein Trick musste ihm einfallen.

»Er behauptet, die Isa ist verschwunden, sie waren verabredet und sie ist nicht gekommen.« Franziska spülte das Geschirr ab. Sie hatte nur einen kurzen Blick in Richtung Tür geworfen und mehr brauchte sie auch nicht zu sehen. Eddi hatte getrunken, wie sie es erwartet hatte.

»Un' schon ... nicht gekommen ...«, lallte er, »derschp ... der spinnt doch!«

Es war kurz vor Mitternacht und ihr Geburtstag fast vorbei. Wenn er überhaupt stattgefunden hat, dachte sie vage und spürte ein Brummen im Kopf. Im Bus nach Pasing hatte sie Minzbonbons gekaut, damit die Polizei nicht merkte, dass sie getrunken hatte. Schien funktioniert zu haben, denn nicht einmal ihr Sohn hatte eine Bemerkung fallen lassen, was er gewöhnlich tat, vor allem, seit er selber keinen Alkohol mehr anrührte.

»Hast du was gebechert?«

Lautlos war Eddi neben ihr aufgetaucht und sie zuckte zusammen.

»Du sollst mich nicht erschrecken!«, sagte sie. Sie stieß ihn weg, öffnete den Schrank und fing an, das Geschirr abzutrocknen. Eddi hatte die Hände hinter dem Rücken versteckt und wich ihr schwankend aus.

»Is was?«, sagte sie.

»Hähä«, machte er und beugte sich zu ihr hin, um ihr einen Kuss auf den Mund zu drücken. Sie drehte den Kopf weg.

»Wie war's in der Kantine?«, sagte sie. Ihre Kopfschmerzen wurden immer schlimmer und ihr fiel ein, dass sie kein Aspirin mehr im Haus hatte.

»War schon«, sagte er. »Ich hab dreihundert Mark verdient.« Er nickte und blinzelte. Eddi war sechsundvierzig und ein Meter sechzig groß und damit fast einen Kopf kleiner als Franziska. Er war dünn – klapprig, sagte Franziska – und wenn er viel getrunken hatte, wurden seine blauen Augen merkwürdig dunkel und er blinzelte ununterbrochen. Von ihm, meinte sie, hatte Mingo seine magere Statur geerbt.

»Wieso bloß dreihundert?«, sagte sie, klappte die Schranktür zu und hängte das Geschirrtuch über die Heizung unter dem winzigen Fenster.

»Hat allsnich . . . nich solang gedauert . . .«, lallte er und baute sich vor ihr auf.

»Das war doch ein Jubiläum oder nicht?« Sie wollte ihn wegschieben, aber er stand da wie festgeschraubt. So klapprig er war, so stur konnte er sein. »Lass mich vorbei!«

Plötzlich schnellten seine Arme nach vorn und die Spitze eines grünen ledernen Blattes schrammte knapp an ihrer Nase vorbei.

»Alles Gute zum zweiundvierzigsten Geburtstag«, sagte er flüssig und hielt ihr die lodernde Blume hin, die Franziska sofort, ohne dass sie es verhindern konnte, an die Abendfarben jenseits des Freihamer Wegs erinnerte.

»Ich weiß selber, wie alt ich werd«, sagte sie und überlegte schon, welche Vase sie nehmen sollte.

»Das's eine P'radiesvo'elblume«, sagte Eddi und zeigte mit seinem ausgestreckten Zeigefinger auf die roten und blauen Blüten, die aussahen wie feurige Zungen.

»Strelitzie«, sagte Franziska. »Wo hast du die her?«

»Nix Steliecy«, sagte Eddi. »Sondern P'radiesvo'elblume!«

»Danke«, sagte Franziska und nahm sie ihm aus der Hand.

Dann warf sie ihm noch einen Blick zu, weil er sich nicht von der Stelle rührte, betrachtete sein graues, morsches Gesicht und küsste ihn auf die Wange, die rau war und kalt. Er hielt Franziska fest, und sie ließ die Arme hängen, die Paradiesvogelblume zwischen zwei Fingern, und sie roch den Rauch, den seine Kleider ausdünsteten.

Eddi wusste nicht genau, was er eigentlich vorhatte,

also hielt er Franziska weiter fest und drückte sie an sich. Später, nackt im Bett, drückte er sie noch einmal auf die gleiche Weise an sich, und sie legte die Hand auf seinen Hinterkopf, der erhitzt war, und blickte müde in die Dunkelheit dieser Stunde, der ersten ihres dreiundvierzigsten Lebensjahrs. Sie nahm sich vor, morgen früh ihre Kollegin Tamara zu fragen, wie man eine Paradiesvogelblume richtig behandelte. Sie würde ihr sagen, ihr Mann habe ihr eine geschenkt, einfach so, und Tamara würde diese Nachricht sofort unter allen Kolleginnen verbreiten. Sie würden ihr, Franziska, Fragen stellen und unaufhörlich wissen wollen, was Eddi treibe und ob ihm sein Job bei der Bahn noch Spaß mache und ob sie, Franziska, nicht völlig vereinsame, wenn ihr Mann dauernd unterwegs sei, Tag und Nacht, und sie würden wissen wollen ...

»Morgen bleib ich zu Hause«, knurrte Eddi.

»Glaubst du, da ist was dran, dass Isabel verschwunden ist?«, sagte Franziska, nachdem sie sich aus seiner Umklammerung befreit und auf den Rücken gelegt hatte. Sie hatte ihm ein zweites Mal von Mingos Vermutung erzählt, während sie im Bad war und er schon im Bett auf sie wartete.

»Quatsch!«, sagte er. »Die treibt sich in München rum, die wird mal genauso wie ihre Mutter, diese Schlampe!«

Eine Minute später schnarchte er und Franziska stöpselte sich Wachspfropfen in beide Ohren und versank in einem bleiernen Traum. Auf der anderen Seite des Flurs lag Mingo in seinem Bett und machte sich Notizen. Er wollte morgen nichts vergessen, jeder Schritt, den er unternahm, um Isa zu finden, musste genau geplant sein. Niemand durfte Verdacht schöpfen. Und er brauchte fünf Mark, vor allem brauchte er unbedingt diese fünf Mark.

Und auf einmal hatte er maßlos Angst um Isa und wusste nicht einmal genau wieso.

Am Anfang hatte sie sich nichts dabei gedacht, als ihr Vater sie am frühen Morgen einlud, mit ihm in die Stadt zu fahren und die Schule ausfallen zu lassen. Das war natürlich großartig und sie war in den Geländewagen geklettert, hatte ihren Rucksack mit den Schulsachen nach hinten geworfen und die Beine aufs Armaturenbrett gelegt. Und ihr Vater hatte nichts dagegen gehabt wie sonst, wenn er fast ausrastete beim geringsten Schmutzfleck in seinem heiligen Gefährt, er hatte sie freundlich angesehen und war dann losgebrettert. Sie hatte ihre blaue Levi's-Jacke an und darunter ihren grünen Lieblingspulli von *Fila*, und ihre Turnschuhe, die sogar Absätze hatten, waren ebenfalls von *Fila*, denn *Nike* oder *adidas* trugen nur blöde Jungs. Sogar Mingo hatte Nikeschuhe, obwohl der nicht blöd war, davon war sie überzeugt, der war der einzig Normale unter den ganzen Windeiern, die keine Ahnung hatten, was abging.

»Wo fahr'n wir hin, Papa?«, fragte sie und schaute aus dem Fenster. An der breiten, lauten Landsberger Straße reihte sich ein Betrieb an den nächsten, Autohändler, Baumärkte, Möbelgeschäfte, Werkstätten, Schrottplätze, dazwischen Tankstellen, Lokale, Supermärkte, Nachtclubs und auf der anderen Seite graue trostlose Wohnhäuser, ineinander geschachtelte Gebäude, mickrige Grünstreifen, rachitische Bäume.

»Wie wär's mit einem schnellen Imbiss?«, fragte Hannes Kaufmann und zeigte auf ein Drive-in von Burger King.

»Lieber McDonald's«, sagte Isa. Nicht weit entfernt leuchtete das gelbe »M« in den trüben Morgen.

»Wird gemacht«, sagte Kaufmann.

»Cool«, sagte Isa, steckte die Hände in ihre Jeansjacke und wippte mit dem Oberkörper zur Musik von 'N SYNC, die gerade im Radio lief. »Die Jule steht auf diese Kindermusik, typisch!«

»Ich dachte, dir gefallen die Jungs auch!«, sagte Kaufmann und bog ab.

»Scheiß auf 'N SYNC, die sind tot!«

»Sag nicht solche Wörter!«

»Was für Wörter? Tot?«

Er gab ihr einen Klaps in den Nacken und hielt an. Isa kam sich vor wie eine Prinzessin, die morgens um acht zu McDonald's chauffiert wurde und sich alles bestellen durfte, was sie wollte.

Es war das letzte Mal, dass sich Isa an diesem Tag wie eine Prinzessin fühlte. Es war das letzte Mal in ihrem Leben, dass sich Isa wie eine Prinzessin fühlte.

»Und was jetzt?«, fragte sie, nachdem sie ihre Cola ausgetrunken, die Chickenwings komplett abgenagt und sämtliche Pommes verschlungen hatte.

»Jetzt fahren wir zu Freunden und machen mit denen ein Geschäft. Und du bist meine Geschäftspartnerin. Was sagst du dazu?«

»Bereit, wenn Sie es sind, Sergeant Pembry!«, sagte sie und grinste ihn an.

»Ich hab dir verboten, solche gewalttätigen Filme anzuschauen!«, sagte Kaufmann.

»Hannibal Lecter ist cool«, sagte Isa und drehte das Radio lauter: U2 sangen *Sweetest Thing*, und das war im Moment ihr Lieblingssong. Sie dachte an Mingo und daran, wie sanft er sie gestern geküsst hatte, und sie freute sich schon darauf, sein Gesicht zu sehen, das grün vor Neid sein würde, wenn sie ihm erzählte, was sie alles an diesem Tag erlebt hatte.

»Wo sind wir hier?«, fragte sie, als ihr Vater nach einer Stunde, in der sie die meiste Zeit im Stau gestanden waren und er ausgiebig andere Autofahrer beschimpft hatte, den Geländewagen vor einem Hochhaus parkte. Es war ein blassblauer, dreizehnstöckiger quadratischer Kasten, der Isa an Neuaubing erinnerte. Sie hatte schon viel von München gesehen, aber in dieser Gegend war sie noch nie gewesen.

»Das ist Milbertshofen«, sagte Kaufmann. »Das da vorn ist der Frankfurter Ring, da kommt man auf die Nürnberger Autobahn.«

»Hm«, machte Isa. Irgendetwas kam ihr auf einmal merkwürdig vor, ihre gute Stimmung war verschwunden, und sie fühlte sich seltsam unruhig.

»Und jetzt muss ich mit dir reden«, sagte Kaufmann, »und du musst mir genau zuhören. Es ist alles sehr wichtig, es geht um viel Geld, um Geld, das wir, Mama, du und ich, gut brauchen können.«

»Wie viel Geld?«, fragte Isa. Sie musste aufs Klo und traute sich nicht, etwas zu sagen.

»Über fünfzigtausend«, sagte Kaufmann. Der Blick ihres Vaters schüchterte sie plötzlich ein. Im Radio sangen die Backstreet Boys, und sie hätte nie gedacht, dass diese Sülzis ihr mal gefallen würden. Jetzt war es so, jetzt hätte sie lieber ihnen zugehört als ihrem Vater. Obwohl sie immer noch nicht wusste, was er eigentlich von ihr wollte.

»Hörst du mir zu?«, fragte er.

Sie nickte. Dann schaltete er das Radio aus, drehte sich zu ihr herum und ließ sie, während er sprach, kein einziges

Mal aus den Augen. Und je länger er redete, desto mehr verwandelte er sich in einen Mann mit einer Gesichtsmaske, dessen Arme in einer Zwangsjacke steckten. Isa sah dabei zu, wie aus ihrem Vater Hannibal Lecter wurde, und sie wollte die Tür aufreißen und weglaufen. Aber sie war die Gefangene seiner Stimme und seines Blicks, und es schien ihr, als würde er ihr, gnadenlos und bei lebendigem Leib, Stück für Stück die Haut abziehen.

Danach waren die Scheiben des Geländewagens beschlagen und dünner Regen trommelte sacht auf die Karosserie. In ihrer wachsenden Angst hatte Isa die Fäuste so fest zusammengedrückt, dass ihr jetzt die Finger wehtaten und sie sie in den Taschen ihrer Jeansjacke heftig bewegte, den Kopf gesenkt und bemüht, keinen Mucks zu machen. Sie war sich sicher, ihr Vater würde bei der geringsten Bewegung zuschlagen und sie weiterquälen.

Was er ihr erzählt hatte, war ihr zuerst wie eine dieser Geschichten vorgekommen, mit denen Daniel und seine Freunde immer hausieren gingen, um Mädchen zu erschrecken, Schauerstorys, die sie nach Isas Meinung aus Stephen-King-Büchern oder Splattermovies geklaut hatten und als ihre eigenen ausgaben. Die Gören, die darauf hereinfielen, waren selber schuld und sowieso bescheuert, dass sie überhaupt zuhörten.

Aber sie, Isa, war nicht bescheuert, sie war vernünftig und hellwach. Es war nicht Daniel, der zu ihr gesprochen hatte, sondern ihr Vater, und er hatte ihr noch nie, seit sie sich erinnern konnte, ein Märchen erzählt. Er meinte es immer ernst, wenn er was sagte. Auch jetzt. Jetzt besonders. Und dabei, das wurde ihr in diesem Augenblick klar, hatte er am Schluss ...

»Und jetzt hör genau zu!«

... bloß eine Frage gestellt, bloß eine Frage, und er hatte es ihr überlassen, was nun geschehen sollte, er zwang sie zu nichts, alles, was er wollte, war ...

»Willst du das für mich und deine Mama tun? Willst du ein tolles Mädchen sein und was Tolles erleben?«

... dass sie sich entschied, dass sie Ja oder Nein sagte.

Sie hatte Durst. Und sie musste aufs Klo.

Und er sagte nichts mehr. Er steckte sich eine Zigarette an und kurbelte das Fenster ein Stück runter. Jetzt hörte sie den Regen und die Geräusche des Frankfurter Rings, und sie dachte an Berlin, wo sie noch nie war und wo sie unbedingt einmal hin wollte, wenn der Rave stattfand und man abtanzen konnte bis zum Umfallen.

Ihr Vater hatte sie gefragt, ob sie ein tolles Mädchen sein wollte, und beinah hätte sie ihm ins Gesicht gesagt, dass sie das schon längst war, ob er das nicht merkte. Und er hatte sie gefragt, ob sie ihm helfen wolle, ihm und Mama. Aber Mama war ihr im Moment nicht so wichtig, wichtig war, ob sie ihm helfen wollte. Er schaute sie nicht an. Er rauchte seine Zigarette und sie atmete leise den Qualm ein, denn sie hätte auch gern eine gehabt. Natürlich wollte sie was für ihren Vater tun, er hatte sie immer wie einen normalen Menschen behandelt, nicht wie ein dämliches Kind, er hatte sie in seine Diskothek mitgenommen, da war sie zehn, und sie durfte an der Bar sitzen bei den geschminkten Frauen, die alle so eigenartig rochen, und sie bekam ein blaues Getränk mit einer Ananasscheibe drin und dann hob er sie hoch und brachte sie zur Tanzfläche, wo sie fast ausflippte vor Begeisterung. Er war auch in die Schule zu ihrer Lehrerin gegangen, als sie Martin verprügelt hatte, weil er ihr keine Zigarette geben wollte, und hatte die alte Bauriedl beruhigt, und das fand Isa stark. Dass ihr Vater einfach über den Schulhof geht und die Dinge regelt. So wollte sie auch sein: hingehen und die Dinge regeln. Wenn Martin ihr die Zigarette gegeben hätte, hätte sie ihm nicht die Schulter auskugeln müssen, das hatte sie auch ihrer Mama erklärt, aber die hatte das nicht verstanden. Ihr Daddy schon, der machte es genauso, und er hatte es zu was gebracht. Er besaß drei Diskotheken und eine Menge Leute arbeiteten für ihn. Er war kein Loser wie die andern in Neuaubing, wie die Eltern von Daniel oder Jule oder Martin, ihr Daddy war ein Geschäftsmann und sah gut aus. Besonders mochte sie seine schwarzen Augen und seine muskulösen Arme, mit denen er sie manchmal durch die Wohnung trug und bis an die Decke hob. Er war der Stärkste und er wusste genau, was mit ihr los war. Er ließ sie in Ruhe, und wenn er was von ihr wollte, dann war es wirklich wichtig und nicht irgend so ein Kram, mit dem ihre Mama sie dauernd belästigte, wie einkaufen gehen oder Blumen gießen oder abspülen. Was ihr Daddy verlangte, das machte sie auch. Sie kam in die Disko, wenn er sie seinen Freunden vorstellen wollte: »Das ist meine Isabel, die wird den Laden eines Tages schmeißen!« Sie redete mit der Polizei, wenn es Probleme mit irgendwelchen Uhrzeiten gab: »Klar war mein Daddy hier, wir waren ja zusammen den ganzen Abend!« Sie schwänzte die Schule, wenn sie zu bestimmten Leuten radelte, um ihnen in seinem Auftrag Päckchen zu bringen, wofür er sie gut bezahlte. Er lobte sie, weil sie nie blöde Fragen stellte und niemandem was erzählte. Und sie mochte es, wenn er ihr Gesicht streichelte, und er war der Einzige, der das durfte. Lobo hatte es einmal versucht, seitdem fehlte ihm ein Zahn.

So war das. Und jetzt drehte er den Kopf zu ihr und sie schaute in seine schwarzen Augen. Dann streckte er die Arme aus, zog Isa zu sich her und sie spürte, wie sich seine harten Finger in ihre dünnen Oberarme gruben. In der rechten Hand hielt er die Zigarette und der Rauch zog Isa in die Augen, aber sie ließ sich nichts anmerken. Durch das halb geöffnete Seitenfenster kam kalte Luft herein und der Regen prasselte auf den Asphalt.

»Hast du dich entschieden?«, fragte Kaufmann.

»Ich weiß nicht«, sagte sie leise.

»Dann mach ich dir einen Vorschlag«, sagte er und setzte sie wieder auf den Beifahrersitz. Er schnippte die Zigarette aus dem Fenster und kurbelte es hoch. »Wir gehen jetzt rauf und ich stell dich meinen Freunden vor. Und du schaust sie dir an, und wenn sie dir gefallen, machen wir das Geschäft, und wenn nicht, hauen wir wieder ab und sammeln auf dem Rückweg noch ein paar CDs ein und gehen was essen. Wie ist das?«

»Okay«, sagte sie und es war nicht das, was sie meinte. Zum ersten Mal in ihrem Leben hatte sie das Gefühl, dass ihr Vater ein Spiel mit ihr spielte und sie wie ein kleines Kind behandelte. Obwohl er ihr vorhin Dinge gesagt hatte, die sie zu Tode erschreckt, aber auch aufgewühlt und erregt hatten. Denn das war das Unheimlichste an seinen Worten: Einerseits ängstigten sie Isa, wie sie noch nie etwas geängstigt hatte, und andererseits versetzten sie sie in einen Zustand brennender Neugierde und unheimlichen Verlangens, das über ihren Körper kroch wie kribbelnde nasse Käfer, die in jede Pore drangen und sich in ihrem Bauch tummelten und an ihren Eingeweiden nagten.

Zum Beispiel hatte er gesagt, sie brauche nichts anderes zu tun als sich hinzulegen, der Mann mit der Kamera würde sie nicht anrühren. Und ihr Daddy würde alles kontrollieren. Das hatte er ihr versprochen und sie strengte sich an, ihm zu vertrauen, nun, da sie ausstiegen und durch den Regen hinüber zum Hochhaus rannten, und ihre Schuhe platschten durchs Wasser. Daran würde sich Isa später erinnern, viel später, als ihr Daddy aufhörte, den Mann mit der Kamera zu kontrollieren.

Als Martin aus dem Krankenhaus gekommen war, wo sie ihm die Schulter wieder eingerenkt hatten, hatte sie ihn als Entschädigung mit in den Schuppen hinterm *Sunrise* genommen, wo sonst niemand ohne Erlaubnis reindurfte. Dort saßen sie nebeneinander auf einem großen alten Sofa und Martin durfte sie berühren. Hinterher schenkte sie ihm eine filterlose Camel und sie rauchten sie gemeinsam und Isa entschuldigte sich noch einmal, weil sie so böse zu ihm gewesen war. Er legte den Arm um sie und das gefiel ihr, dass er sie an sich drückte wie ein Mann.

Sie hatte nicht damit gerechnet, dass ihr Daddy davon erfahren würde, aber er wusste alles. »Ein erfahrenes Mädchen« hatte er sie vorhin genannt. »Du weißt schon, worum's geht«, hatte er gesagt und sie seltsam angesehen. Auf einmal kam sie sich schäbig und verwegen zugleich vor, stolz und eingeschüchtert gleichermaßen, und die Käfer hörten nicht auf, durch ihren Bauch zu krabbeln.

Sie standen vor einer schäbigen schmalen Tür im zwölften Stock und Isa hatte die Hände in der Jacke vergraben und ihr Vater drückte kurz auf die Klingel.

Er schaute zu ihr hinunter und sie zu ihm hinauf, und sie wollte ihm sagen, dass sie dringend aufs Klo musste, aber schon ging die Tür auf und ein Mann in einem karierten Anzug streckte ihr die Hand hin. Im ersten Moment dachte Isa, es wäre Herr Bachmair vom Neuaubinger Postamt, er hatte dieselbe eckige Brille und dasselbe breite teigige Gesicht mit dem Doppelkinn, sogar der gelbe Pullunder kam ihr bekannt vor. Doch als sie ihn, nur für ein paar Sekunden im weißen Treppenhauslicht, genauer ansah, wurde ihr klar, dass sie diesen Mann noch nie gesehen hatte. Und als sie seine Hand berührte, spürte sie ein Stechen im Bauch und ihr wurde beinah schlecht, so wie vorhin im Auto auf dem Parkplatz. Sie hasste Bachmair, der immer alles besser wusste und sich langsamer als eine bekiffte Schnecke bewegte, aber jetzt wünschte Isa, er wäre hier und nicht dieser Fremde, der nach süßlichem Rasierwasser roch und ihre Hand nicht mehr losließ. Er lächelte sie an und aus der Wohnung kamen Stimmen, die ihr vertraut waren.

4

Mingo legt den Kopf in den Nacken und hat Hoffnung

Auf die Frage, welche Rolle Gott in seinem Leben spiele, schaute Mingo aus dem Fenster. Es regnete nicht mehr und der Wind blies Sonnenlicht über den Schulhof, es verschwand, kam wieder, streifte die Fahrräder, die schräg aneinander gelehnt im Metallkäfig standen, wischte über die immergrüne Hecke. Die Stimmung draußen wechselte wie das Wetter in diesen Apriltagen und eine kurze Zeit lang vergaß Mingo seine schweren Gedanken und blickte selbstverloren vor sich hin und hörte nichts und niemanden.

»Ist Ihnen was eingefallen, Herr Border?« Franz Klemm, der Religionslehrer, saß schräg auf seinem Pult und hatte die Arme vor der Brust verschränkt. Jahraus jahrein trug er schwarze Jeans und ein blau kariertes Holzfällerhemd mit hochgekrempelten Ärmeln, so dass man seine muskulösen behaarten Arme sehen konnte, was aber zumindest in dieser, der achten Klasse niemanden außer Jenny und Lilo wirklich interessierte. Die beiden Mädchen übertrafen sich in ihren gegenseitigen Entzückensbekundungen für den Lehrer und Daniel hatte eine Wette laufen, welche von beiden sich als erste vor Klemm ausziehen würde, egal wo. Er persönlich tippte auf Lilo, weil sie sowieso dauernd so tat, als würde sie sich gleich die Klamotten vom Leib reißen.

»Schau hin, jetzt wieder!«, sagte Daniel und stieß seinen Freund Lobo in die Seite, »die hat immer zwei Pullis an, damit sie einen ausziehen kann und der andere dann mit hochrutscht. Die endet mal als Striptease-Tänzerin, ich schwör's dir!«

Lobo starrte hin, als würde Lilo nackt auf dem Tisch tanzen.

»Nein«, sagte Mingo.

»Sie reden also nie mit Gott«, sagte Klemm und Jenny lächelte ihn sinnlos an, denn er konnte sie hinter Flos breitem Kreuz überhaupt nicht sehen.

»Nö«, sagte Mingo.

»Das glaub ich Ihnen nicht«, sagte Klemm. »Sie lesen doch viel, Sie denken viel nach, Sie gehen in die Natur, wie ich gehört hab . . .«

»Genau!«, rief Daniel ohne von der Liste aufzusehen, die er zwischen zwei Bibelseiten gelegt und auf der er die Codenamen von Mitschülern notiert hatte, die Nachschub brauchten.

». . . und Ihre Mutter hat mir gesagt, Sie können ein paar Bibelzitate auswendig . . .«

»Hab ich vergessen«, sagte Mingo. Er wollte hier raus, was machte er hier noch? Er musste ins *Blue Nile* und anschließend in den Treff und dann wieder, wie schon gestern, nach München. Anstatt gleich in der Früh loszufahren, war er extra in die Schule gekommen, um bei seiner Deutschlehrerin einen guten Eindruck zu machen, nachdem sie sich gestern wieder gestritten hatten. Und dann fiel die Stunde aus, weil Hella Fasnacht angeblich einen Arzttermin hatte, der nicht geplant war. Also hing er rum und fragte jeden, den er traf, nach Isa Kaufmann.

»Was willst du eigentlich von der, die ist vierzehn, und du drehst wegen der durch!«, meinte Kinki, der nur zwei Häuser von den Kaufmanns entfernt wohnte. Er hatte keine Ahnung, wo Isa steckte. Ebenso wenig wie Lucky, der früher sogar im selben Block wie Isa gewohnt hatte. »Du hast mich gestern schon angelabert, bin ich ihr Pressesprecher?«, sagte er. Und Bodo, der sich gerne als eine Art Leibwächter für Mädchen unter fünfzehn aufspielte, sagte, er habe sie gestern Morgen mit ihrem Vater im Geländewagen wegfahren sehen. »Glaub ich nicht«, sagte Mingo zu ihm, und Bodo: »Is mir doch Wurscht, bin ich Gott, dass ich jemand brauch, der an mich glaubt?«

Und so saß Mingo immer noch auf seinem Platz neben dem Fenster und ließ sich von Pfarrer Klemm annerven.

»Kennen Sie das Wort: ›Wer aber bis zum Ende standhaft bleibt, der wird gerettet‹? Von welchem Evangelisten stammt dieser Ausspruch?« Klemm sah Mingo an und der sah ihn an. Lukas meldete sich.

»Ja?«, sagte Klemm.

»Lukas«, sagte Lukas und die halbe Klasse lachte. Lukas sagte immer Lukas, wenn es ums Evangelium ging. Er hielt große Stücke auf seinen Namensvetter und fing jedes Mal, wenn er zu viel Woco getrunken hatte, mit der Geschichte vom Wein an, den Jesus bei dieser Hochzeit in Wasser verwandelt hatte. Und jedes Mal war sich Lukas sicher, dass es so war und nicht anders herum. Und dann behauptete er, er hätte Marienerscheinungen und sei auserwählt, Gutes zu tun, speziell an Mädchen namens Marie.

»Hätt ich mir denken können«, sagte Klemm und wartete auf Mingos Antwort.

»Johannes«, sagte Mingo.

»Es war Matthäus«, sagte Klemm, glitt vom Pult und schüttelte den Kopf. Lilo beugte sich zur Seite, weil Flo ihr die Sicht versperrte. Klemm ging zu Mingo und blieb neben ihm stehen. »Woran denken Sie? Sie hören überhaupt nicht zu, wenn ich was sage.«

»Seine Keule hat ihn sitzen lassen«, sagte Daniel, der mit seinem Lieferschein fertig war.

»Wer?«, fragte Klemm. Aber Daniel winkte ab und Mingo schwieg.

»Sie stehen auf vier minus in Religion«, sagte Klemm und Mingo roch den Duft der frisch gewaschenen Hose, ein ungewöhnlicher Duft in dieser Klasse.

Dann ertönte die Stundenglocke, Klemm warf Mingo noch einen verständnislosen Blick zu, krempelte die Ärmel runter, zog seine hellbraune Lederjacke an und verließ das Klassenzimmer.

»Hey, denk dir nix, Kleiner!« Daniel schlug Mingo mit dem Handrücken gegen den Oberarm und schob ihn zum Fenster. »Du musst dir mal wieder was gönnen. Ich besorg dir was. Du machst mir Sorgen, Kleiner, ehrlich, hey!« Er stand eine Hand breit von Mingo entfernt, und aus seinem Mund strömten Atem gewordene Camels.

»Ich brauch nix!«, sagte Mingo, packte seinen blauen East-Pack-Rucksack und ging mit gebeugtem Kopf auf den Flur hinaus und seine ausgelatschten Turnschuhe quietschten auf dem gebohnerten Boden. Er schaute niemandem ins Gesicht, und als er die Glastür zum Hof erreichte, wäre er fast dagegen geknallt, so abwesend war er, so getrieben von düsteren Ahnungen, die durch Pfarrer Klemms Bemerkungen über das Evangelium noch verstärkt worden waren.

Auf dem leeren Schulhof sah er kurz in den zweiten Stock hinauf, wo sich seine Klasse befand, und rannte los in Richtung Bäckerstraße. Drei Minuten später stand er vor der Diskothek *Sunrise*.

An den zwei Fenstern neben dem Eingang waren schwarze Rollos heruntergelassen, aber die Tür war offen und der Lieferwagen einer Brauerei parkte davor.

»Is wos?«, fragte ein junger Mann in einem blauen Overall, der plötzlich aus dem Dunkeln auf Mingo zutrat. Er trug zwei Kästen mit leeren Bierflaschen vor der Brust.

»Ist der Herr Kaufmann da oder die Frau Kaufmann?«, fragte Mingo.

»Na!«, sagte der Mann, und wenn Mingo nicht ausgewichen wäre, hätte ihn der andere einfach umgerannt. Er knallte die Bierkästen auf die Ablage des Wagens, schob sie in die Ecke und nahm zwei Kästen Mineralwasser herunter.

»Ich muss aber mit jemand sprechen«, sagte Mingo.

»Gä in'd Kirch un red mit dei'm Herrgott!«, sagte der Mann und verschwand im lichtlosen Eingang. Dahinter führte eine Treppe in den Keller hinunter. Mingo wischte sich die Haare aus dem Gesicht, knöpfte sich die Jeansjacke auf und machte sich auf den Weg. Es roch muffig und nach abgestandenem Rauch. Als er die letzte Stufe erreichte, kam ihm ein etwa vierzigjähriger Mann mit dünnem Oberlippenbart und extrem schmalen Augenbrauen entgegen, der ein enges weißes Hemd trug, das sich um seinen mageren Körper spannte. Mingo kannte ihn flüchtig.

»Da Border-Mingo!«, sagte der Mann laut, und seine Stimme kam Mingo merkwürdig weich vor, wie von einer Frau.

»Grüß Gott«, sagte Mingo, »ist der Herr Kaufmann da?«

»Nein. Kennst mich net, ich bin der Hartmut, ich hab dich schon a paar Mal hier reingelassen.«

Er roch nach Schweiß und Mingo schniefte, obwohl er keinen Schnupfen hatte.

»Der Jacky ist beruflich unterwegs«, sagte Hartmut und kratzte sich zwischen den Beinen, und das war Mingo unangenehm und er blickte an Hartmut vorbei in Richtung der Girlanden aus bunten Glühbirnen, die über der Bogenöffnung zur Tanzfläche hingen.

»Haben Sie die Isa gesehen?«, fragte Mingo.

»Die Isa? Freilich ...« Er grinste, und Mingo verstand nicht, wieso ... »Die Isar, über die bin ich heut schon drüberg'fahren, auf der Ludwigsbrücke, die Isar, freilich ...« Er grinste und Mingo kapierte und der Typ kotzte ihn an. Weil er aber nichts sagte, sondern nur verächtlich den Mund verzog, mimte Hartmut den Netten – und so eine Nummer konnte Mingo schon überhaupt nicht ab. »Nein, ich hab sie nicht gesehen, die kleine Isabel, was willst du denn von ihr?«

»Nichts«, sagte Mingo. Es ärgerte ihn, dass er mit dem Kerl sprechen musste, aber er wollte nicht weggehen, ohne sicher zu sein, alles erfahren zu haben, was möglich war.

»Nichts«, echote Hartmut. In seiner Gegenwart fühlte sich Mingo zunehmend unwohl. Außerdem war es kühl hier unten. Irgendwo klirrten Flaschen und zwei Männer unterhielten sich ruppig. »Dann würd ich sagen, du gehst wieder, weil ich hab zu tun. Ab sieben ist geöffnet.«

»Gestern war Isa auch nicht in der Schule.« Mingo gab sich Mühe, ruhig zu bleiben.

»Echt?«, sagte Hartmut. »Zwei Tage nicht in der Schule, das Püppchen? Das ist natürlich mysteriös!« Dann wandte er sich um und schrie: »Beeilung jetzt! Ich muss weiter!« Und dann zeigte er hinauf zum Eingang. »Servus!«

»Sind ihre Eltern in der Stadt?«, fragte Mingo. Er hörte Schritte und dann tauchten zwei Männer auf, der im Overall und ein zweiter, der genau den gleichen Overall trug, aber kleiner und dicker war.

»Jetzt schleich dich, sonst gibt's noch Ärger!«, sagte Hartmut.

Die beiden Overalls bauten sich breitbeinig hinter Hartmut auf, als wären sie seine Leibwächter und er ein Superstar. Blitzschnell drehte Mingo sich zur Seite, so dass sein Rucksack gegen Hartmuts Brust prallte und der gegen die Wand, und bevor die beiden blauen Overalls einmal blinzelten, war Mingo an ihnen vorbei und in die hinteren Räume gestürzt. Er rannte über die Tanzfläche, drehte sich im Kreis und versuchte im Halbdunkel in jeden Winkel zu sehen, als würde irgendwo unter einem Tisch, in einer Nische Isa kauern und auf ihre Rettung hoffen. Er riss eine Tür auf, schaute in den engen Raum, der voller Stühle und Bierkästen war, knallte die Tür zu, sprang auf das Podest, wo am Abend der DJ seine CDs auflegte und mit den Schallplatten herumfuhrwerkte, und sah unter dem Pult nach, hinter der Stereoanlage, sogar in einem niedrigen Schrank, aus dem sofort eine Menge Platten herausrollten.

Dann rannte er zum Notausgang im hinteren Teil. Dort war eine Tür und er rüttelte an der Klinke, doch es war abgeschlossen. Als er die drei Männer näher kommen sah, kletterte er auf den Tresen, balancierte darauf entlang, fegte zwei Aschenbecher zu Boden, die klirrend aufschlugen, ohne zu zerbrechen, sprang hinter die Theke und kroch wie ein Hund auf allen vieren, um ja nichts zu übersehen und vielleicht eine Geheimtür zu finden, die in den Keller führte. Tatsächlich entdeckte er eine Klappe, hob sie an und beugte sich hinunter, um etwas zu erkennen. Da unten roch es streng nach Bier und mühsam machte er im Dunkeln Container und andere bauchige Behälter aus und rief dann hinunter: »Isa! Isa! Hörst du mich?« Keine Antwort. Stattdessen packten ihn zwei Hände, zerrten ihn hinter dem Tresen hervor, und dann wurde er mit voller Wucht auf die Tanzfläche geschleudert.

»Sag mal, bist du net ganz sauber, du!«, rief Hartmut und Mingo wunderte sich kurz, woher dieses Windei solche Kraft hatte. Sein weißes Hemd hing ihm aus der Hose und Schweiß glänzte auf seiner Stirn. »Und jetzt hau endlich ab, sonst kannst du deine Knochen nummerieren, Bürscherl!«

Ein Riemen seines Rucksacks war abgerissen und Mingo rappelte sich auf. Ihm tat die Schulter weh und es hingen noch mehr weiße Fäden aus dem Riss an der Jacke als vorher.

»Du hast Hausverbot für zwei Monate!«, brüllte ihm Hartmut hinterher. »Und vergiss des ja net!«

Die beiden Overalls standen genau unter den Glühbirnen. Mingo quetschte sich zwischen den Männern hindurch und sie gaben ihm einen Stoß mit, so wie es Daniel immer tat, wenn ihm jemand, den er nicht leiden konnte, auf dem Schulflur entgegenkam.

Vor der Tür lehnte sich Mingo an den Lieferwagen, schnaufte heftig und spuckte aus. Die Schmerzen zogen von der Schulter den Rücken hinunter und Wut stieg in ihm hoch wie eine Säure und rann ihm aus dem Mund und er merkte es erst, als die Spucke über seine rote Jacke triefte. Das machte ihn so zornig, dass er zweimal mit aller Kraft gegen den Reifen des Lieferwagens trat und auf die Ladefläche spuckte. Dann griff er sich eine Wasserflasche aus einem der Kästen. Schwungvoll hing er sich den Rucksack über die rechte Schulter und unterdrückte einen Schmerzensschrei. Er kam sich vor wie der letzte Verlierer. Er trank einen Schluck aus der Flasche und schleuderte sie zurück auf den Lieferwagen, wo sie gegen die Holzverkleidung krachte und zersplitterte.

Dann warf er noch einen Blick zum Schuppen, in den er gestern vergeblich versucht hatte reinzukommen, bis die Hunde aufgetaucht waren und er über den Zaun klettern musste und sich wie ein mieser Feigling gefühlt hatte.

Wenn ihn jetzt einer schräg anlaberte, würde er ihm einfach eine reinhauen und dann noch eine und dann noch eine und dann weitergehen. So gestimmt überquerte Mingo die Bodenseestraße, während die Fußgängerampel Rot zeigte, und starrte vor sich hin und in seinem Kopf explodierte die Welt und seine Wut war TNT.

Auf einmal stand ihre Mutter neben dem Bett und Isa schlang die Arme um sie und wäre am liebsten in ihren Pelzmantel hineingekrochen, so warm und weich und vertraut war der. Noch nie hatte sie ihre Mutter so innig umarmt, aber daran dachte sie jetzt nicht, sie dachte nur: Meine Mama ist gekommen, um mich abzuholen, meine Mama holt mich hier weg!

Susanne Kaufmann war achtunddreißig, gewöhnlich fielen ihre blonden Haare in üppigen Wellen über ihren Rücken und bei der Arbeit trug sie fast immer eine weiße Bluse, schwarze Hotpants und paillettenbestickte Stiefeletten. Ihre Augen leuchteten in hellem Blau und ihre Lippen in kussfestem Rot, denn sie küsste jeden ihrer Stammgäste schmatzend auf beide Wangen.

Unter dem Nerz war ihre Aufmachung nicht zu sehen,

und Isa fiel auf, dass ihre Mutter ihre Haare hochgesteckt hatte. Außerdem trug sie eine getönte Brille, was sie sonst nie tat.

»Gehen wir jetzt?«, fragte Isa leise. Der Mann, der sie an den Postler Bachmair erinnerte, hatte von ihr verlangt, sich bis auf die Unterwäsche auszuziehen, und ihr Vater hatte ihr zugenickt und so war sie ins Bad gegangen, endlich auf die Toilette, und hatte ihre Jeans und ihren grünen Pulli ausgezogen.

»Nein«, sagte Susanne Kaufmann.

»Warum nicht?«, fragte Isa schnell und zupfte an den Fingernägeln.

»Ich hab uns was zu essen mitgebracht«, sagte Susanne. Sie hatte eine Plastiktüte, aus der eine Packung Nudeln herausragte, an die Wand gelehnt.

Bis auf das breite Bett mit dem Messinggestell, einen alten Holztisch, drei Stühle und einen kleinen Fernseher auf einer grün gestrichenen Holzkiste war das Zimmer leer. Es gab noch eine enge Küche und das Bad mit den gelben Streifen in der Wanne und dem Berg Zeitschriften auf einem Plastikhocker. Isa hatte nur kurz einen Blick darauf geworfen, für solche Sachen interessierte sie sich nicht.

»Hat dir jemand wehgetan?«, fragte Susanne, zog ihren Pelzmantel aus, sah sich um und legte ihn dann über einen der drei Stühle. Isa sah, dass ihre Mutter unter der Bluse keinen BH trug, und das war ungewöhnlich.

»Ich hab dich was gefragt!«

Isa schüttelte den Kopf. Niemand hatte sie berührt, niemand hatte, bis jetzt, von ihr verlangt, auch ihren Slip und ihr Hemdchen auszuziehen, niemand hatte ihr Schmerzen zugefügt, und trotzdem stimmte es nicht, wenn sie sagte, niemand habe ihr wehgetan. Wenn sie nur gewusst hätte, wie sie das erklären sollte! Ihr fielen einfach nicht die richtigen Worte ein und dann schämte sie sich auch so sehr für alles, was in den vergangenen zwei Tagen in diesem Zimmer geschehen war. Und wofür sie sich am meisten schämte, war, dass ihr Daddy dabei gewesen war und sie angesehen hatte, während sie auf dem Bett lag und von diesem dürren Mann gefilmt wurde. Niemand hatte ihr etwas getan, das stimmte, sie sollte einfach nur die ganze Zeit daliegen und sich filmen lassen.

In der Nacht musste sie hier bleiben und ihr Daddy erklärte ihr, der Mann mit der Kamera käme schon um sieben Uhr morgens zurück und es sei viel praktischer, wenn sie hier übernachte. Isa verstand ihn nicht, sie verstand ihn überhaupt nicht, aber sie sagte nichts, sie ließ sich von ihm küssen, und dann sperrte er die Wohnungstür von außen ab und sie ging ans Fenster und öffnete es nicht, denn das hatte er ihr verboten. Nur fernsehen durfte sie, aber das wollte sie nicht. Und dann träumte sie von ...

»Möchtest du Nudeln mit Tomatensauce?«, fragte ihre Mutter. In der Küche packte sie die Sachen aus, die sie mitgebracht hatte. Barfuß – ihre Söckchen hatte sie auch ausziehen müssen – lief Isa zu ihr und wollte etwas sagen. Und brachte keinen Ton heraus. Sie stand in der Küchentür und schaute angstvoll ihre Mutter an.

»Ich bleib jetzt auch hier«, sagte Susanne und wusch sich die Hände im Spülbecken. Wie Lärm kam Isa das fließende Wasser vor.

»Aber warum?«, sagte sie leise.

»Ich erklär's dir beim Essen, Prinzessin«, sagte Susanne. Als sie den Hahn zudrehte und es wieder still war, presste Isa beide Hände auf die Ohren und Tränen liefen ihr über die Wangen.

Ihre Mutter nahm sie in den Arm, doch Isa erkannte ihre Zärtlichkeit nicht wieder und kam sich vor wie nicht gemeint.

Im *Blue Nile* saß niemand, den er kannte. Zwei Mädchen, die er noch nie gesehen hatte, tranken Milchkaffee und streiften ihn kurz mit einem Blick, der ihn sofort zum Asi stempelte, das spürte er, und er ging an ihnen vorbei, als wären sie zwei geschminkte Schatten aus Luft.

»Hast du die Isa gesehen?«, fragte er Emmy, die sechzigjährige Bedienung.

»Hast du Alzheimer oder ikke?«, sagte Emmy, von der das Gerücht ging, sie sei früher Nackttänzerin gewesen. Jeder in der Anne-Frank-Realschule hatte schon davon gehört. »Du hast mich jestern schon nach ihr jefracht! Bist du etwa betrunken oder bekifft?«

»Ich trink nix mehr und Dope hab ich noch nie genommen!«

»Weeß ick doch!«

»Vielleicht ist sie inzwischen da gewesen!«

»Nee, isse nich. Wat willste denn dauernd von der?«

Es hieß, Emmy wäre in Berlin aufgetreten, in den Sechzigerjahren auf dem Kurfürstendamm, und die Leute waren ganz geil auf die scharfe Emmy. Hatte Daniel erzählt. Und der wusste es von Bodo und der war der Neffe von Globus, dem Wirt des *Blue Nile*, und der musste schließlich wissen, wen er einstellte.

»Wir waren hier verabredet, aber sie ist einfach nicht gekommen!«, sagte Mingo und seine Wut hatte sich in eine hysterische Form von Hektik verwandelt, ähnlich wie gestern, als er dieselben Läden schon einmal abgeklappert hatte.

»Ihr seid hier verabredet, wa! Aber jenauso viele sitzen ooch alleene rum, weil se nämlich versetzt worden sind!«

»Mann, Emmy!« Mingo stieß die Glastür auf und verschwand um die Ecke.

Auf der Limesstraße, die am *Blue Nile* vorbeiführte, herrschte starker Verkehr und Mingo trat von einem Bein aufs andere, keine verdammte Lücke tat sich zwischen den fahrenden Autos auf, in der er hätte rüberspurten können. Noch einen Tag ohne die Gewissheit, wo Isa steckte, würde er nicht aushalten, eher würde er so lange an ihrer Wohnung klingeln, bis die Nachbarn die Polizei holten, und dann würde er die Bullen zwingen, die Tür aufzubrechen und nachzusehen. In der Schule hielten sie ihn für krank, weil er angeblich Hirngespinste hatte und weil er sich von Isa, wie Daniel wieder mal haarscharf erkannt haben wollte, total verarschen ließ und vor lauter In-den-Wald-Rennen verblödet war und nicht mehr mitkriegte, was so eine Keule mit ihm anstellte. Idiot! Erstens war Isa keine Keule, sondern ein Mädchen, das fast seine Freundin war, vielleicht sogar richtig, sie hatten bloß noch nicht darüber geredet. Und eine Schlampe war sie schon gar nicht und sie würde ihn nie verarschen, sie ist die Einzige weit und breit, die mich nie verarschen würde, nie! Aber das kapierte dieser krümelhirnige Daniel sowieso nicht! Wieso dachte er jetzt überhaupt über den nach?

Mistrucksack!, dachte Mingo, fixierte den weißen BMW, der von der Hohensteinstraße auf die Limesstraße einbog, und wollte gerade losrennen, als er eine Stimme hörte.

»Mingo! Hallo!«

Beinah wäre ihm der Rucksack von der Schulter gerutscht. Wieder spürte er einen brennenden Schmerz, legte den Kopf schief und verzog das Gesicht.

Emmy war aus dem Café gekommen und stemmte die Fäuste in die Hüften. »Hör ma, falls dich det interessiert ...!«, rief sie und der Wind blähte ihre Schürze auf. »Isas Mutter war vor unjefähr ner Stunde hier, wa! Hat Schokokuchen jekooft, den die Isa so jerne hat. Denn isse wieda jefahrn!«

Mingo machte ein paar Schritte auf sie zu.

»Ihre Mutter? Wann denn?«

»Sa' ick doch: Vor unjefähr ner Stunde, so jejen halb zehn. Hat den Kuchen jeholt und is denn wieda wech.«

»Mit dem Auto?«

»Ja, mit dem kleenen Golf oder wat det is, der rote.«

»Und die Isa war nicht im Auto?« Mingo stand fünf Meter von Emmy entfernt, und der kühle Wind, der plötzlich aufkam, wehte ihm die Haare vor die Augen und er musste sie dauernd wegwischen, und jedes Mal rutschte ihm fast der Rucksack von der Schulter.

»Weeß ick nich, ick gloob aba nich, nee nee, ick hab se ja einsteigen seh'n, wa! Die war alleene, janz sicher.«

»Und ... und ...«, stotterte Mingo und schüttelte heftig den Kopf, als wollte er den Wind verscheuchen, »und wo ist sie dann hingefahren?«

»Na da lang«, sagte Emmy und zeigte nach Süden, »jetzt muss ick aba wieder rin, halt mich uffm Loofenden, ja!« Sie zog die Schultern hoch und ging zurück ins Café.

Mingo schaute in die Richtung, in die Emmy gedeutet hatte. Wenn Isas Mutter dorthin gefahren war, dann konnte das nur bedeuten, dass sie in die Stadt wollte. Und wenn sie extra Schokoladenkuchen kaufte, dann musste der für Isa sein, sie liebte diesen Kuchen, das hatte sie ihm schon mindestens zehnmal erzählt. Aber bis jetzt hatte er noch nie genug Geld gehabt, um ihr ein Stück zu kaufen.

Er rannte über die Straße. Also war Isa in München! Er hatte es gewusst, ich hab's gewusst, ich bin nicht blöd! Er hatte es gleich gewusst! Trotzdem wollte er sichergehen, er wollte jetzt keinen Fehler mehr machen, er musste noch einmal die Orte abchecken, an denen er schon gestern war, und feststellen, ob jemand inzwischen etwas erfahren hatte. Und wenn nicht, dann ...

Dann wäre er in einer Stunde in München und dann würde er Isa finden und dann würde er ihr zwei Stück Kuchen in einem schönen Café kaufen, Schokoladenkuchen ...

In großen Schritten ging er die Wiesentfelserstraße nach Westen und hatte ein neues, unerwartetes Gefühl. Er legte den Kopf in den Nacken und schaute zum grauen Himmel hinauf, zu den vom Wind zerrissenen Wolken, und er hatte plötzlich Hoffnung. Blitzartig schlug seine Stimmung um und er war sich sicher, dass alles gut ausgehen würde und er Einfluss hatte auf den Lauf der Dinge und fähig sein würde, richtig zu handeln.

»Ich kann's«, sagte er vor sich hin, »ich kann's, ja, ich kann's, ich kann's!« Und er beschleunigte seinen Schritt und ballte die linke Faust. »Ja!«, sagte er immer wieder. »Ja! Ja!«

In der Küche roch es nach Zwiebeln und gebratenem Gemüse. Uta, die als Sozialpädagogin mit drei anderen Frauen und zwei Männern im Jugendtreff an der Neuaubinger Wiesentfelserstraße arbeitete, bereitete das Mittagessen für die Schüler vor, für die dieser Ort ein Zuhause war; ihre Eltern waren geschieden und ihre Mütter und Väter hatten keine Zeit und noch weniger Geld für ihre Kinder, und manche von ihnen konnten nicht einmal die fünf Mark entbehren, die eine Mahlzeit im Treff kostete.

Die Jugendlichen aßen hier, spielten Billard und Kicker, machten ihre Hausaufgaben, veranstalteten Partys, verliebten sich und taten das, was Uta für die wesentlichste Freizeitbeschäftigung hielt: Sie nahmen sich wahr; sie redeten, stritten, diskutierten, sie bemühten sich, die Meinung des anderen zu respektieren, auch wenn sie einem selbst total bescheuert vorkam. Ihr Aufenthalt im Treff führte bei manchen zur Befreiung aus der Enge der Lebensumstände daheim, vielleicht nur vorübergehend, aber so, dass sie sich gelegentlich Gedanken über eine Veränderung ihres zukünftigen Lebens machten. Krasse Einzelgänger, die von niemandem einen Rat annahmen und sich auch nicht helfen ließen, wenn sie vor lauter Verzweiflung aufhörten zu sprechen, waren eher selten; aber es gab sie und für Uta waren sie wie das Raumschiff aus dem Film *Independence Day*, das die Erde verdunkelte; sie kamen und überschatteten das Spiel der andern, sie brachten ein Geheimnis mit, das niemand entschlüsseln konnte und das sie selbst am meisten ängstigte.

Und eines dieser Raumschiffe hieß Mingo Border.

Uta kannte ihn seit fünf Jahren, seit sie hier arbeitete. Damals war er elf gewesen und je länger sie ihn beobachtete, umso fremder wurde er ihr. Er war wie ein Kind, das sich verlaufen und vergessen hatte, woher es kam, wohin es wollte und wozu es auf der Welt war. Insgeheim nannte sie ihn einen Schatten ohne Jugend, weil er ihr vom ersten Tag an mehr wie ein Mann als wie ein Kind erschienen war, wie einer, der keine Falten bekam, wenn er lachte, sondern Runzeln, und wie einer, der nie anwesend war, sondern seinen Stellvertreter geschickt hatte, seinen Schatten. Er kam ihr einzelner vor als alle anderen, auch wenn sie nicht genau sagen konnte, was das eigentlich bedeutete. Er war nicht einsamer als andere Kinder, immerhin lebten Mutter und Vater noch in einer Wohnung. Er hatte Freunde, die gern mit ihm zusammen waren, und neuerdings hatte er sogar eine Freundin, wenn die Gerüchte stimmten. Dennoch umgab ihn, wie Uta und ihre Kolleginnen fanden, eine Aura der Verlorenheit, die ihn von den Übrigen unterschied. Viele der Kinder, die in den Treff kamen, waren verschlossen, eingekerkert in Aggressionen und Jähzorn, in Traurigkeit und Furcht, in Depressionen und Schuldgefühle, sie hatten kein Zutrauen, jeder war ihr Feind, niemand berührte ihr Herz. Mingo dagegen war kein Verschlossener, er ging beinahe offen durchs Leben, er versteckte sich nicht, er wehrte nicht ab, er ließ seine Mitmenschen an seinen schnell wechselnden Stimmungen teilhaben. Doch all das wirkte so, als nähme er selber daran gar nicht teil, als wäre da noch ein anderer, irgendwo in der Nähe, unsichtbar. Als wäre der Mingo, den jeder wahrnahm, mit seiner roten speckigen Jeansjacke, seinen schmalen umschatteten Augen und seinem abstehenden Ohr ein Phantom, das Gegenwart nur simulierte, und der wahre Mingo lenkte es von weit her, vielleicht von einem anderen Planeten.

»Wo kommst du jetzt her?«, fragte sie.

»Hast du Isa heut gesehen?«, fragte er und Uta schaute ihn an und hatte wieder diesen starken Wunsch, seine Stille zu ergründen.

»Nein«, sagte sie, sah ihm noch einen Moment in die Augen und widmete sich dann wieder ihrem Wok.

Mingo drehte sich um – und knallte mit einem Jungen zusammen, der hereinstürmte.

»Hi, Uta!«, rief er, ohne Mingo zu beachten. »Gibt's schon was?«

»Gleich, Dennis.«

Dennis war dreizehn, und der Mist an Essen, den er ständig in sich hineinschaufelte, hatte ihn aufgeschwemmt und sein Gesicht sah grau und krank aus. Wenn er ausnahmsweise mal seine Schlabberhose und seine beiden T-Shirts, die er immer übereinander trug, wechselte und halbwegs frische Sachen anzog, wurde er von Uta ausgiebig gelobt. Anschließend lief er wochenlang in diesen Klamotten herum und es war ihm egal, ob sie übel rochen und er darin einen kläglichen Eindruck machte.

»Deine Hose ist ganz nass«, sagte Uta und kippte einen Schöpflöffel voll Reis auf einen blauen Teller und darüber Karotten, Zucchini, Lauch, Sellerie und was sie sonst noch alles im Wok gebraten hatte.

»Kein Mais drin!«, maulte Dennis und nahm Uta hastig den Teller aus der Hand. Er schnappte sich einen Löffel, rannte aus der Küche, als wäre jemand hinter ihm her und wollte ihm das Essen klauen, und verzog sich in eine Ecke in der Nähe des Kickerkastens, wo er gierig und mit gekrümmtem Rücken zu löffeln anfing. Währenddessen schlotterte er mit den Hosenbeinen, die an den Waden völlig durchnässt waren, und schien alles um sich herum vergessen zu haben. Es kam nie vor, dass er sich mit den anderen zum Essen an den Tisch setzte, aber er gehörte trotzdem dazu. Wie bei den meisten hatte auch sein Vater vor langer Zeit das Weite gesucht, kriegte seine Mutter fünfhundert Mark Sozialhilfe im Monat, und ihr aller Heimatland hieß Neuaubing und dahinter war Schluss mit Kosmos. Dennis wollte mal Fahrlehrer werden, vielleicht weil er hoffte, dann ein wenig herumzukommen in der Welt.

»Ich muss noch mal weg, ich lass den Rucksack da«, sagte Mingo und stellte ihn unters Küchenfenster.

»Willst du nichts essen?«, fragte Uta.

»Vielleicht später.«

»Wieso bist du nicht in der Schule?«

»Hab keine Zeit.«

»Wie bitte?«

»Kann ich jetzt den Rucksack dalassen oder nich?«

Uta legte den Kochlöffel weg und wischte sich die Hände an ihrer Schürze ab. »Ich schließ ihn oben im Büro ein«, sagte sie, nahm den Rucksack und verließ die Küche. »Rühr das Gemüse um«, sagte sie im Hinausgehen.

Mingo nahm den Kochlöffel und sein Blick fiel auf Utas Jutebeutel, der an der Türklinke hing.

Und dann rannte sie los. Sprang vom Bett und sauste zur Tür. Der Schlüssel steckte, sie drehte ihn herum und riss die Tür auf. Und wurde im selben Moment von hinten gepackt, ins Zimmer zurückgeschubst und die Tür wurde wieder geschlossen und versperrt.

Susanne hob drohend den Zeigefinger, dann streckte sie ihrer Tochter die Hand hin und Isa stand zitternd auf, ohne sich an ihrer Mutter festzuhalten. Susanne hatte sich ihre Bluse ausgezogen und jetzt legten sie sich beide wieder aufs Bett und Isa musste weiter alles tun, was ihre Mutter von ihr verlangte.

»Mach das nie wieder, hast du verstanden?«, sagte Susanne. »Wir verdienen hier Geld, das wir verdammt dringend brauchen, wann begreifst du das endlich?«

»Ja«, sagte Isa leise, und von draußen drang ein fernes Brummen herein. Draußen, dachte Isa, ist alles wie immer.

Ununterbrochen hielt er den Finger drauf, und er nahm ihn auch nicht weg, als eine Frau durch die Sprechanlage brüllte: »A-Ruah-jetz-sons-hoi-i'd-Bolizei!«

Ungerührt drückte Mingo weiter auf die Klingel. Die Kaufmanns wohnten in einem Einfamilienhaus in der Neideckstraße, sie hatten einen eigenen Garten, in dem sie ihre zwei Dobermänner laufen ließen, und, wie seine Mutter Mingo erzählt hatte, eine junge Putzfrau, die aussehe wie ein Model. Es war nur ein kleines Haus mit einem kleinen Garten und sie wohnten zur Miete dort, aber im Vergleich zu den Eltern von Isas Freunden waren sie eine reiche Familie, in der niemand hungerte und die mit einem ihrer zwei Autos nach Italien reiste oder sogar mit dem Flugzeug nach Amerika.

Das Haus lag nur fünf Minuten von dem achtstöckigen Block entfernt, in dem Mingo mit seinen Eltern lebte, aber nachdem er Isa vorgestern nach Hause begleitet hatte, brauchte er eine halbe Stunde, weil er sich verlaufen hatte in seinem Kopfparadies.

»Bist du net ganz dicht?«

Eine junge Frau mit einem bunten Kopftuch hatte die Haustür geöffnet. Sie trug grüne Gummihandschuhe und Hausschuhe, die aussahen, als wären sie aus dem Fell eines Bobtails gemacht.

»Ist Isa da?«, fragte Mingo an der Gartentür.

»Na! Und jetzt schleich di!« Die Augen der Frau waren groß und schwarz und erinnerten Mingo an jemanden, den er kannte und der sein Geheimnis war, von dem er bisher nicht einmal Isa erzählt hatte.

»Ist die Frau Kaufmann da?«, fragte er.

»Na!«

»Und der Herr Kaufmann?«

»Na!«

»Wo sind die denn?«

»Des woaß i net. Und jetz schleich di!« Die Frau trat einen Schritt zurück und wollte die Tür schließen.

»Entschuldigung!«, sagte Mingo und lehnte sich ein Stück über den Holzzaun. »Ich such nämlich dringend die Isa, können Sie mir nicht sagen, wo sie vielleicht hin ist? Es ist sehr dringend, echt!«

»Des woaß i net«, sagte die Frau und kratzte sich mit dem linken Bobtailschuh an der rechten Wade. »Der Herr Kaufmann is gestern friah mit ihr wegg'fahren, mehra . . .«

»Er ist mit Isa weggefahren?«, rief Mingo und ihm fiel ein, dass Bodo ihm erzählt hatte, er habe Isa mit ihrem Vater im Geländewagen gesehen. »Wohin denn?«

»Wohin denn!«, sagte die Frau. »Wahrscheinlich nach Minga nei!« Dann knallte sie die Tür zu und Mingo ging weg. Ich hab's gewusst, ich hab genau gespürt, dass da was nicht stimmt, ich hab's gewusst!

Unterwegs griff er in die Brusttasche seiner Jacke, um nachzuschauen, ob das Fünfmarkstück noch da war, das er aus Utas Jutetasche genommen hatte. Damit wollte er Isa eine Freude machen. Und zwar schon bald.

5

Etwas wärmt für kurze Zeit

An der S-Bahnstation Donnersberger Brücke stiegen sie ein, und Mingo erkannte sie sofort. Sie waren zu dritt, wie immer, zwei Männer, eine Frau. Sie stellten sich in die Nähe der Tür, warteten, bis der Zug abgefahren war, und verteilten sich dann im Wagen.

»Die Fahrscheine bitte!«

Erschrocken drehte sich ein etwa zwölfjähriger Junge mit einer grünen Wollmütze, die wie eine Flunder auf seinem breiten Kopf klebte, um und blickte sofort wieder geradeaus, genau in Mingos Augen, der reglos dasaß, mit einem kleinen Buch in der Hand; er schaute an dem Jungen vorbei, die schmalen Augen zusammengekniffen, die Lippen aufeinander gepresst. Der Junge mit der grünen Flunder starrte Mingo an: Einen so mürrischen Gesichtsausdruck hatte er noch nie gesehen.

Mingo steckte das winzige Buch, in dem er seit Tagen bei jeder Gelegenheit begierig las, in die Jackentasche, wischte sich mit dem Handrücken die Haare aus der Stirn und lehnte sich zurück. Zwei Bänke weiter saß der Junge, der ihn wie hypnotisiert fixierte, und unter dem ausgebleichten Anorak hob und senkte sich unübersehbar sein Brustkorb.

Offensichtlich hatte jeder im Wagen einen Fahrschein, denn die Kontrolleure erreichten bereits den hinteren Teil, wo Mingo und der Zwölfjährige saßen. Ein älteres Ehepaar beobachtete die zwei Jugendlichen misstrauisch.

Beide trugen graue Hüte und ihre Gesichter sahen aus wie Spiegelbilder. Fasziniert blickte Mingo von einem zum andern.

»Grüß Gott, dein' Fahrschein bitt' schön!«

Der Kontrolleur, der einen Kugelschreiber in der Hand hielt, zeigte Mingo seinen Dienstausweis erst gar nicht. Mingo schaute zu ihm hinauf und tat nichts.

Die Kontrolleurin und ihr Kollege standen vor dem Zwölfjährigen. Er kramte in seinen Taschen und ohne hinzusehen war Mingo klar, dass er versuchte, Zeit zu schinden.

»Hast du eine Fahrkarte?«, sagte der Kontrolleur zu Mingo.

»Ja.«

Hinter ihm sagte seine Kollegin: »Dann musst mitkommen, hilft nix.«

Der Junge mit der Mütze fummelte immer noch in seinem Anorak herum, in seiner grauschwarzen Jeans, schließlich wieder im Anorak.

»Näxta Hoit: Hackabruckn!«, tönte es aus den Lautsprechern. Das ältere Ehepaar mit den identischen Gesichtern nickte synchron.

»Was is jetz!«, sagte der Kontrolleur, und weil Mingo die Arme verschränkte und wieder finster die Augen zusammenkniff, drehte er sich um. »Da hätt' ma einen Renitenten, kommt's doch mal schnell, Kollegen!«

»Bleib schön da sitzen!«, sagte die Frau zu dem Jungen und er nickte und schwitzte weiter.

Der Kontrolleur wandte sich wieder an Mingo und griff nach dessen Arm.

»Hey!«, sagte Mingo und stand ruckartig auf. »Nicht anfassen!«

»Ihn schau an!«, sagte der andere Kontrolleur, ein Mann mit einem vernarbten rot geäderten Gesicht, der Mingo an die Männer erinnerte, die jeden Tag im Neuaubinger *Wienerwald* saßen und alle hassten, die noch nicht arbeitslos waren. »Zeig mal deinen Personalausweis, Bürscherl!«

»Ich hab eine Fahrkarte«, sagte Mingo.

»Ausweis!«, sagte der Vernarbte.

Die S-Bahn erreichte die Hackerbrücke, die Bremsen quietschten und die Leute gingen zu den Türen. Der Junge mit der grünen Mütze hockte auf seinem Platz, starrte die Rücken der drei Kontrolleure an und Schweißtropfen liefen ihm die Wangen runter.

»Mitkommen, Bürscherl!«

Der Zug hielt an und die Leute stürmten auf den Bahnsteig und von dort zur Treppe, die zu der mächtigen Stahlbrücke hinaufführte. Das ältere Ehepaar blieb sitzen und nickte, sie nickten beide mit Blick auf das Geschehen im hinteren Teil. Der Vernarbte packte Mingo am Arm und schubste ihn zur Tür. Mingo machte sich los und die drei umringten ihn und nahmen ihn in die Zange. Beim Hinausgehen warf die Frau noch einen schnellen Blick ins Innere. »Und du kommst auch mit!«, rief sie dem Jungen mit der Mütze zu und er schnellte in die Höhe und folgte ihr. Draußen stellte er sich neben sie und Mingo schaute ihn so intensiv an, dass der Kleine den Kopf senkte und nur zaghaft, wie schuldbewusst, die Augen hob. Wieso ist der nicht längst abgehauen, der Trottel?, dachte Mingo. Verdruckst stand der Junge da, mit hochgezogenen Schultern, und schien irgendwelchen traurigen Gedanken nachzuhängen.

»Jetzt zeig deinen Ausweis, sonst hol' ma die Polizei«, sagte der Kontrolleur mit dem Kugelschreiber.

»Ich hab eine Fahrkarte und mehr brauch ich Ihnen nicht zu zeigen«, sagte Mingo. In diesem Moment drehte sich die Frau zu dem Zwölfjährigen um und wollte ihn festhalten. Doch der Kleine patschte mit der flachen Hand auf die grüne Flunder auf seinem Kopf und rannte, wie man es ihm mit seinen kurzen Beinen nicht zugetraut hätte, in Richtung Treppe, trippelte affengewandt die Stufen hinauf und verschwand oben zwischen einer Gruppe japanischer Touristen.

Mingo war zufrieden. Das hatte ja ewig gedauert, bis der Typ schnallte, was abging!

In seinen schmalen dunkelblauen Augen lag nun keine Finsternis mehr, sondern Verachtung. Und während der Vernarbte seinen Block herausholte und sein Kollege ihm den Kugelschreiber gab, zog Mingo seine Monatskarte aus der Jackentasche und hielt sie den dreien hin.

»Die gilt bis zum Hauptbahnhof«, sagte er, und als er sie wieder einstecken wollte, hielt der Vernarbte seinen Arm fest.

»Du bist ja ein ganz schlaues Kerlchen!«, sagte der Vernarbte und ließ Mingos Arm los. Mingo steckte die Plastikhülle mit dem Fahrschein ein. Die drei interessierten ihn nicht mehr. Er wischte sich über die Augen und roch den Wind, der nach Metall schmeckte. Er ging ein paar Schritte von den Kontrolleuren weg, die leise miteinander redeten.

Die nächste S-Bahn kam und Mingo stieg ein. Neben der Tür lehnte er sich an die Wand, in der Hand das kleine Buch, das er seit Tagen las. *Ich finde, wir sollten erst Menschen sein und danach Untertanen. Man sollte nicht den Respekt vor dem Gesetz pflegen, sondern vor der Gerechtigkeit. Nur eine einzige Verpflichtung bin ich berechtigt einzugehen, und das ist, jederzeit zu tun, was mir Recht erscheint.*

Im Tunnel, durch den die S-Bahn auf den Hauptbahnhof zuraste, schaute Mingo von seinem Buch auf und sah im schwarzen Zugfenster sein heimliches Lächeln.

Auf die gelbe Markise des türkischen Gemüseladens in der Landwehrstraße tropfte der Regen. Zwischen den Kisten voller Tomaten, Zwiebeln, Kartoffeln und Orangen, die schräg auf dünnen Stahlträgern angebracht waren, floss unaufhörlich Wasser vom Dach auf den Bürgersteig, nachdem minutenlang ein Regenschauer auf die Gegend um den Hauptbahnhof niedergegangen war. In der Straße mit den türkischen und griechischen Geschäften und Cafés stauten sich die Autos bis zur Ampel an der Paul-Heyse-Straße. Aus einigen Fenstern drang orientalische Musik. Frauen in beigen Mänteln, kopftuchverhüllt, huschten an den Hausmauern entlang und schleppten Einkaufstüten. Die Männer saßen in den Cafés, rauchten, tranken Chai, spielten Karten oder waren, bekleidet mit weißen Kitteln, in ihren Läden bei der Arbeit. Mingo schaute ihnen gelangweilt zu und fand, sie sahen aus wie unrasierte Zahnärzte.

Er stand unter der Markise, auf die es drauftropfte, die Hände in den Hosentaschen, den Jackenkragen hochgeschlagen, und blinzelte. Beinah wie sein Vater, wenn er zu viel getrunken hatte. Doch Mingo war nüchtern, er blinzelte, weil er nicht rechtzeitig vor dem Regenguss einen Unterschlupf gefunden hatte und das Wasser ihm jetzt von den Haaren in die Augen lief.

Es war kälter geworden, und obwohl der Regen inzwischen aufgehört hatte, war es überall nass und ungemütlich und die Gesichter der dahineilenden Menschen waren wie versteinert.

Nur die Kinder in der Landwehrstraße lachten und schrien und sprangen begeistert in die tiefsten Pfützen. Ihre Mütter zerrten sie mit sich fort, sie rissen sich los und nahmen von neuem Anlauf. Auf der anderen Seite, in der Nähe einer Bar, standen zwei türkische Jugendliche unter dem Vordach und rauchten, sie trugen dicke schwarze Daunenjacken und Mingo sah sofort, dass es Helly-Hansen-Jacken waren, und er war neidisch auf die beiden. Er hatte nur eine *Wrangler*, die war nicht schlecht und er trug sie wie eine zweite Haut, aber verglichen mit einer *Helly Hansen* war sie armselig. Er hatte kein Geld und schon schwer darum kämpfen müssen, einen East-Pack-Rucksack zu bekommen und Nike-Turnschuhe. Ohne einen *East-Pack* hätte er sich nicht mehr in die Schule getraut, und das hatte er seiner Mutter auch eingeschärft und sie gab schließlich nach. Und jetzt, fiel ihm ein, als er dastand und hinüberschaute zu den beiden Schwarzhaarigen, die sich vor Lässigkeit kaum auf den Beinen halten konnten, jetzt war einer der Träger an seinem *East-Pack* abgerissen und schuld war dieser Depp aus dem *Sunrise*. Und drüben, in der Bar, die er schon die ganze Zeit beobachtete, würde er wieder so einen Deppen treffen. Mingo spuckte aus und gleich noch mal und der weiße Schleimfleck wurde vom Regenwasser in den Rinnstein gespült.

Er hatte keine Lust mehr zu warten. Ihm war kalt. Er hatte Hunger und nur fünf Mark dabei, und die brauchte er für etwas anderes, etwas Wichtigeres. Er musste jetzt handeln und er durfte sich nicht wieder so dämlich abspeisen lassen, so wie gestern. Mann, war er sich blöde vorgekommen, wie ihn der Kerl an der Tür angeblafft und dann über die Straße geschubst hatte wie einen Idioten! Wahrscheinlich waren die beiden Typen in ihren Helly-Hansen-Jacken gestern auch schon dagestanden, supercool wie jetzt, und hatten ihn angegrinst und ihm den Effe gezeigt, weil er hier nicht hingehörte und ein Asi war. Klar bin ich ein Asi in meiner Scheiß-Wranglerjacke!

Sein Blick fiel auf seine abgetretenen Nikeschuhe und er gab sich einen Ruck. Immer noch stauten sich die Autos bis vor zur Ampel, er zwängte sich zwischen ihnen hindurch, wischte sich mit der flachen Hand über die Augen und stolperte. Stolperte über die Bordsteinkante, war das zu fassen! Er fiel nicht, aber er taumelte, und er kam sich lächerlich vor. Sofort blickte er nach rechts und die beiden Typen taten, als wäre nichts geschehen, redeten aufeinander ein und beachteten ihn anscheinend nicht. Penner!, dachte Mingo, und dann dachte er an nichts mehr, sondern drückte auf den Klingelknopf unterhalb des verdunkelten schmalen Fensters an der Bartür. Über der Tür stand in schrägen Lettern: *Moonlight.*

Niemand öffnete und Mingo ließ seinen Daumen auf der Klingel, wie bei den Kaufmanns, bevor die junge Frau in ihren Bobtailschuhen die Tür aufgemacht hatte.

Er hörte das Schnarren der Klingel im Innern. Gestern war nach einer halben Minute dieser Kerl im Ledermantel erschienen und hatte ihn angeschrien und behauptet, er wäre der Chef hier.

Nichts zu hören, nur das gleichmäßige Schnarren der Klingel. Mingo tat schon der Daumen weh und er nahm ihn blitzschnell weg und drückte mit der anderen Hand weiter.

Durch die Risse in seiner Jacke drang Feuchtigkeit. Er zog die Schultern hoch und trat von einem Bein aufs andre. Je länger er auf die Klingel drückte, desto mutloser wurde er, und das ärgerte ihn schon wieder. Erst fühlte er sich immer stark und mehr noch: sogar lässig und unbesiegbar und bildete sich was auf sich ein und dann, im nächsten Moment, fiel er in sich zusammen, verlor allen Mut und alle Zuversicht und verachtete sich, verachtete sich so sehr, dass er nicht einmal mehr Worte dafür hatte, was in ihm vorging, dass er nicht einmal mehr schreien konnte oder um sich schlagen. Dann wünschte er, er wäre fähig, Prügel auszuteilen wie Daniel, mit seiner bloßen Gegenwart Leute einzuschüchtern und bei der geringsten Widerrede die Faust auszufahren. Aber das klappte bei ihm nicht und er wusste nicht, wieso. Wieso war er so ein Hänfling, der in Klamotten rumlief, die genauso zerrissen waren wie seine Gefühle? Wieso bin ich so und dann wieder anders und wieso macht jetzt niemand auf? Ich baller einfach das Schloss kaputt, ich baller einfach das Scheißschloss kaputt! Wieso macht jetzt niemand . . .

»He, du, gibt's Probleme?«

Mingo fuhr herum. Ein Mann in einem Trenchcoat stand vor ihm. Er hatte einen dicken, silbernen Ring am Daumen und einen dünneren am linken Ohr und seine rotbraunen Schuhe glänzten. Hinter ihm sah Mingo einen schwarzen Jaguar, der zur Hälfte auf dem Gehsteig parkte.

»Ich will mit Herrn Kaufmann sprechen«, sagte Mingo und die Worte kamen wie von selbst aus seinem Mund und darüber war er ziemlich froh.

»Ja und?«, sagte der Mann. Er steckte die Hand in die rechte Manteltasche und Mingo schaute genau hin. Der Mann sah sich um und nickte den beiden Jugendlichen in den Helly-Hansen-Jacken flüchtig zu.

»Ich will ihn sprechen«, sagte Mingo. Der Mann, der

vor ihm stand, war nicht derselbe wie gestern, aber genauso groß und arrogant und unsympathisch.

»Er ist nicht da.«

»Er ist doch der Chef hier, oder?« Mingo bemühte sich, nicht zu auffällig auf die Stelle des Mantels zu starren, wo die Hand des Mannes verschwunden war.

»Das ist ein Märchen, mein Freund«, sagte der Mann. Mit irgendetwas war seine Hand in der Tasche beschäftigt, das konnte Mingo aus den Augenwinkeln sehen.

»Das ist kein Märchen, ich will ihn jetzt sofort sprechen.«

»Wie heißt du?«, fragte der Mann und seine Stimme war hart und tonlos.

»Ich bin ein Freund von Isa und die such ich und deswegen muss ich mit Herrn Kaufmann sprechen.« Was trieb der Typ mit der Hand in der Manteltasche? Schraubte er einen Schalldämpfer an seine Wumme? Mingo glaubte zu erkennen, dass die Hand kreisende Bewegungen machte.

»Hat man dir nicht beigebracht, auf Fragen zu antworten?«, sagte der Mann und senkte den Kopf, schaute einen Moment auf seine Schuhe, als wollte er sich versichern, dass sie noch da waren und so glänzten wie zuvor, und zog dann die Hand aus der Tasche. Unwillkürlich drehte sich Mingo zur Seite, vage rechnete er mit einer Explosion oder einem Aufspritzen von irgendetwas. Doch nichts geschah. Der Mann führte die Hand zum Mund, die Finger gekrümmt, und jetzt sah Mingo, was der Mann in der Manteltasche getan hatte: Er hatte sich eine Zigarette gedreht. Mit einem goldenen Feuerzeug zündete er sich die Zigarette an, nahm einen tiefen Zug und schaute auf Mingo herab.

»Was willst du?«, fragte er.

»Das hab ich doch gesagt!« Langsam spürte Mingo wieder Ruhe in sich aufsteigen, er ließ die Arme hängen und drehte die Handgelenke. »Ich will den Chef sprechen.«

»Obacht, ja? Der Chef bin ich. Ich bin der Chef und sonst niemand. Und jetzt verschwinde, Kleiner, geh nach Hause.«

»Das stimmt nicht, ich weiß, dass diese Bar Herrn Kaufmann gehört!« Mingo ballte die Fäuste und ließ sich nichts anmerken. Bald würde er bereit sein, sehr bald.

»Gehört? Dass die ihm gehört?« Der Mann sog tief an der Zigarette, nahm sie zwischen zwei Finger und leckte sich die Lippen. »Diese Bar gehört meinem Bruder Mustafa, und zwar seit acht Jahren. Und Jacky Kaufmann war mal sein Partner, aber das ist lange her, jetzt ist er nur noch der Laufbursche meines Bruders, kapiert? Jacky Kaufmann macht Botengänge für uns. Wenn wir wollen! Jacky Kaufmann ist ein Versager, er hat es geschafft, eine Bar in dieser Lage auf null zu bringen. Weißt du, was das bedeutet? Jacky Kaufmann ist eine Vollniete!«

Der Mann spuckte die Zigarette auf die Straße und streckte den Arm in Richtung Mingo aus. Im selben Moment streckte auch Mingo seinen rechten Arm aus und schlug mit der Faust zu. Er traf den Brustkorb des Mannes und seine Faust prallte wie auf eine Wand. Der Mann packte Mingos Arm, drückte den Jungen gegen die Hauswand und ließ ihn sofort wieder los. Mingo keuchte, die Haare hingen ihm über die Augen, und an der Stelle, an der ihn der Mann gepackt hatte, pochte es und vom Schlag schmerzten seine Finger.

»Hast du sie nicht mehr alle?«, sagte der Mann, warf den beiden Jugendlichen in den schwarzen Daunenjacken einen schnellen Blick zu und holte einen Schlüsselbund aus der Manteltasche. »Hau jetzt ab, Mann! Ich schlag mich nicht mit Kindern, verpiss dich!«

Mingo lehnte an der Wand und vom Dach tropfte es auf ihn herab. Er machte einen Schritt, blieb stehen und sah dem Mann zu, wie er die Tür der Bar aufsperrte.

»Ich muss ihn aber sprechen!«, sagte Mingo.

Der Mann sah ihn an, verzog unappetitlich den Mund, und Mingo konnte seine Goldzähne sehen.

»Es ist wichtig! Es ist wichtig!«

»Vielleicht«, sagte der Mann und es kam Mingo so vor, als würde ein hämisches Grinsen über sein Gesicht huschen, »wischt er im *Jingle Bells* grade die Toiletten auf, kann sein! Er hat da auch noch 'ne Menge Schulden abzuarbeiten, so wie bei meinem Bruder und mir. Wenn du ihn triffst, erinner ihn dran, dass wir heut noch eine Verabredung haben, um zehn! Alles klar?«

Er machte die Tür auf, ging hinein und sperrte von innen ab.

Mingo hatte keine Ahnung, wo das *Jingle Bells* war. Er hatte überhaupt keine Ahnung, wo irgendwas war. Wo war er überhaupt gerade? Und wieso stand er jetzt genauso dämlich da wie gestern? Zumindest hatte er sich diesmal nicht über die Straße jagen lassen! Und sein Arm tat ihm weh und seine Hand. Und der Typ hatte ihn vor aller Augen lächerlich gemacht! Besonders vor den Augen dieser zwei Helly-Hansen-Wichser! Mit zusammengekniffenen Augen warf ihnen Mingo einen der finstersten Blicke zu, die er im Repertoire hatte, und fragte sich, warum die nichts Besseres zu tun hatten als hier blöde rumzustehen und sich mit ihren Scheißjacken wichtig zu machen.

Demonstrativ steckte Mingo die Hände in die Hosentaschen und ging über die Straße. Die Autos kamen nur langsam voran und ein Fahrer hupte, weil Mingo nicht stehen blieb. Auf der anderen Seite betrachtete er eine Kiste voller Orangen vor dem türkischen Gemüseladen, drinnen bediente der Besitzer im weißen Kittel eine Kundin und sonst war niemand in der Nähe.

Wenig später steuerte Mingo eine Telefonzelle an – mit zwei Orangen in der Jackentasche, eine für ihn, eine für Isa. Bestimmt würde sie großen Hunger haben, den hatte sie ja immer. Er dachte an sie und das wärmte ihn für kurze Zeit.

Der Mann mit der Kamera war zurückgekommen. Er kniete auf dem Bett und Isa musste ihn anschauen und so tun, als ob sie Angst hätte. Das hatte ihre Mutter gesagt und Isa hatte gefragt, warum, und ihre Mutter hatte geantwortet: »Tu einfach so.« Und sie hatte so getan und dann bekam sie wirklich Angst, immer größere Angst, während der dürre Mann in dem weißen Hemd, das nach Schweiß roch, über ihr thronte und sie filmte. Vor fünf Minuten war ihre Mutter, die sich im Gegensatz zu ihr nackt ausgezogen hatte, aus dem Bett gestiegen und ins Bad gegangen. Isa wollte sie fragen, warum sie sich nackt auszog, aber dann hatte sie es vergessen und war froh, dass sie ihre Unterwäsche anbehalten durfte.

»Schau in die Kamera!«, sagte der dürre Mann und Isa gehorchte.

»Mach die Augen weiter auf, noch weiter!« Und Isa gehorchte. Sie klammerte sich an das Bettgestell, wie ihre Mutter es ihr vorgemacht hatte, und dann zog sie die Beine an und presste sie fest an den Körper und der Mann mit der Kamera stand über ihr und sie schaute zu ihm hinauf und war nahe dran zu weinen. Aber das wollte sie nicht, sie wollte stark sein und sich zusammenreißen, sie wollte vor diesem Mann, den sie nicht mochte, der nach Schweiß stank und schwitzte, nicht heulen, sie wollte es einfach nicht.

»Sehr gut!«, sagte er und fuhr sich mit der Zunge über seinen dünnen Oberlippenbart. »Weiter so, Isa, mach weiter...«

Und diese Worte erinnerten sie auf einmal an das, was Mingo zu ihr gesagt hatte, als er sie vor zwei Tagen bis vor die Haustür begleitet und sie ihn umarmt und geküsst hatte. So hatten sie sich noch nie geküsst. Sie hatte sich eng an ihn gedrückt und er hatte nach Luft geschnappt und das fand sie lustig. Und dann rann ihm der Speichel aus dem Mund und das war ihm unangenehm, und weil sie ihn trösten wollte, küsste sie ihn gleich noch mal und schob ihre Zunge in seinen Mund und das verunsicherte ihn noch mehr.

»Schön bist du«, sagte der ekelhafte Mann.

Nein, sie wollte nicht schön sein, ich bin nicht schön, ich bin nicht schön, sie hatte nur eine Erinnerung und die war schön. Den ganzen Weg vom Jugendtreff bis in die Neideckstraße, wo sie wohnte, waren sie Hand in Hand gegangen, es war schon dunkel und niemand beachtete sie, aber Mingo schaute sich trotzdem dauernd um, weil er dachte, sie würden beobachtet. Isa nahm seine Hand und führte sie langsam hoch zu ihrer Brust und seine Hand war feucht und kalt und dünn und sie gingen weiter und seine Hand ruhte auf ihrem Pulli unterm Anorak und sie wusste genau, was mit ihm los war. Mingo war ein alter Schämerer, so nannte sie ihn heimlich, das hatte sie ihm noch nie gesagt, weil sie sich sicher war, er wäre dann böse auf sie. Er war schüchtern, obwohl er schon sechzehn war, und er hatte bestimmt noch nie mit einem Mädchen geschlafen. Er las Bücher und ging in den Wald, aber niemand wusste, wieso. Sie hatte ihn gefragt, als sie vor ihrem Haus standen und er mal wieder Luft holen musste zwischen den Küssen, da hatte sie ihn gefragt, und er hatte erwidert: Nur so, nur so würde er in den Wald gehen, weil's da still sei und er seine Ruhe habe. Wovor, wollte sie wissen, wovor er dann seine Ruhe habe, aber er hatte keine Lust mehr zu sprechen, er wollte nur noch küssen. Sie fand, im Küssen war er gar nicht so schlecht, also hatte er wohl schon oft geübt. Nur der Sabber rann ihm aus dem Mund, das war noch nicht perfekt. Und wie er sie umarmt hatte! So war sie noch nie umarmt worden, so fest, so sanft, als wären seine Arme ein weicher Mantel, der sie vor der Kälte beschützte und vor allem, was wehtut. Und dann hatte sie sein schiefes Ohr geküsst und er kicherte, weil er kitzelig war. Dann musste sie ins Haus gehen, weil ihre Mutter nach ihr rief, und sie drehte sich noch einmal um und sah ihm zu, wie er seltsam die Straße hinunterging, er tänzelte fast, er machte komische Schritte und wirkte noch schmaler und unauffälliger als sonst. Aber er hatte sie umarmt, er hatte sie festgehalten und sie beschützt.

»Reiß dich zusammen, Isa!«, sagte Susanne und Isa schaute sie an. Ihre Mutter hatte sich ein Handtuch um die Hüften gebunden und ihre Haare hochgesteckt, die sie vorher, im Bett, offen getragen hatte. Was hatte das zu bedeuten? Isa schaute sie an und der Mann sagte: »Sieh mich an, hierher, und zieh dein Hemd hoch, zieh's hoch!« Ratlos schaute Isa ihre Mutter an, die nickte. Also zog sie ihr Hemd ein kleines Stück hoch, nur bis zum Nabel, nicht weiter, keinen Millimeter weiter. »Weiter, weiter hoch!«, befahl der Mann und Isa sagte laut: »Nein!« Und ihre

Mutter nickte ihr zu und sie war froh, zum ersten Mal war sie froh, dass ihre Mutter hier war.

Dann hörte sie Geräusche an der Tür. Ein Klopfen und dann das Klacken eines Schlüssels. Isa wandte den Kopf. Der Mann, den sie im ersten Moment, vor der Tür, für den Postler Bachmair gehalten hatte, kam herein und sperrte die Tür wieder ab. Er trug immer noch den gelben Pullunder und die eckige Brille.

Als Isa sich wieder umdrehte, bemerkte sie, dass der dürre Mann seine Kamera nicht mehr auf sie richtete, sondern auf den Postler Bachmair. Und dass ihre Mutter das Handtuch von der Hüfte nahm und es über einen Stuhl warf.

»Wie, krank?«, fragte Mingo und kniff die Augen zusammen, weil der Scheinwerfer von der Wand ihm direkt in die Augen schien.

Der Raum, in dem er sich befand, war geschmückt mit Weihnachtspapier in allen Farben, Lametta, Christbaumkugeln, bunten Lämpchen, Geschenkschachteln, die sich in den Ecken türmten, glitzernden Wandtapeten und einem voll behangenen Baum aus Plastik. Im *Jingle Bells* an der Ingolstädter Straße, nahe dem Euro-Industriepark, war das ganze Jahr über Weihnachten. Die Besucher dieser Bar im Norden Münchens schätzten besonders die Zärtlichkeit der leicht bekleideten Rauschgoldengel, von denen sie hier umsorgt wurden, und für spezielle Kunden gab es eine Rutenkammer.

Im Flur hatte Mingo Fotos von den Barfrauen gesehen und sie hatten ihn angewidert wie das ganze Lokal.

Und nun hockte er hier, inmitten von Weihnachten, und musste sich Lügen anhören.

»Glaub ich nicht«, sagte er, »vorgestern war Isa noch ganz gesund, sie hätt mir gesagt, wenn ihr was fehlen würde.«

»Sie ist bei einem Spezialisten«, sagte Hannes Kaufmann, der gerade dabei war, Rechnungen zu sortieren, als Mingo hereinkam. Die Tür stand offen und niemand hatte ihn blöd angemacht. Im Telefonbuch hatte er die Adresse nicht gefunden und er bettelte eine alte Frau an, damit sie ihm eine Mark zum Telefonieren schenkte. Von der Auskunft ließ er sich die Adresse geben und fuhr dann zuerst mit der U-Bahn bis zur Münchner Freiheit und von dort mit dem Bus in die Ingolstädter Straße, schwarz und cool auf der Rückbank. In dieser Gegend war er noch nie gewesen und er war sich sicher, er würde nie wieder herkommen. Wenn er Sehnsucht nach was Trostlosem hatte, konnte er genauso gut in Neuaubing bleiben, da kannte er sich wenigstens aus. Er war zwei Stationen zu weit gefahren und musste die ganze öde Ingolstädter Straße zu Fuß zurückgehen. Die Autos rasten an ihm vorbei und er trabte genervt an grauen Bürogebäuden und Geschäften entlang.

»Wir wollen, dass sie schnell wieder gesund wird«, sagte Kaufmann. »Deshalb haben wir sie in die Klinik gebracht. Ihre Mutter hat sie in der Schule krank gemeldet, wahrscheinlich bis nächste Woche.«

»Der Bodo hat sie aber gesehen«, sagte Mingo und strich sich mit der flachen Hand die Haare aus den Augen. Er fröstelte, seine Turnschuhe waren nass. »Die Isa und Sie.«

»Wann?«, sagte Kaufmann. Er rauchte und legte die Rechnungen auf verschiedene Stapel.

»Gestern früh, Sie sind beide mit dem Geländewagen weggefahren.«

»Ja, ich hab Isa in die Stadt gefahren, zum Arzt.«

Und ihre Mutter hat ihr Schokoladenkuchen gekauft, dachte Mingo. Vielleicht hatte er sich umsonst gesorgt, vielleicht war sie gar nicht verschwunden, sondern schwer krank und er bildete sich bloß was ein, ich hab bloß wieder Schiss gehabt.

»Kann ich sie besuchen?«, fragte er.

»Nein«, sagte Kaufmann.

Sie schwiegen. Kaufmann trank Whisky. Mingo steckte die Hände in die Jackentaschen und fühlte die Orangen, die er gebunkert hatte.

In der Bar roch es nach süßem Parfüm und wieder einmal an diesem Tag hatte er das Gefühl, am falschen Ort zu sein und dass alles, was er unternahm, um Isa zu finden, ihn nur noch weiter in die Irre trieb. Er wusste nicht mehr, was wahr war und was gelogen, er wusste nicht mehr, was er fühlen sollte und ob er sich was einbildete oder ob er ein gutes Gespür hatte und sich auf keinen Fall austricksen lassen durfte. Die Verwirrung machte ihn schwindlig, machte ihn kopflos, machte ihn verrückt.

Er stand auf und endlich blendete ihn nicht mehr dieser Scheinwerfer und er nahm die Hände aus den Taschen.

»Ich will sie besuchen!«, sagte er und kniff die Augen zusammen.

»Das geht nicht, sie braucht Ruhe«, sagte Kaufmann, ohne ihn anzusehen.

»Ich will sie trotzdem besuchen!«

»Geh nach Hause, Mingo!«

»Stimmt es, dass Sie viele Schulden haben?«

Kaufmann hob den Kopf. Er schniefte, drückte die Zigarette aus und wartete ab. Das konnte Mingo auch. Er stand da und wartete ab. Irgendwo klirrten Gläser und Mingo glaubte die Stimme einer Frau zu hören. Er wartete.

»Ach ja?«, sagte Kaufmann nach einer Weile und Mingo legte den Kopf schief.

»Ja«, sagte er, »ich war im *Moonlight*. Wo Sie heut um zehn noch eine Verabredung haben. Daran soll ich Sie erinnern. Vom Bruder vom Mustafa.«

»Danke«, sagte Kaufmann. »Und jetzt verzieh dich, ich muss arbeiten.«

»Ich will Isa besuchen«, sagte Mingo. Er kratzte sich an seinem schiefen Ohr und schaute den künstlichen Weihnachtsbaum an und musste plötzlich an Senja denken, die sein Geheimnis war, von dem nicht einmal Isa etwas wusste, nur sein Kumpel Konny und der hielt die Klappe. Wenn er Isa wieder sah, wollte er ihr sofort von Senja erzählen, und die beiden würden Freundinnen werden, davon war er überzeugt.

Eine halbe Stunde später ging er durch die Halle des Hauptbahnhofs. Er war mit dem Bus zurückgefahren, wieder schwarz und cool auf der Rückbank, und anschließend mit der U-Bahn. Mit der Rolltreppe fuhr er auf die Balustrade hinauf und trank bei Burger King zwei Becher Cola aus, die Gäste halb voll stehen gelassen hatten. Eine Gruppe Jungs und Mädchen stand am Geländer und redete gestenreich aufeinander ein, ohne dass ein Wort zu hören war, sie waren taubstumm. Mingo schaute ihnen zu, während er trank, und als er fertig war und den Pappbecher in den Abfalleimer warf, versperrten ihm auf einmal zwei Bahnpolizisten in schwarzen Uniformen den Weg.

»Ausweiskontrolle«, sagte der eine und der andere platzierte sich breitbeinig neben ihm.

»Hab keinen Ausweis dabei«, log Mingo. Er wollte nicht, dass sie rausfanden, wie alt er war, sie würden ihn fragen, was er hier machte, und dann würden sie ihn zu seiner Mutter bringen und die bekäme wieder einen halben Herzinfarkt, so wie gestern, und das wollte er vermeiden.

»Dann begleitest du uns«, sagte der Polizist, der breitbeinig dastand. An seinem Gürtel hingen Handschellen und ein kurzer Gummiknüppel. Beide Männer trugen Pistolen.

»Ich schau mal nach, vielleicht hab ich ihn doch dabei«, sagte Mingo und fing an, in seinen Taschen zu kramen. Irgendetwas musste ihm einfallen, das war wieder typisch, dass sie ausgerechnet ihn schnappten! Wieso ausgerechnet mich, verdammt?

»Los jetzt, komm!«, sagte der Polizist, und plötzlich wurde er von hinten angerempelt und taumelte gegen das Geländer. Instinktiv griff der zweite Polizist zu seinem Gummiknüppel, doch da bekam er einen Schlag gegen die Beine und verlor für einen Moment die Orientierung. Ein Junge hatte die beiden angegriffen und jetzt erkannte Mingo ihn: Es war der kleine Dicke aus der S-Bahn, der mit der grünen Mütze, der keinen Fahrschein hatte und nach ewiger Ladehemmung endlich weggerannt war, nachdem Mingo für ihn den Fluchtweg freigemacht hatte. Seine grüne Mütze hatte er tief ins Gesicht gezogen und er winkte Mingo zu.

»Hey!«, grölte er den Polizisten entgegen, »lasst bloß den Typ in Ruhe, das ist mein Freund, kapiert?«

Mingo zögerte keine Sekunde, gerade, als der Kleine anfing, die Polizisten anzuspucken, drehte er sich um und rannte an der Boutique mit den Billigklamotten vorbei zur Treppe, die hinunter zu den Gleisen führte.

Inzwischen trat der Kleine mit der Mütze wie verrückt nach den Polizisten und sie schafften es nicht, ihn festzuhalten. Die Taubstummen klatschten und lachten lautlos. Jetzt packte einer der Polizisten den Kleinen und drehte ihm den Arm auf den Rücken. Der Junge schrie auf, beruhigte sich aber sofort wieder und warf einen Blick in die Richtung, in der Mingo verschwunden war.

An der Treppe zu den Gleisen blieb Mingo einen Moment stehen und drehte sich um. Der Kleine schaute zu ihm herüber und grinste und Mingo sah nur einen einzigen Zahn.

Beim Hinunterlaufen fragte er sich, wieso der Kleine sich so einfach festnehmen ließ, aber dann dachte er nicht weiter darüber nach, drängte sich zwischen den Leuten hindurch, die durch die Halle strömten, und erwischte im Untergeschoss gerade rechtzeitig die S-Bahn nach Lochhausen.

Keuchend ließ er sich auf die Bank fallen und streckte die Beine aus. Nach Hause wollte er heute nicht, und zwar die ganze Nacht nicht. Er wusste einen besseren Ort, einen Ort, der ihm Kraft geben und wo er jemanden treffen würde, der ihn verstand und mit dem er reden konnte, über alles. Jemand, der ihn nicht nervte, wenn er nichts sagte, wenn er bloß dasaß, atemlos von den Stimmen, die in seinem Kopf wüteten.

Doch vorher musste er noch seine Mutter anrufen.

»Hallo?«

»Ich bin's, Mingo . . .«

»Wo steckst du?«

Sein Vater war dran. Er ging sonst nie ans Telefon.

»Hör zu, ich komm heut Nacht nicht nach Hause, sag Mama Bescheid.«

»Wo bist du, verflucht?«

»Es ist alles in Ordnung, sag Mama, sie soll sich keine Sorgen machen, ich ruf morgen wieder an.«

»Du kommst sofort . . .«

Er hängte ein, verließ die Telefonzelle in der Limesstraße und machte sich auf den Weg zum Turm.

Morgen würde er Isa finden, hundertprozentig, und das munterte ihn augenblicklich auf. Und er freute sich, dass er jetzt gleich Senja sehen würde, die einzige Schauspielerin, die er persönlich kannte!

Es begann wieder zu regnen. Er zog die Jacke fest zu und beeilte sich.

6

Senja muss dem Sonntagsjungen
alles aus der Nase ziehen

Sie lebte im zweiten Stock in einem achtzehn Quadrat-
meter großen Zimmer mit Küchennische und einem
winzigen Fenster. Meist war es still und das waren für sie
die schönsten Momente. Sie saß dann in dem alten Oh-
rensessel, trank Rotwein und lächelte sanft und still, sanft
und still wie diese Stunde. Manchmal hörte sie die Vögel
zwitschern und einen Specht hämmern, der sich vielleicht
eine neue Behausung zimmerte. Ansonsten, und das ge-
noss sie so bewusst wie das Aufgehen der Sonne, denn ihr
Zimmer ging nach Osten, drang von draußen das Lachen
und Schreien von Kindern herein, Hundegebell, und dann
wieder lange kein einziges Geräusch. Früher, als sie noch
in der Kellerstraße gewohnt hatte, fühlte sie sich umzin-
gelt von Leuten, die den ganzen Tag klopften und bohrten,
sägten und schepperten, und sie schlug sinnlos gegen die
Wände und schrie durch den Hausflur und drohte mit der
Polizei und hätte am liebsten das Haus in die Luft ge-
sprengt und alle umliegenden Häuser gleich mit. Als sie
ausziehen musste, machte sie so viel Krach, wie sie konnte;
niemand beschwerte sich.

Seit Senja Falin in dem dreißig Meter hohen, ehemaligen Wasserturm in Neuaubing hauste, empfand sie die Welt
wieder als einen bewohnbaren Ort und sich selbst als Geschenk, das sie jeden Morgen dankbar annahm. Manchmal sagte sie seltsame Sachen ...

»Wir sind geduldete Geschöpfe, wir leihen uns sogar den Atem von der Luft, die Natur lässt uns existieren ...«

... und dann zog ihr junger Zuhörer die Augenbrauen zusammen und dachte, Senja hatte wieder zu viel gebechert und hörte nicht weiter zu ...

»... und deswegen mach dein Leben zu einem Gegengewicht, um die Maschine aufzuhalten ...«

Den Satz kannte er, denn er stand in dem kleinen Buch, das er seit Tagen immer und immer wieder las und das ihm Senja geschenkt hatte.

Jetzt hatte sie den Satz wieder gesagt und Mingo hob kurz den Kopf und überlegte, was sie noch alles gesagt haben mochte in den letzten Minuten, während denen er ganz woanders war, auch wenn er hier oben im zweiten Stock neben ihr saß, eingehüllt in eine Wolljacke, auf der Matratze, und an die niedrige Decke starrte, den Geruch des Ölofens in der Nase.

Er hatte an den vergangenen Tag gedacht ...

»... um die Maschine aufzuhalten ...«

... und war sich sicher, dass er wieder nichts erreicht hatte, dass er unfähig war, die Maschine aufzuhalten und dass seine Freunde Recht hatten: Er war ein windiger Kerl, der sich im Wald versteckte, anstatt den Blödmännern die Meinung zu geigen, wenn sie nicht kapierten, was er eigentlich wollte. Was wollte er eigentlich? Isa finden, das war klar, und er hatte auch schon einen Plan. Auf dem Weg von der Telefonzelle zu Senjas Unterschlupf im Turm war ihm plötzlich eine Idee gekommen, eine simple, aber trickreiche Idee, und er war sofort überzeugt gewesen, dass dies der einzige Weg sein würde, um Isa zu finden. Ja, hatte er zu sich gesagt, als er an den neuen Wohnhäusern und der Kindertagesstätte mit den bunten Spielgeräten vorüberging, ja, so mach ich's, ganz genau so, und als ihm einfiel, dass ihm womöglich die Hunde in die Quere kommen könnten, ließ er sich davon nicht lange beirren, die bleiben in Neuaubing, ist doch logisch, Mann, die brauchen Auslauf, was soll der Kaufmann mit denen in der Stadt, scheiß auf die Hunde! So hatte er den Turm erreicht, in dem Senja lebte, und er wollte ihr sofort alles erzählen, haarklein und voller Elan. Doch als er dann vor ihr stand, sich von ihr umarmen und wild ins Gesicht küssen ließ und ihren Weinatem roch, hatte er plötzlich keine Lust mehr zu reden. Es war, als gäbe es auf einmal nicht mehr die richtigen Worte für das, was er ausdrücken wollte, für seine Geschichte, seine Überlegungen, seine Pläne, und es war, als müsste er von einer Minute zur andern ein Geheimnis bewahren, das er eben noch unbedingt loswerden, mitteilen, rausschreien wollte. Und dann sagte Senja:

»Was is genial, mein Schatz?«

Vielleicht hätte sie das nicht sagen sollen, »mein Schatz«, aber sie sagte es immer und er hatte sich bisher nie daran gestört. Jedenfalls hockte er sich hin und merkte nicht einmal, wie Senja ihm die Wolljacke um die Schulter legte und sich neben ihn setzte, im Schneidersitz wie immer, und ihm die Wange tätschelte wie immer. Auf einmal wollte er nur noch still sein. Und da war nichts, was ihn hätte ermuntern können weiterzusprechen. Wenn Senja ihn gezwungen hätte, das wusste er jetzt mit Bestimmtheit, dann wäre er aufgestanden und weggegangen und vielleicht nie wiedergekommen.

Sie hatte ihn nicht gezwungen. Sondern angefangen irgendwas zu sagen, und er saß da und starrte an die graue Decke und horchte erst auf, als sie den Satz sagte, den er aus seinem Büchlein kannte, Torros Manifest, das er bei sich trug wie eine Offenbarung, durch die er vage hoffte zu begreifen, was er eigentlich wollte. EIGENTLICH. Nicht nur Isa zu finden, das war beschlossene Sache, sondern sonst, überhaupt, EIGENTLICH. Das war der Motor, der ihn antrieb, ein unheimlicher Motor.

»Woran denkst du?«, fragte Senja.

Mingo schwieg. Sie hob die Hand, um ihm wieder über die Wange zu streichen. Er ruckte mit dem Kopf und sie ließ es sein.

Senja Falin war sechsundvierzig und seit ihrem sechzehnten Lebensjahr Schauspielerin. Sie hatte an Theatern in Deutschland und im deutschsprachigen Ausland gespielt, später bekam sie Rollen in Fernsehspielen und auch in zwei Kinofilmen, und als sie Anfang vierzig war, schien sie kurz davor, bekannt zu werden. Dann wurde sie aus einer Theaterproduktion gefeuert, weil sie das Konzept kritisiert hatte, kurz darauf hatte sie eine Affäre mit einem Kollegen, der ihr zuerst versprach, sie in einem großen Fernsehvierteiler unterzubringen, bevor er sich für eine andere Kollegin entschied, und als sie sich weigerte, für einen Kinofilm zehn Pfund abzunehmen, wurde sie angesehen wie jemand, der übergeschnappt und nicht mehr bei Sinnen war. Angeblich plante der Produzent, den Film auch in Amerika herauszubringen, und dort hätten übergewichtige Frauen keine Chance, die seien nicht »bankable«. Dieses Wort hatte sie von da an immer wieder für sich benutzt, wenn sie gefragt wurde, warum sie so wenig spiele. »Ich bin nicht *bankable*, you understand?« Sie war Schauspielerin und keine Tanzbärin und die Launen und bizarren Visionen bestimmter Regisseure hatten sie seit jeher geärgert und trotzig gemacht.

Nun war sie keine Schauspielerin mehr, sondern eine

Pennerin, und seit sie das war und in einem leer stehenden Turm hauste, hatte sie zwölf Pfund abgenommen – ungefähr jedenfalls, sie hatte keine Waage –, und sie tanzte für niemanden mehr. Ihre ehemals roten Haare waren jetzt dunkelbraun, sie hatte immer noch gesunde weiße Zähne und eine weiche Haut, die sie streichelte, wenn ihr danach war, und sie fand, für den Dreck im Fernsehen sei sie sowieso viel zu kostbar.

»Schau mal, was ich entdeckt hab«, sagte sie und hielt ihm einen Zeitungsausschnitt hin. Er warf einen kurzen Blick drauf und widmete sich dann wieder dem Studium der Wände und seiner turbulenten Gedanken.

»Die Frau auf dem Foto«, sagte Senja und rieb mit Daumen und Zeigefinger an dem Papier, als wäre es Geld, »das ist Faye Dunaway. Kennst du die?« Weil Mingo nichts sagte, sprach sie weiter und betrachtete dabei das Foto. »Die musst du kennen, die hat in *Bonnie und Clyde* gespielt, mit Warren Beatty. Und dann in *Network*, da spielt sie eine karrieresüchtige Fernsehjournalistin, und es wird gezeigt, was für ein mieser Job das ist, beim Fernsehen, und William Holden ist ihr Liebhaber, ein armer Mann, die kennst du alle nicht. Große Schauspieler, William Holden, Peter Finch, der spielt den Prediger, der am Schluss erschossen wird, wegen der Einschaltquote, die zu niedrig ist, stell dir das vor! Die haben den erschossen, weil ihm nicht genug Leute zugesehen haben ...«

»Echt?«, sagte Mingo.

»Ja, und Faye Dunaway ist die Auftraggeberin, die ist die schlimmste Hyäne von allen ...«

»Und was ist dann so toll an der?«, sagte Mingo finster.

»Ihre Schauspielkunst!« Senja hob den Kopf und ihr Lächeln bekränzte die Dunkelheit, nachdem die grüne

Kerze erloschen war, die sie vor vielen Stunden angezündet hatte. »Und jetzt lies das! Da steht, sie lebt in einem Haus in einem heruntergekommenen Viertel von Los Angeles. ›Abstieg einer großen Diva‹. So ein Unsinn, Mingo! ›Abstieg einer großen Diva‹! Eine große Diva steigt niemals ab, eine große Diva bleibt immer groß, auch wenn sie nicht mehr spielt, auch wenn sie keine Lust mehr hat, jeden Mist mitzumachen, sich von jedem dahergelaufenen Regisseur dressieren zu lassen ... Abstieg einer großen Diva!«

»Schrei nicht so laut!«, sagte Mingo und seine Augen waren schmale Schlitze. Durch das kleine Fenster drang kein Licht herein. Wieso gibt's keinen Mond, dachte er, oder Sterne.

»Ich schrei gar nicht laut.«

»Doch!«

Sie drehte sich zur Seite, holte eine Wasserflasche aus ihrem großen schwarzen Rucksack und trank gierig.

»Hör dir das an«, sagte sie und schraubte die Flasche zu. Noch immer saß sie im Schneidersitz da, aufrecht, kerzengerade, ohne ein Zeichen von Verspannung oder Unruhe. »In Los Angeles haben Journalisten Faye Dunaway zwischen Mülltonnen gesehen, mit schmutzigen Haaren und ganz gebückt wie eine Bettlerin. Sie ist pleite, steht hier, und sie hat ihr letztes Geld für die Rechte an einem Theaterstück ausgegeben. Sie will die Callas spielen.«

»Wen?« Langsam wurde es kalt, der Ofen ging aus und Mingo ballte die Fäuste und rieb sie aneinander. Er setzte sich auf und lehnte sich an die Wand.

»Die Callas, die berühmte Sängerin, Maria Callas, hast du noch nie von der gehört?«

»Wozu denn?«

»Sei nicht so.«

»Wie denn?«

»Du bist eingebildet und naiv und auch noch stolz drauf. Sei froh, dass ich dir was über die schönen Künste erzähle, da kannst du was lernen.«

»Was denn?« Jetzt ging das wieder los! Jetzt fing sie wieder an zu diskutieren und rumzulabern! Wieso bin ich bloß hierher gekommen?

»Du kannst lernen, wie man lebt. Oder gefällt dir das jetzt nicht mehr, was der Thoreau schreibt?«

»Doch ...«, sagte er gedehnt und steckte die Hände in die Jackentaschen. Musste er ihr jetzt ewig dankbar sein, bloß weil sie ihm diesen Torro geschenkt hatte? War sowieso nur ein kleines Buch, total zerlesen, und heute in der S-Bahn hätte er es beinah verloren. Er fühlte die beiden Orangen, die immer noch in seiner Jacke steckten und von denen er eine Isa schenken wollte. Er nahm eine heraus und spielte damit herum.

»Die Maria Callas war auch eine große Diva«, sagte Senja und faltete den Zeitungsausschnitt sorgfältig zusammen. Dann rieb sie wieder mit Daumen und Zeigefinger an dem Papier und steckte den Artikel in ihren Pelzmantel, einen Zobel, den sie sich nach einem Gastspiel in Berlin geleistet hatte, vor vielen Jahren.

Senja glaubte fest an Wiedergeburt und es gab Momente, da weinte sie vor Glück bei diesem Gedanken, und dann erhob sie sich und sang ein russisches Lied und stellte sich vor, wie es wäre, als Zobel wiederzukehren oder als Amsel oder als Maria Callas. Wenn Mingo ihr Wodka mitbrachte, den er irgendwo geklaut hatte, weinte sie besonders heftig und er schämte sich und verbot ihr wütend, von irgendwelchen neuen Geburten zu reden; ihm reichte die eine schon.

»Komm her«, sagte sie und streckte den Arm aus.

»Nein«, sagte Mingo.

»Komm!«

Er seufzte, hustete, wischte sich mit der flachen Hand über die Augen. Und rückte näher zu ihr und sie legte den Arm um ihn und zog ihn an sich. Er roch die merkwürdigen Ausdünstungen ihres Pelzmantels, ein Gemisch aus Alkohol, Moder und schwerem Parfüm. Und noch etwas, das er aus den Diskotheken kannte, aus dem *Jingle Bells*, wo er heute gewesen war, und das ihn an den Geruch von Frauen erinnerte, die in Bars arbeiteten und hinter Männern her waren.

»Hast du deinen Eltern Bescheid gesagt?«, fragte sie.

»Ja, ja«, sagte Mingo. Etwas, für das er keine Erklärung hatte, hinderte ihn daran, sich gegen Senjas Umarmungen und Küsse zu wehren. Etwas an ihr hielt ihn fest, zog ihn an und faszinierte ihn, und er runzelte die Stirn, kniff die Augen zusammen und starrte auf den kleinen Fernseher mit der Zimmerantenne, der auf mehreren dicken Büchern stand, und versank in stummem Grübeln.

»Wenn du so schaust, siehst du aus wie ein alter Mann«, sagte sie.

»Spinnst du?«, sagte er heftig und sie drückte ihn an sich und lächelte und gab ihm einen Kuss ins Haar.

Es war ein Uhr nachts und es war still. Mingo war froh, dass er hier war. Genauso wie Senja.

»Jetzt erzähl endlich, was heute los war, lass dir doch nicht alles aus der Nase ziehen«, sagte sie.

»Hmm«, brummte er und plötzlich fiel mattes Mondlicht durchs Fenster.

Im Unterhemd rannte er durch die Wohnung und blinzelte, als hätte er einen Stein im Auge.

»Du nervst!«, sagte sie giftig. Am liebsten hätte sie laut geschrien, aber das konnte sie nicht, sie konnte doch ihren eigenen Mann nicht anschreien! Dafür sagte sie ein zweites Mal: »Du nervst!«, ging ins Wohnzimmer und ließ sich auf die Couch fallen.

Er tauchte in der Tür auf und im bleichen Flurlicht sah sein Körper noch klappriger aus als sonst.

»Es ist jetzt halb eins ...«, fing er an, und sie beugte sich vor und breitete die Arme aus.

»Das seh ich auf der Uhr!«, sagte Franziska Border. »Ich hätt die Polizei längst angerufen, ich schon!«

»Die Polizei!«, sagte Eddi und blinzelte wild mit beiden Augen. In der Küche stand seine Bierflasche und es war die letzte, die voll war, und daran musste er die ganze Zeit denken. Betrunken war er nicht, er schäumte nur über. »Ich geh doch nicht zu den Bullen, ich lass mich doch von denen nicht aushorchen, ich sag doch denen nicht, was hier bei uns los ist! Das geht niemand was an, das geht niemand ...«

»Dann geh ins Bett und schlaf«, sagte sie, stand auf und ging zum Fenster. Wie gestern stand drüben die neue Karre der Erlingers, das Haus war dunkel und der Schein der Straßenlampe fiel genau auf das glänzende Auto. Sie wandte sich um. Eddi war verschwunden. Sie hörte ihn in der Küche trinken, sie hörte die Schlucke, die seinen Rachen hinunterglucksten, und für einen Moment kam ihr der Gedanke, sich Wachspfropfen in die Ohren zu stecken wie nachts, wenn Eddi schnarchte wie ein Dorf aus Sägewerken.

»Wieso passt du nicht auf ihn auf?«, krächzte Eddi aus

der Küche. Unwillkürlich zuckte Franziska mit den Schultern. Dann machte sie einen Schritt auf die Tür zu, blieb abrupt stehen, drehte den Kopf und ihr Blick fiel auf ein grünes Blatt, das unter dem Gummibaum auf dem Teppich lag. »Wenn du keine Zeit für ihn hast, dann musst du schauen, dass du andre Arbeitszeiten im Supermarkt kriegst, du musst mit dem ... mit dem Häberlein reden, dann kannst du eben nur noch am Vormittag da hingehen ...«

Wenn er anfing Vorschläge zur Änderung ihres Tagesablaufs zu machen, war es höchste Zeit für sie, die Unterhaltung abzubrechen.

»Immerhin hat er angerufen«, sagte sie zum achten Mal, »also wird er bei einem Freund übernachten.«

»Aha, bei einem Freund!« Eddi stürzte aus der Küche und stieß im Flur fast mit seiner Frau zusammen, die auf dem Weg ins Bad war. Instinktiv bedeckte er den Flaschenhals mit dem Daumen, damit nichts überschwappte. »Bei einem Freund? Ich verrat dir, wo der steckt, der hat sich wieder im Wald verkrochen! Der ist doch jetzt schon ein Waldschrat, der ist doch jetzt schon ...«

»Hör auf, Eddi ...«

»Rennt der in den Wald die ganze Zeit, was macht der da, wieso weißt du das nicht? Wahrscheinlich macht er mit Drogen rum oder mit Weibern!«

Sie wollte ihn zur Seite schieben, aber er stand da wie ein Pfosten. Er schaute an ihr vorbei, an ihrem Hals, da er einen Kopf kleiner war, und seine Augen leuchteten dunkel und er blinzelte.

»Kümmer du dich doch um ihn, wenn du glaubst, ich schaff das nicht«, sagte sie und sah die Schuppen auf seinem Kopf, seine fettigen Haare. »Vielleicht freut er sich, wenn er dich öfter sieht.«

»Freilich freut der sich«, sagte er und trank einen Schluck. Es kam ihr so vor, als würde das Bier seinen Hals hinunterhopsen. »Aber das geht eben nicht, geht eben nicht, aber das geht eben nicht . . .«

Es ging nicht, weil sie beide vereinbart hatten Mingo nichts davon zu sagen, dass Eddi seinen Job bei der Bahn verloren hatte und sich seitdem mit seinen Freunden in Pasing herumtrieb und nur noch gelegentlich als Aushilfskoch arbeitete. Niemand im Haus wusste das, und obwohl Franziskas Kolleginnen im Supermarkt ständig davon sprachen, wie wieder einer ihrer Bekannten von heute auf morgen arbeitslos geworden war, genierte sich Eddi für das, was ihm passiert war; und er schaffte es nicht einmal, seinem Sohn gegenüber ehrlich zu sein. Das beschäftigte ihn, und wenn er genug Bier getrunken hatte, nahm er sich vor, mit Mingo zu reden und ihm die Situation zu erklären, ihm in allen Einzelheiten zu schildern, wieso er sich mit seinem Chef verkracht hatte. Eddi war nämlich der Meinung, dass die Arbeitsbedingungen in einem Zugrestaurant miserabel waren und man die Gäste davor warnen müsste, sich in den Speisewagen zu setzen. Immer wieder hatte er sich beklagt, einmal sich sogar geweigert, einen Rinderbraten zu machen und behauptet, die Küche sei weit unter seinem Niveau. Seine Kollegen lachten ihn aus, aber er blieb stur. Entlassen wurde er dann, weil er angeblich ständig betrunken war, und das war eine Lüge. »Das ist eine Lüge!«, wollte er zu Mingo sagen und ihm erklären, wie es wirklich war. Bis er dann von Pasing nach Hause kam, hatten sich seine Vorsätze jedes Mal verflüchtigt und am nächsten Tag zog er wieder los, sinnlos und beschämt.

»Freilich freut der sich«, sagte er noch einmal und machte Franziska Platz, den Daumen immer noch fest auf der Flaschenöffnung. »Der Mingo!« Er grinste und blinzelte. »Soll ich dir was sagen!«, sagte er plötzlich laut, und Franziska wäre beinah stehen geblieben, um ihm zuzuhören. Aber dann ging sie ins Bad und verriegelte die Tür. »Der geht in den Wald«, sagte Eddi zur Tür, »weil er sich für seinen Namen schämt, so ist das! Der schämt sich!«

»Halt die Klappe, Eddi!«, sagte Franziska und schlug gegen die Tür.

Eddi klopfte mit der Bierflasche an seine Schläfe und trank den letzten Schluck. Unterwegs, während Eddi in die Küche ging, schlug der Schnappverschluss klirrend gegen das Glas und er ließ die Flasche in den Kasten unterm Fenster plumpsen.

Dann setzte er sich auf den Stuhl und starrte auf seine braunen Hausschuhe mit den zwei schwarzen Streifen, die ihm Franziska zu irgendeinem Geburtstag geschenkt hatte. Nach sechzehn Jahren Ehe mochte er seine Frau immer noch und jetzt fiel ihm auf, wie oft er an sie dachte, wenn er im Gasthaus saß oder irgendwo aushalf. Noch nie war er so besoffen gewesen, dass sie ihm gleichgültig gewesen wäre, und noch nie, dachte er plötzlich zufrieden und richtete sich auf, hatte er sie geschlagen und sie zu etwas gezwungen, das sie nicht wollte.

Mit einem Anflug von kurioser Heiterkeit stand er auf, zog seine grüne Trainingshose hoch und hustete. Das dauerte etwa eine Minute, danach wischte er sich den Mund mit einem Papiertaschentuch ab. Gleich morgen früh wollte er Haski fragen, ob der ihm seinen alten Golf, den er in Kommission hatte, nicht vielleicht abkaufen wollte. Wozu brauchte er noch ein Auto?

»Ich geh ins Bett«, sagte er zur Badezimmertür und

wartete nicht auf eine Antwort. Im Bett verschränkte er die Arme vor der Brust und schaute zur Decke. Sie war schon eine tadellose Frau, Franziska, fand er, sie sah nach was aus und war im Bett gut drauf, was, wie er von seinen Freunden wusste, die deswegen ständig rumjammerten, eine Menge wert war.

Dann drehte er sich auf die Seite.

Franziska steckte sich ihre Pfropfen in die Ohren und betete vage zu Gott, er möge Mingo beschützen. Im Grunde war sie überzeugt davon, dass es niemanden gab, der auf einen aufpasste, außer man selbst. Und sie hoffte, wenigstens dies ihren Sohn gelehrt zu haben.

»Was ich dich schon immer mal fragen wollte«, sagte sie nach dem langen Schweigen, das Mingos Erzählung von den Ereignissen des Tages gefolgt war, einer leisen, heiseren, von vielen abrupten Unterbrechungen vorgetragenen Erzählung. Im fahlen Licht des Mondes war ihr wieder einmal Mingos müdes, blasses, knochiges Gesicht aufgefallen, das Gesicht, das sie an einen Mann erinnerte, den das Leben wie eine Mauer umgab und der wie ein Fremder seinen eigenen Schritten, seiner eigenen Stimme lauschte, abwesend und neugierig zugleich.

Jetzt stützte er das Kinn auf die Knie und hatte die Arme um die Beine geschlungen.

Senja, die unermüdlich im Schneidersitz neben ihm hockte, hakte sich bei ihm ein und faltete die Hände.

»Ich wollte immer schon mal wissen«, begann Senja von neuem und drehte den Kopf, »wieso du Mingo heißt. Das ist ein schöner Name und ich hab ihn noch nie gehört.«

»Hmm«, brummte er und zog die Beine noch fester an den Körper. Er hatte einen trockenen Mund und großen

Durst, aber er traute sich nicht, Senja um Mineralwasser zu bitten.

»War das die Idee deiner Mutter?«

»Was?«

Sie schwiegen.

»Mingo heißt Sonntag.«

Er rieb das Kinn auf den Knien seiner Militärhose und blinzelte, weil ihm schon wieder Haare in die Augen hingen.

»In welcher Sprache denn?«, fragte sie und lächelte, was er nicht sehen konnte.

»Keine Ahnung«, sagte er, »Spanisch, glaub ich.«

»Bist du denn an einem Sonntag geboren?«

»Ja und?«, brummte er.

»Hat deine Mutter spanische Vorfahren?«

»Spinnst du? Die schaut bloß spanische Fernsehserien an! So Seifenopern, und einer hat da so geheißen ...« Mit einer heftigen Bewegung wischte er sich über den Mund, lehnte sich zurück und rieb die Fäuste aneinander. »Ich heiß wie so ein Seifenoperntyp ...«

»Mingo ...«, sagte Senja schwelgerisch.

»Ja, und fast hätt sie mich Domingo genannt, weil eigentlich hieß der Typ Domingo ...«

»Wie der Opernsänger.«

»Aber das hat sie sich dann nicht getraut, dann hätt nämlich jeder gleich gemerkt, dass es ein Name aus einer spanischen Seifenoper ist, und dafür hat sie sich geniert. Meine Mutter geniert sich sowieso dauernd.«

»So wie du«, sagte Senja und streichelte ihm die Wange.

»Hör auf!«, sagte er grimmig und wischte sich die Wange ab.

Dann waren sie wieder eine Weile still und hörten sich atmen.

»Mmmmingo...«, sagte Senja leise.

»Das ist doch total daneben!«, sagte er laut.

»Genierst du dich für deinen Namen?«, fragte sie und sah ihm ins Gesicht und er erwischte ihren Blick und blieb hängen. Er schaute sie an aus seinen schmalen Schattenaugen und Senjas Mund veränderte sich, und er starrte sie an und wusste nicht genau, was passierte, und sie beugte sich vor und er schaute ihr wieder in die Augen und begriff einfach nicht, wieso es jetzt so still war und er seinen Mund nicht aufbrachte, und der Geruch ihres Pelzmantels erinnerte ihn wieder an die Frauen auf der Landsberger Straße, die auf Kunden warteten, und er fühlte sich wie eingezwängt und schüttelte wild den Kopf, aber das nutzte nichts. Als er wieder hinschaute, war Senja noch näher da, und er kam sich am andern Ende ihres Blicks wie ein Hund vor.

Den Kuss schmeckte er erst hinterher und dann zögerte er, sich gleich die Lippen zu lecken. Er wartete, bis sie aufstand, Arme und Beine streckte, keuchend ein- und ausatmete und sich um die eigene Achse drehte; er fürchtete schon, sie würde auch noch anfangen zu tanzen und ihn mitschleifen. Erst jetzt fuhr er sich mit der Zunge über die Lippen und der Geschmack war ganz anders, als er erwartet hatte, irgendwie cremig, warm, eigenartig angenehm, fast lecker. Sofort fand er dieses Gefühl albern und rieb sich mit dem Handrücken über den Mund, so lange, bis sie zu ihm hersah und er noch einmal trotzig drüberwischte.

»Is was?«, fragte er, während er aufstand. Sein Rücken tat ihm weh und er hatte Mühe, seine Füße in den ausgelatschten Turnschuhen zu bewegen, so kalt waren sie. Er wartete darauf, dass Senja etwas sagte. Dass sie sich entschuldigte vielleicht. Gleichzeitig wurde ihm klar, dass er auf keinen Fall Isa davon erzählen durfte, von all dem hier, von seinen Besuchen im Turm, von den Dingen, die hier geschahen, davon, wie Senja ihn jedes Mal umarmte und küsste. Auf keinen Fall durfte Isa von diesen Küssen erfahren, die ihm Senja auf den Mund gegeben hatte, ohne dass er es richtig mitkriegte, und das ärgerte ihn. Dass er das nicht rechtzeitig mitgekriegt hatte!

»Ich hab Durst!«, sagte er muffig und trat gegen den dreibeinigen Holztisch, und es gab ein klackendes Geräusch.

»Lass das!«, sagte Senja und reichte ihm die Mineralwasserflasche. Wortlos nahm er sie und trank. Senja schaute ihn an, und als er ihr grimmig die Flasche zurückgab, fiel ihm eine Orange aus der Tasche; sie kullerte über den Holzboden und blieb vor Senjas Rucksack liegen. Sie hob sie auf, roch an ihr und hielt sie Mingo hin.

»Schenk ich dir«, sagte er. Die Wolljacke, die er um die Schultern trug, verrutschte ständig, und er fingerte umständlich damit herum.

»Danke«, sagte Senja. Wieder sog sie den süßen Duft ein und legte die Orange auf den Tisch. »Lass uns schlafen gehen.«

Darüber, ob und wo er heute Nacht schlafen würde, hatte er nicht nachgedacht, er hatte sich vorgestellt, Senja zu besuchen, ihr ein paar Sachen zu erzählen und schließlich wieder zu verschwinden und Isa zu finden. Bisher war er noch nie über Nacht bei Senja geblieben, und wenn er schon blieb, dann wollte er garantiert nicht schlafen, das konnte er auch zu Hause, was soll ich dann hier?

»Wie, schlafen!«, sagte er. Auf seiner Swatch war es kurz vor halb drei; in spätestens drei Stunden musste er aufbrechen, um rechtzeitig in der Nähe von Kaufmanns Haus zu sein, er durfte keinen Fehler machen und vor allem nicht unter Zeitdruck geraten.

»Der Schlafsack ist groß genug für uns beide«, sagte Senja, »du brauchst keine Angst zu haben, ich fall nicht über dich her. Schlaf ein wenig, wenn du morgen wieder auf Tour sein willst, und ich bin auch müde. Wenn du willst, les ich dir noch was vor.«

»Ich bin kein Baby«, brummte Mingo.

»Das weiß ich«, sagte sie, bückte sich, griff nach der bauchigen Rotweinflasche, die sie unter den Tisch gestellt hatte, als würde man sie dort weniger sehen, trank einen Schluck und wickelte sich in den Schlafsack auf der Matratze. »Wenn du ein Baby wärst, würde ich dir nichts vorlesen, sondern was vorsingen. Komm, Mingo, komm her!«

Er dachte gar nicht daran!

Sie streckte den Arm nach ihm aus.

Der Mond verschwand und das letzte Zimmerlicht erlosch.

Trotzdem sah Mingo ihr Lächeln.

»Hast du Platz?«, fragte sie.

»Hmm«, brummte er und verzog das Gesicht.

Es war eng und kalt und warm im Schlafsack und Mingo fragte sich, wieso er jetzt hier lag, begraben unter einem eigenartig riechenden Pelzmantel, den Senja über dem Schlafsack ausgebreitet hatte. Dauernd zwangen einem die Erwachsenen ihren Willen auf, wieso lass ich mir das gefallen, verdammt?

Dann schaute er zur Decke hinauf und über den staubigen Himmel krabbelte tranig ein Käfer.

»Morgen ist alles vorbei, Schatz, du warst ganz großartig.«

Isa lag neben ihrer Mutter. Vor dem Bett stand eine Kerze auf einem kleinen Teller und die Flammen machten zitternde Schatten. Schatten, die so zitterten wie Isa. Und die Bilder in ihrem Kopf, die nicht aufhörten wie ein endloser, fürchterlicher Film, ließen sie immer noch mehr frieren, sosehr sie auch die Beine zusammenpresste und die Fäuste ballte und sich vorstellte, dass die Sonne schien und die Wiesen heiß waren wie im letzten Sommer.

Sie hatte die Augen fest zu. Aber das half nichts. Die Bilder waren trotzdem grell und unauslöschlich da, und die Schatten und ihre Mutter, die ihr das Gesicht zuwandte und immer wieder anfing etwas zu sagen anstatt einfach still zu sein. Isa wollte, dass es still war, endlich still war. Vielleicht, wenn alles still war, dann hörte der Film auf, dessen Hauptdarstellerin sie war und aus dem sie nicht entkam.

»Weißt du noch, wie wir letzten Sommer, wo's so heiß war, am Flaucher baden waren, obwohl das verboten ist?«

Susanne legte eine Hand auf den Arm ihrer Tochter und die andere unter ihr Gesicht. Ihre blonden Haare bedeckten die Hälfte des Kopfkissens und das Kerzenlicht färbte sie rötlich. Wie Isa trug auch Susanne nur einen Slip und ein T-Shirt. Seit drei Stunden lagen sie allein im Bett und konnten nicht einschlafen. Nachdem die beiden Männer gegangen waren, hatte Susanne Tee gekocht und sie setzten sich vor den kleinen Fernseher und schauten die Wiederholung einer Comedyserie an. Aber sie lachten beide nicht beim Zuschauen.

»Dein Papa ist bis ans andere Ufer rübergeschwommen«, sagte Susanne, »und du bist getaucht wie ein Fisch.«

Isa wollte nicht zuhören. Immer, wenn ihre Mutter etwas sagte, hörte sie dieselbe Stimme wie tagsüber, als sie ihr Anweisungen gab und ihr zeigte, was sie tun sollte vor den fremden Männern. Es war dieselbe Stimme, die Stimme ihrer Mutter, und jetzt war sie immer noch da und hörte nicht auf und dröhnte zu den Bildern in ihrem Kopf und Isa hatte so heftiges Herzklopfen, dass sie glaubte, sie würde gleich sterben.

»Dein Herz schlägt aber schnell«, sagte Susanne und Isa war froh, als sie die Hand wieder wegnahm von der Stelle auf ihrer Brust. »Du bist ein tolles Mädchen, ich bin sehr stolz auf dich und dein Vater auch und morgen ist alles vorbei, das hab ich dir versprochen, mein Schatz.«

Isa glaubte kein Wort. Auf einmal hörte sie nicht nur die Stimme ihrer Mutter und der beiden Männer, da waren auch wieder die Stimmen, die sie gehört hatte, als sie vorgestern mit ihrem Vater in diesem Hochhaus angekommen war und der Mann, der aussah wie der Postler Bachmair, die Tür geöffnet hatte. Da hatte sie zwei junge Frauen und einen jungen Mann sprechen hören, die sie kannte. Fernsehmenschen aus der Serie *Gute Zeiten, schlechte Zeiten*, die sie, genauso wie ihre Freundinnen, regelmäßig anschaute. Es war ihr egal, dass die Jungs sie dafür verachteten, auch Mingo, der Blödmann. Als sie vor der Tür die Stimmen ihrer fernen Freunde gehört hatte, war sie beinah erleichtert gewesen, in ihrer Gegenwart fühlte sie sich für einige Momente sicher und geborgen und sie glaubte, es könne ihr schon nichts Böses passieren.

Schade, dass sie nicht Jim Carrey war. Isa riss die Augen auf und machte sie gleich wieder fest zu. Schade, dass ich nicht Jim Carrey bin und alles bloß die Truman Show ist.

»Isa?«

Das war die Stimme ihrer Mutter. Warum machte sie alles kaputt? Warum hatte sie alles kaputtgemacht? Warum hatte sie zugelassen, dass das alles passierte?

»Alles okay, Isa?« Susanne berührte ihre Tochter an der Wange und Isa schlug ihre Hand weg, schnellte in die Höhe und sprang aus dem Bett.

»Nein!«, schrie sie, rannte ins Bad und knallte die Tür zu.

Und als sie zum schmalen Fenster über der Toilette hinaufschaute, saß dort der dürre Mann mit seiner Kamera wie ein grässliches Insekt, das gleich auf sie draufspringen wollte.

Isa schrie so laut sie konnte. Schrie den Spuk an und ihre Stimme überschlug sich schrill.

In der Küche war es totenstill.

Mit einem Mal kam es ihr so vor, als wäre das ganze Haus vakuumverpackt wie die Äpfel im Supermarkt. Gewöhnlich trampelte die Fuchs oben zu jeder Tages- und Nachtzeit durch die Wohnung, keine Ahnung, was sie da trieb. Oder Herr Roeder hatte seinen Fernseher voll aufgedreht und man hörte Schießereien und Geschrei. Und von draußen drang das Röhren von Motorrädern herein, wenn die bulligen Kerle aus der Nachbarschaft vom Saufen nach Hause kamen. Aber heute, jetzt, war es ruhig wie noch nie, und Franziska Border stand mit dem halb vollen Wasserglas in der Küche und horchte in die Stille.

Hochgeschreckt aus einem Traum, den sie sofort vergaß, hatte sie noch eine Minute aufrecht im Bett gesessen, bevor sie leise die Decke zurückschlug, die Wachspfropfen aus den Ohren zog und aufs Nachtkästchen legte und in die Küche schlich. Ausnahmsweise klang Eddis Schnarchen milde. Sie füllte ein Senfglas mit Leitungswasser und trank ein paar Schlucke, setzte das Glas ab, schmatzte, und als sie aufhörte zu schmatzen, überfiel sie die Stille.

Obwohl sie fröstelte, denn sie war barfuß und trug nur ein dünnes weißes T-Shirt, das aussah wie ein eingelaufenes Nachthemd, rührte sie sich nicht von der Stelle. Kein Laut, nicht einmal Eddis Schnarchen war zu hören und dabei hatte sie die Schlafzimmertür nur angelehnt.

Und vor ihr stand Mingo, den Pandabären im Arm, vier Jahre alt, die Haare strubbelig, das Gesicht vom Schlaf zerknittert, und schaute sie aus seinen schmalen dunklen Augen groß an, und sie erschrak, weil sie ihn nicht hatte kommen hören. Wie vorhin war sie damals aufgestanden und in die Küche gegangen, um ein Glas Wasser zu trinken. »Mingo!«, hatte sie geflüstert und die Trompetenstöße ihres Mannes dröhnten herüber, daran erinnerte sie sich jetzt genau, und Mingo ließ den Bären fallen und sagte mit heller Stimme: »Ich bin geflogen, Mama, auf einem grünen Blatt bin ich geflogen, über die Wiese und über den Wald, ich bin auf dem grünen Blatt gesessen und geflogen und nicht runtergefallen, hast du das auch schon mal gemacht, Mama?« Nein, hatte sie zu ihm gesagt und ihn an sich gedrückt, und da war eine solche Glut in seinen Augen gewesen, dass sie dachte, er zündet damit die Wohnung an. Sie brachte ihn ins Bett zurück und deckte ihn zu und er hielt den Pandabären im Arm und sagte, und seine Stimme war immer noch klar und fest: »Ich bin geflogen, Mama, ganz hoch geflogen!« Sie küsste ihn auf die Stirn und er kniff die Augen zusammen, so wie er es später immer tat, bis heute.

Jetzt schaute Franziska zur Tür und hörte Eddis gutmütiges Schnarchen. Sie trank das Glas leer und stellte es in das Spülbecken. Auf dem kalten Linoleum patschten ihre nackten Füße und draußen fuhr ein Auto vorüber. Wer einmal im Traum geflogen ist, dachte sie und zog die Bettdecke bis zu den Schultern hoch, der kann auch aufrecht über die Erde gehen. Und sie winkte Mingo heimlich zu, auch wenn er Winken hasste. Sie war sich sicher, er würde diese Nacht, wo auch immer, wohlbehalten überstehen.

»Was machst du da?«, brummte es plötzlich neben ihr und sie zuckte zusammen und versteckte, wie ein ertapptes Mädchen, die Hand unter der Decke. Dann begann das Schnarchen von neuem, siegreich wie gewohnt, und sie griff nach den Pfropfen.

Den Kopf an die Tür gelehnt, sprach Susanne Kaufmann einfach weiter, auch wenn sie keine Antwort erhielt. Wenigstens hatte das Schluchzen aufgehört und war übergegangen in ein stakkatohaftes Schniefen. Susanne legte die Hand auf die Badezimmertür und ihre langen Haare wellten sich über ihren Arm.

»Ich bin verantwortlich für uns, das weißt du doch«, sagte sie und die Müdigkeit raubte ihrer Stimme alle Kraft. Sie bemühte sich, ihre Tochter zu beruhigen, zu besänftigen, dabei hätte sie selber jemanden nötig gehabt, der mit ihr redete oder sie einfach schlafen ließ, fernab aller Fragen und Schmerzen.

»Ich bin verantwortlich«, sagte sie wieder, »und niemand hat dir etwas getan, oder?« Ihre Stimme wurde härter und Isa, die hinter der Tür auf dem Boden kauerte mit angezogenen Beinen, den Kopf in den Armen vergraben, hörte den scharfen Ton und er passte zu den Bildern, die sie folterten. Da waren wieder die Befehle und Drohungen, die bösen Anweisungen ihrer Mutter und das Grunzen des Mannes, der vielleicht tatsächlich der Postler Bachmair war. In dem grausamen Film, der Wirklichkeit gewesen war, konnte Isa die beiden Männer inzwischen nicht mehr unterscheiden und die Stimme . . .

Die Stimme quälte sie am meisten. »Niemand hat dir was getan, ich nicht und der Mann auch nicht. Isabel!«

Wieso, dachte sie kurz, nennt sie mich so, sie nennt mich sonst nie Isabel.

»Es ist nur ein Film, es gibt eben Menschen, die zahlen viel Geld für so einen Film . . .«

Hör doch auf, das ist kein Film, das ist kein Film, ich bin doch wirklich, oder nicht? Mit ihren kleinen kalten Fäusten trommelte Isa auf ihren Kopf und die Stimme ging nicht weg, sie kroch durch die Tür wie ein Monster.

»Und wir brauchen das Geld, wir brauchen es dringend, und es ist toll, wie du mitgespielt hast, das war großartig, Isabel, nur noch heute, dann haben wir es überstanden und dann gehen wir feiern, du und ich und dein Daddy. Er ist sehr stolz auf dich und ich bin auch stolz auf dich . . .«

Susanne holte tief Luft, machte einen Schritt von der Tür weg und blickte zur Kerze am Bett, die kurz vorm Erlöschen war, auf dem Teller hatte sich ein dicker blauer Wachsklumpen gebildet. In wenigen Stunden kamen Hartmut und Roland wieder und sie hoffte, alles würde glatt laufen. Sie wollte nicht darüber nachdenken, warum sie das alles getan hatte, wegen des Geldes, natürlich! Aber war es richtig, so etwas zu tun? Die eigene Tochter mit reinzuziehen, die eigene Tochter für so ein Geschäft zu missbrauchen? Susanne wandte sich wieder zur Tür und wollte noch etwas sagen, aber dieser eine Gedanke blockierte alle ihre Worte: Niemand hat Isa etwas getan! Wir brauchen das Geld so dringend, verstehst du, Isa? Wir haben Schulden, das kannst du dir nicht vorstellen, die haben uns alle über den Tisch gezogen, alle, im *Sunrise*, im *Jingle Bells*, im *Moonlight*, überall. Dein Vater war zu gutgläubig und ich war zu naiv. Am Anfang hatten wir viel Glück, auch mit den Gästen, das verstehst du nicht, Isa, du weißt nicht, was gute Gäste sind und was Arschlöcher und Nulpen sind. Wir haben Glück gehabt, wir haben viel investiert, die Verlockungen waren groß ... Denkst du, ich will wieder in so einer Scheißwohnung leben, in so was wie hier, in so einem versifften Betonklotz? Denkst du, ich will mich vor den ganzen Neidhammeln in Neuaubing blamieren? Das will ich nicht, das schwör ich dir, und ich will auch nicht, dass du wieder in so einem winzigen Zimmer leben musst wie früher, in so einem verlausten Hochhaus. Da gehen wir nie wieder hin, das schwör ich dir, und du wirst mir noch dankbar sein, dass ich dafür gesorgt hab, dass es uns nicht wieder so beschissen geht wie früher. Das ist doch schön jetzt, oder nicht? Unser Häuschen mit dem Garten, mit der Hängematte in der Wiese, und die Hunde haben Auslauf. Stell dir vor, wir hätten sogar Rollo und Bongo weggeben müssen, wir hätten alles weggeben müssen, alles, was schön ist ...

Abrupt nahm sie ihre Haare in die Hände und verknotete sie.

»Alles wird so sein wie vorher«, sagte sie zur Tür. »Und jetzt komm raus, bitte, wir müssen schlafen. In zwölf Stunden ist alles vorbei.«

Nein, nein, in zwölf Stunden ist nichts vorbei, nie mehr ist das vorbei, nie mehr! Isa rieb so heftig die Füße aneinander, dass ihre Zehennägel kleine rote Striemen hinterließen. Ich will, dachte sie, dass Mingo jetzt durchs Fenster kommt, jetzt sofort, los, komm jetzt! Komm doch!

Sie schaute hinauf und gleich wieder weg, weil sie Angst vor dem dürren Mann mit der Kamera hatte.

Dann hob sie die rechte Hand und küsste sie, küsste sie fest wie Mingos Mund und streichelte sogar ihre Haut mit der Zunge.

»Hör jetzt auf«, sagte er und schob sie weg.

Das war jedes Mal derselbe Zirkus beim Abschied, bin ich ein dämlicher Knutschclown oder wie? Mingo stieß Luft durch die Nase, wischte sich mit der flachen Hand über Augen und Stirn, von unten nach oben wie immer, und dass er sich wehrte, wenn sie ihn an sich drückte und auf beide Wangen küsste, war ein zusätzlicher besonderer Antrieb für Senja.

»Die schenk ich dir«, sagte Mingo, der schon an der Treppe stand, die vom Zimmer nach unten führte. Er hielt ihr die zweite Orange hin.

»Ich hab doch schon eine, iss du sie zum Frühstück.«

»Hab keinen Hunger. Jetzt nimm sie endlich!«

»Danke.« Sie nahm die Orange, roch an ihr und rieb sie zwischen den Händen. »Wenn du sie gefunden hast, stellst du mir dann deine Freundin vor?«

»Weiß ich noch nicht! Ciao.«

Er drehte sich um und schlurfte hinunter. Die beiden letzten Stufen übersprang er und wäre beinah gestolpert. Er schrammte an der Wand entlang und seine rote Jacke bekam einen neuen Riss.

»Hey!«

Senja beugte sich über das schmale Geländer. In der Dunkelheit war sie kaum zu sehen. »Sei vorsichtig, Kleiner, überleg, bevor du handelst, ja?«

Sie winkte, aber er winkte nicht zurück. Winken fand er

absolut bescheuert, das war was für Omas auf Bahnsteigen, die mit weißen Taschentüchern rumwedelten, auch wenn der Zug schon längst weg war; hatte er selber am Pasinger Bahnhof gesehen, total bescheuert!

Alles, was jetzt zählte, war sein Plan, und er achtete darauf, nicht hängen zu bleiben, während er über das Gartentor kletterte. Das hatte ihn vorhin wieder dermaßen geärgert, als er fast gestolpert wäre und Senja ihm auch noch dabei zuschaute. Daran durfte er jetzt nicht denken, genauso wenig wie an die drei Stunden im Schlafsack neben Senja. Ich glaub's einfach nicht, dass ich das echt getan hab, neben der alten Frau im Schlafsack, und ich wette, sie und mein Alter waren mal im selben Schnarchclub!

Im Gegensatz zu ihr, glaubte Mingo, habe er keine Minute geschlafen, und er wunderte sich, wie munter er war.

7

Allein, erbarmungslos allein

Überall Augen, als wären überall Augen, die Straßen voller Augen. Als ein Auto vorbeifuhr, zog Mingo die Schultern hoch und betrachtete sinnlos die Schnürbänder seiner Nikeschuhe, die über den Asphalt schleiften. Die Straßenlampen streuten gelbes Licht über den Gehsteig und in den schmalen Einfahrten war kein Platz, um sich auf die Schnelle zu verstecken. Es war halb sieben und der Himmel ein graues großes Auge, schwarz umrandet, überall.

Dann fiel sein Blick auf das Taxi mit dem gelben, leuchtenden Schild, das auf der anderen Straßenseite parkte, und er kam sich vor wie ein Idiot, wie ein Spinner, der einen schwachsinnigen Plan ausgeheckt hatte, für den ihn die ganze Schule auslachen würde. Wahrscheinlich sogar Isa, die jetzt in einem Krankenhaus lag, an Geräte angeschlossen, von Superärzten versorgt, und die alles nötig hätte, nur keinen Rächer der Enterbten, der aus einem Turm kam, um sich aufzuspielen. Und jeden Moment würde die Taxitür aufgehen und ein Bulle würde aussteigen und ihn mitnehmen und er wäre der Depp der Nation, wenn er später das Klassenzimmer betrat und alle ihn anglotzten und grinsten.

Nachdem er zwei quälende Minuten lang neben der Litfaßsäule gestanden hatte, gekrümmt, verwirrt und erschrocken, wischte er sich mit der flachen Hand über Augen und Stirn, so dass seine Haare noch zerzauster waren, und ging los.

Unauffällig behielt er das Taxi im Auge, dessen Fahrer, das konnte er erkennen, eine Zeitung vor sich ausgebreitet hatte. Den Passanten, die ihm eilig entgegenkamen, sah er nicht ins Gesicht und er drehte den Kopf weg, wenn er glaubte, jemand würde auf ihn aufmerksam werden.

In der Streitbergstraße ging er auf die andere Seite, weil ihm drei Frauen mit Umhängetaschen entgegenkamen, die die ganze Breite des Gehsteigs ausfüllten, und er keine Lust hatte, einen falschen Schritt zu machen. In der Rothenfelserstraße, in die er dann links abbog, schaute er unvermittelt zum Himmel und sah die dürftige Helligkeit dort oben. Als er den Kopf wieder senkte, bildete er sich ein, er würde beobachtet, von überall her, aus den Fenstern, hinter den Hecken und Autos, von den Bäumen herab – von jedem, der unterwegs war.

Und dann sah er den Geländewagen in der Ferne und seine Paranoia schlug um in konzentrierten Zorn.

Und Zorn war gut. Zorn trieb ihn voran, ließ ihn nicht zögern und zaudern, Zorn gegen Verzagtheit, Zorn gegen Zweifel, Zorn gegen Hunger. Seit einer Stunde knurrte sein Magen wie ein Rudel Hunde und er ärgerte sich, dass er beide Orangen Senja geschenkt hatte; sogar die, die er extra für Isa geklaut hatte. Bin ich denn total bescheuert? Ihm war schlecht und er hatte Durst. Die fünf Mark – er tastete nach der Münze in seiner Jacke –, die er sich bei Uta im Jugendtreff ausgeliehen hatte, brauchte er für später, von dem Geld konnte er sich vorerst nichts kaufen, das war für Isa bestimmt, für ihren Bärenhunger.

Außerdem hatte er jetzt keine Zeit, um seinem Hunger nachzuhängen. Er musste den Opel Frontera inspizieren, das war der erste Teil seines Plans. Das Wichtigste aber war, dass er es geschafft hatte, unerkannt bis hierher zu gelangen, und das war keinesfalls zu erwarten gewesen. Schlimmstenfalls hätte er seinem Vater begegnen können, von dem man nie wusste, wann er das Haus verließ, wann er in Pasing in den ICE oder den Eurocity steigen musste. Das wäre dann ein echtes Problem gewesen, aber nur vorübergehend. Was sollte sein Vater schon groß tun? Er durfte die Bahn nicht verpassen, alles, was er machen konnte, war rumbrüllen und sich auf offener Straße aufführen. Dann hätte er, Mingo, ihm zugehört und irgendwas gelabert und die Sache wäre erledigt gewesen. Sein Vater hätte frühestens zwei Tage später erfahren, dass Mingo nach der Begegnung nicht, wie er es versprochen hatte – und das hätte er natürlich –, schleunigst nach Hause gegangen war. Das Problem wäre nur gewesen, dass er Zeit verloren hätte, und sein Plan war, nicht später als halb sieben vor Ort zu sein. Von Isa wusste Mingo, dass Kaufmann gegen sieben wegfuhr und dann den ganzen Tag zwischen seinen Läden in Pasing und München hin und her pendelte. Was er genau tat, wusste Isa auch nicht, aber das spielte jetzt keine Rolle, Hauptsache, ich komm in den Wagen rein.

Bisher war alles gut gegangen, seinem Vater war er nicht begegnet und auch sonst niemandem, den er kannte, und es war immer noch dunkel genug, um die Lage zu peilen. Hinter einem Fenster des Hauses, in dem die Kaufmanns wohnten, brannte Licht. Es war still, die Hunde waren nicht im Garten. Isa hatte gesagt, ihr Vater nehme die Hunde nie mit in die Stadt, und das war schon mal ein Irrtum. Als Mingo vor zwei Tagen im *Sunrise* war, hätten ihn die zwei Köter um ein Haar erwischt und er hatte sich die Jacke aufgerissen – das gibt Rache, Kaufmann, das garantier ich dir.

Mingo schlich um den Geländewagen herum und rüttelte an den vier Türgriffen und an der Heckklappe, das Auto war verschlossen. Im Kofferraum lagen Decken, außerdem sah Mingo zwei Sechser-Kästen Wasser und zwei Pappkartons mit braunen Klebebändern sowie etwas Schwarzes, zusammengeknüllt wie ein Wollknäuel. Mingo drückte die Stirn gegen das hintere Seitenfenster. Das war eine Mütze, was da zwischen den Kisten lag, Isas schwarze Rappermütze! Sie hatte sie verloren und das konnte nur bedeuten, etwas Schlimmes war geschehen und sie hatte fluchtartig das Auto verlassen müssen, niemals hätte sie ihre heilige Mütze einfach liegen lassen, nirgends, auch nicht im Auto ihres Vaters! Angeblich hatte sie die Mütze bei einem Konzert von Sabrina Setlur persönlich geschenkt gekriegt, was Mingo nicht ganz glaubte, aber Isa war das völlig egal, was er glaubte, also glaubte er es vorsichtshalber. Wenn die Mütze jetzt hier hinten im Auto rumlag, dann war es höchste Zeit, dass er sie ihr zurückbrachte, und das war genau der Moment für den zweiten Teil seines Plans.

Wie der Mädchenbeschützer Bodo Mingo ausführlich erklärt hatte, mochte so eine Kiste wie Kaufmanns schwarzer Opel zwar 115 PS haben und einen Vierzylinder-Dieselmotor mit Turbolader und zwei Airbags und ein lässiges Cockpit und allen möglichen sonstigen Krimskrams, aber funktionierende Türen hatte er nicht. Beim Fahren hast du das Gefühl, die fliegen gleich weg, so ein Geschepper ist das, sagte Bodo, und er musste es wissen: Sein Onkel Globus, der jetzige Wirt des *Blue Nile*, hatte vor Jahren so einen Wagen gefahren, bis der Gerichtsvollzieher was dagegen hatte. Zum Glück lernte Globus bald darauf die Wirtin des *Blue Nile* kennen, und er machte ihr klar, dass er was vom Geschäft verstand, und sie machte ihn zum Geschäftsführer. Dann leaste er einen BMW 750i, oxfordgrün-metallic, weil er, wie er sagte, das Geschepper eines Opels nicht mehr ertrug, aber Bodo und Mingo und all ihre Freunde waren überzeugt davon, Globus wolle nur angeben und der erste Wirt sein, der in Neuaubing einen oxfordgrünen BMW vor der Tür stehen hatte.

Der dünne, kräftige Ast, den Mingo von einem Baum abgerissen hatte, passte genau auf die Verriegelung, Mingo hielt ihn etwas schräg und sah sich um. Die Straße war menschenleer. In der rechten Hand hielt er einen runden Stein. Noch einmal warf er einen schnellen Blick zum Haus der Kaufmanns, dann holte er aus und hämmerte den Stein auf den Ast, einmal, zweimal, dann knackte es an der Tür und die Aktion war beendet. Er ließ Stock und Stein fallen, schaute in beiden Richtungen die Straße hinunter und umfasste den Griff der hinteren Tür. Das Schloss schnappte auf, sonst passierte nichts. Eine serienmäßige Alarmanlage hatte der Opel nicht, genauso wenig wie ABS, und das allein ist schon Superscheiße, hatte ihm Bodo damals bei der nächtlichen Großinspektion des Wagens seines Onkels erklärt.

Mit einem Satz verschwand Mingo auf der Rückbank, schloss leise die Tür und kletterte in den engen Kofferraum. Er schob die Kartons beiseite und legte sich flach hin, eng an die Rückbank gedrückt, zog eine der Decken über sich und atmete einen ekelhaften Geruch ein. Ausdünstungen schwitzender Dobermänner. Mingo hielt sich die Nase zu und hob vorsichtig den Kopf. Im Haus der Kaufmanns brannte jetzt hinter allen Fenstern im Erdgeschoss Licht und er schaute auf seine Swatch: Es war sechs Minuten vor sieben. Wenn Kaufmann heute aus irgendeinem Grund seinen Tagesablauf änderte, dann war alles umsonst, dann bin ich angeschissen. Aber er musste kommen, Isa hatte es erzählt, er ging praktisch jeden Morgen um sieben aus dem Haus, praktisch praktisch, er musste kommen, Scheiße, ich sterb gleich von dem Gestank, wo bleibt der denn? Komm jetzt, komm endlich, Alter, komm!

Und dann kam er.

Und hinter ihm rasten Rollo und Bongo über den Rasen.

»Scheiße, Mann, die Doberjungs!«, stieß Mingo hervor und duckte sich schnell und kauerte sich noch tiefer neben die Kartons, die modrig rochen.

Laut bellend sprangen die beiden Hunde an Kaufmann vorbei und stürzten sich auf den Geländewagen wie auf einen gelähmten Feind. Der Wagen schwankte, als sie dagegen sprangen, und Kaufmann rief: »Schluss damit! Weg da, verflucht noch mal!« Aber sie schlugen ihre spitzen Schnauzen gegen die Scheiben, bellten heiser und ihr Bellen hallte durch die Straße. Sie fletschten die Zähne und Mingo zog sich die Decke über den Kopf und machte die Augen fest zu.

»Schluss jetzt!«, rief Kaufmann und sperrte die Fahrertür auf.

Scheiße Scheiße Scheiße!, dachte Mingo, das war's dann, das war's!

»Weg da! Bongo! Reiß dich zusammen, Baby!«

Mit aller Macht wollte Bongo an Kaufmanns Beinen vorbei in den Wagen springen, aber er schaffte es nicht. Kaufmann packte ihn am Halsband und zog ihn auf den Gehsteig, während Rollo wie besessen den Reservereifen anbellte, der außen am Heck befestigt war.

»Schnauze!«, schrie Kaufmann und drückte Bongos Kopf nach unten.

Plötzlich hörte Mingo die Stimme einer jungen Frau. »Wos'n los, Jacky?« Und dann hörte er einen Pfiff und dann noch einen.

»Pass auf die Hunde auf!«, rief Kaufmann. Sie bellten, Mingo traute sich nicht zu atmen, sie bellten, als wollten sie einem Toten den Zutritt zur Hölle verwehren. Und jetzt juckte es ihn auch noch in der Nase und er schniefte, gleich musste er niesen, reiß dich zusammen, reiß dich bloß zusammen, wenn die Doberjungs hier reinkommen, bin ich Hackfleisch, Scheiße!

»Jetzt komm her und nimm die Hunde, verdammt!«, rief Kaufmann.

Die Frau hatte braune lange Haare, die ihr ungekämmt vom Kopf hingen, und sie trug wieder die Hausschuhe, die aussahen, als wären sie von einem Ex-Bobtail.

»Wird's bald, Clarissa!« Er stieß einen Pfiff aus und schleifte Bongo, der sich zu wehren und loszureißen versuchte, über die Straße. Rollo fetzte rund um das Auto und der Sabber tropfte ihm aus dem Maul. Kaufmann pfiff noch einmal.

Langsam, immer noch bellend und schnaubend, bewegte sich Rollo im Rückwärtsgang auf das Grundstück zu.

»Stell dich nicht so an!« Kaufmann packte Clarissas Hand und legte sie auf das Halsband des Hundes.

»Lass das!«, sagte sie wütend. Sie konnte die Hunde nicht ausstehen, was auf Gegenseitigkeit beruhte.

»Du bleibst hier, Rollo, das weißt du doch!« Mit beiden Händen zog Kaufmann seinen Hund durch die Gartentür, gab ihm einen Klaps auf den Hintern und scheuchte ihn zum Haus.

»Vergiss nicht wieder, sie zu füttern, ja?«, rief Kaufmann, ließ das grüne Eisentürchen zuknallen und eilte
zum Wagen.

»Ja, ja, Jacky!«, rief Clarissa gelangweilt und pfiff nach
den Hunden.

Hinter dem Lenkrad warf Kaufmann einen schnellen
Blick auf die Rückbank, wo alte Zeitungen und die Reste
des McDonald's-Frühstücks lagen, das er seiner Tochter
spendiert hatte. Dann fuhr er los.

An der roten Ampel an der Limesstraße hielt ein grüner
BMW 750i hinter ihm und er erkannte den Wirt des *Blue
Nile*. »Du Arschloch aus der Kuckuckssiedlung«, sagte
Kaufmann in den Rückspiegel und griff zu seinem Handy.

Unter der grauen stinkenden Decke atmete Mingo
durch den Mund, der Schweiß lief ihm übers Gesicht und
er fror grausam an den Füßen.

»Wo bist du?«, blaffte Kaufmann ins Telefon. »Dann steh
auf, ich möchte, dass wir bis Mittag fertig sind. Was? Was
is? Bist du blöde? Was für Sonderwünsche? Vergiss es!
Nein, leck mich ... Und wieso weiß ich das nicht? Wieso
erfahr ich das erst jetzt? Wir haben eine Vereinbarung,
Hartmut, wir haben ganz klar ausgemacht ... Okay, ich red
mit meiner Frau, das weiß ich jetzt nicht, verdammt! Ja!«

Es piepte und er warf das Handy auf den Beifahrersitz.

»Du Granatenarsch!«, sagte er und schnaufte.

Hartmut ... Mingo hatte den Namen genau verstanden, Hartmut ... Das musste der Typ aus dem *Sunrise*
sein, mit dem er gestern zusammengerumpelt war. Ausnahmsweise gab er Kaufmann Recht: Dieser Hartmut war
tatsächlich ein Granatenarsch.

»Ich bin's!«, sagte Kaufmann laut ins Telefon. Er
klemmte es sich zwischen Kinn und Schulter und zündete

116

sich eine Zigarette an. »Wieso hab ich dich aufgeweckt? In einer Stunde machen wir weiter...« Er ließ die Zigarette im Mund, während er sprach. »Hör zu, ich hab mit Hartmut gesprochen, die wollen jetzt doch Nacktaufnahmen machen, ja, Scheiße, ich hab ihm gesagt, wir haben eine Abmachung... Schrei mich nicht an! Schrei mich bloß nicht an!«

Dann war es kurz still und Mingo zog die Decke ein paar Millimeter vom Kopf. Er schniefte, aber das ständige Scheppern der Türen übertönte das Geräusch. So eine klapprige Karre würde er sich nie kaufen, da kann ich ja gleich einen Trabbi fahren!

»Ich bin unterwegs zu euch, wir reden mit ihm, ja! Wie geht's Isa? Was? Was is? Spinnst du? Sag das noch mal! Ich sag dir was, wenn sie jetzt anfängt rumzuspinnen, dann prügel ich sie so durch, dass sie sich wünscht, sie wär nicht geboren, das schwör ich dir! Halt die Klappe! Bring sie bloß von diesem Trip runter, sonst gibt's Ärger, wenn ich komme. Is mir doch egal, deswegen bist du ja da, bau keinen Scheiß, Susanne!«

Er beendete das Gespräch, steckte das Handy in die Innentasche seiner Wildlederjacke und gab Gas.

In die Decke gehüllt, die Knie aneinander gepresst, den Kopf auf die Schulter gelegt, hörte Mingo den Wind pfeifen und das monotone Klirren der Flaschen in den Getränkekästen.

Nach allem, was er soeben erfahren hatte, war er überzeugt davon, dass er von Anfang an mit seinem Verdacht Recht gehabt hatte. Und dass ihm jetzt niemand beistand, dass er allein war mit seiner Angst und Sorge um Isa und mit seiner geheimen Liebe zu ihr. Allein, erbarmungslos allein.

Sie kam sich vor wie eine Bittstellerin, dabei hab ich ein Recht, Fragen zu stellen. »Sie können mich doch nicht einfach hier stehen lassen«, sagte Franziska Border auf dem Flur der Anne-Frank-Realschule. »Ich bin extra früh aufgestanden und hierher gefahren, um mit Ihnen zu reden! Sie kennen doch meinen Sohn, Sie wissen doch, was mit ihm los ist, Sie sehen ihn doch mehr als ich.«

Schüler rannten an ihr vorbei und aus den Klassenzimmern war Geschrei zu hören. Seit sie hier war, stand sie dauernd im Weg. Die Kinder rempelten sie an und entschuldigten sich nicht. Sie versuchte ihnen auszuweichen, doch kaum machte sie einen Schritt zur Seite, schoss ein Junge auf sie zu und sie musste aufpassen, von ihm nicht einfach umgestoßen zu werden. Vom ersten Moment an hatte sie sich unwohl gefühlt, das ging ihr immer so, wenn sie hierher kam, weil es Probleme mit Mingo gab.

»Es ist nicht meine Schuld, dass Sie Ihren Sohn so wenig sehen«, sagte Hella Fasnacht, schaute auf die Uhr an der Wand des Lehrerzimmers und verglich die Zeit mit der auf ihrer Armbanduhr. Ihre Arbeitsmappe hatte sie unter den Arm geklemmt, ihr kariertes Sakko hing schief und der Kragen ihrer blauen Bluse war hochgeschlagen, was Franziska besonders missfiel. »Dann müssen Sie ihm eben verbieten jeden Nachmittag in der Kneipe rumzuhängen, Frau Border.«

»Mein Sohn geht nicht in die Kneipe!«, sagte sie verärgert.

»Oder er geht in den Wald, hab ich gehört«, sagte Frau Fasnacht und schaute Franziska an, als wäre sie die Räuberin ihrer Lebenszeit. Ratlos stand Franziska in der Tür.

»Tschuldigung«, sagte ein Mann hinter ihr und sie drehte sich um, er lächelte sie an und sie sagte überrascht:

»Tschuldigung«, machte einen Schritt zur Seite und stieß um ein Haar mit einem Mädchen zusammen, das blau gefärbte Strähnen hatte, einen silbernen Knopf in der Nase und ihren Kopf eigenartig hin und her bewegte.

»Hallo, Jule«, sagte Franziska, »hast du Mingo heut schon gesehen?«

»Hä?«, machte Jule und hob müde den Kopf. Jetzt sah Franziska, dass das Mädchen kleine schwarze Kopfhörer trug.

»Hast du Mingo gesehen?«, fragte Franziska etwas lauter.

»Nimm die Dinger raus und beeil dich!«, sagte Frau Fasnacht scharf.

In einer der Taschen ihrer Daunenjacke schaltete Jule den Walkman aus und es klickte und ihr Kopf wackelte weiter, als würden noch Echos verklingen. Die Kopfhörer nahm sie nicht aus den Ohren.

»Was is?«, sagte Jule. Ihre Stimme klang heiser und angestrengt.

»Hast du Mingo gesehen?«, fragte Franziska zum dritten Mal.

»Nö.«

»Und gestern?«

Jule verzog das Gesicht, schaute den Flur hinunter und dann ruckartig Franziska ins Gesicht. »Ja, am Bahnhof, ja, da hab ich ihn gesehen, is was mit ihm?«

»Hast du mit ihm gesprochen?«

»Nö.«

»Weißt du, ob er gesagt hat, was er vorhat, wo er hin will ...«

»Nö.«

»Du bist schon wieder zu spät, Julika!«, sagte Frau Fasnacht plötzlich und Franziska drehte sich verärgert zu ihr um.

»Ich weiß schon, dass Ihnen mein Sohn egal ist, aber ich finde, dass eine Schule auch dazu da ist, sich um die Schüler zu kümmern, auch wenn sie ... schwierig sind oder ... oder schweigsam ...« Sie wollte weitersprechen, aber Frau Fasnacht unterbrach sie.

»Ihr Sohn ist nicht schwieriger als andere Jugendliche ...«

»Also, ich geh dann mal«, sagte Jule, hob die Hand zum Gruß und ein silberner Totenkopfring blitzte an ihrem Mittelfinger. Dann schlurfte sie über den Flur und etwas in ihrem Rucksack schepperte.

»Ihr Sohn«, sagte Frau Fasnacht, »kann von mir aus so schweigsam sein, wie er will, entscheidend ist, er vernachlässigt den Unterricht nicht. Und das tut er im Grunde auch nicht, er lässt nur niemand an sich ran und seit einigen Wochen ist er noch verschlossener als früher. So was kommt vor, das ist nichts Schlimmes. Aber ich kann mich nicht um jeden einzelnen Fall aus Ihrer Siedlung kümmern, Frau Border, das hab ich Ihnen ...«

»Mein Sohn ist kein Fall!«, sagte Franziska laut.

»Nein, aber er ist aus Neuaubing, und diese Kinder sind eben anders als die meisten an unserer Schule, darüber haben wir doch schon oft gesprochen, Frau Border.«

»Und deswegen ist Ihnen das egal, wieso mein Sohn heute nicht in die Schule gekommen ist und die ganze Nacht weg war! Weil er bloß ein verwahrloster Junge aus Neuaubing ist, wo die Asozialen wohnen. Aber das sag ich Ihnen, mein Sohn hat immer saubere Sachen an und er ist höflich, er sagt grüß Gott und danke, ich pass schon auf ihn auf, ich schon, im Gegensatz zu Ihnen!« Von ihrer eigenen Wut verwirrt, verstummte sie und ihr Herz schlug heftig. Es war ihr unangenehm, zwischen Tür und Angel solche Dinge zu sagen, und es störte sie, dass der Lehrer, der vorhin an ihr vorbei ins Zimmer gegangen war, zuhörte und herschaute.

»Das eine hat mit dem andern nichts zu tun«, sagte Frau Fasnacht und sah wieder auf die Uhr und hüstelte.

»Ja, ja«, sagte Franziska. Neben der Lehrerin kam sie sich in ihrem gelben Anorak und ihrer weit geschnittenen billigen Max-Mad-House-Baumwollhose schäbig vor, wie eine Verkäuferin im Kittel. Und das war sie ja auch, das bin ich ja auch, und das war trotzdem kein Grund, sie abschätzig zu behandeln, wie eine Bittstellerin. »Sie denken, mein Sohn ist bloß einer aus der Kuckuckssiedlung. Aber bei uns ist noch nie was gepfändet worden, bei uns nicht, Frau Fasnacht!«

»Ich muss zum Unterricht«, sagte Frau Fasnacht. »Soviel ich weiß, ist Ihr Sohn nicht zum ersten Mal in der Nacht weggeblieben, vielleicht hat er im Jugendtreff übernachtet.«

»Nein, da war ich heut früh schon. Außerdem«, sagte Franziska, und jetzt wusste sie plötzlich, woran sie der hochgeschlagene Kragen und das karierte Sakko erinnerten, an ihre Biologielehrerin, die jeden – und Franziska im Besonderen – wie einen Aussätzigen behandelte, wenn man nicht auf Anhieb kapierte, was sie einem erklärte; und diese Erinnerung ermutigte sie jetzt ungemein zu lügen. »Außerdem ist Mingo bisher noch nie über Nacht weggeblieben! Woher wollen Sie das überhaupt wissen? Reden Sie mit ihm? Versuchen Sie Kontakt mit ihm aufzunehmen? Schenken Sie ihm Zeit? Nein. Er läuft nur so mit, und wenn er nichts sagt, dann sagt er eben nichts, und wenn er nicht da ist, dann ist er eben nicht da, ein lästiger Schüler weniger. Sie kennen meinen Sohn gar nicht, Frau Fasnacht, Sie kennen nur seinen Namen und wahrscheinlich wissen Sie nicht mal, was für eine Haarfarbe und was für eine Augenfarbe er hat. Haben Sie ihn sich schon mal genauer angesehen, haben Sie schon mal versucht rauszufinden, wer er eigentlich ist und was in ihm vorgeht? Nein. Ich weiß gar nicht, wieso ich hergekommen bin, ich weiß ja, was Sie für eine Lehrerin sind, Sie behandeln Kinder wie Aussätzige, wenn . . .«

»Hören Sie auf, Frau Border!«

Und sie hörte auf, drehte sich um und ging die Treppe hinunter.

Hella Fasnacht sah ihr hinterher, biss sich auf die Unterlippe und schüttelte den Kopf.

Bevor die Lehrerin ins Klassenzimmer kam, nahm Daniel noch schnell einen Zug von Konstantins Zigarette. Sie standen vor dem offenen Fenster, gemeinsam mit Jenny und Jule, die erzählt hatte, dass Mingos Mutter in der Schule war.

»Der ist bei Isa, unserer Zaubermaus«, sagte Daniel und inhalierte und blies den Rauch durch die Nase.

»Isa is schon okay«, sagte Jenny. »Sie hat immer tolle Sachen an. Habt ihr ihre Turnschuhe gesehen, die mit den Absätzen? Ich möcht wissen, wo die die herhat. Sehen super aus.«

»Die sehen doch total doof aus, die Schuhe«, sagte Jule, »und sie kann nicht mal richtig damit gehen! So geht die nämlich, so!« Und sie machte ein paar staksige Schritte vor dem Fenster.

»Du bist ja bloß neidisch«, sagte Jenny.

»Echt nicht!«

»Sie is eine Nutte, genau wie ihre Mutter«, meinte Daniel. Konstantin winkte mit dem Zeigefinger, er wollte seine Zigarette zurück. Daniel nahm noch einen Zug und gab sie ihm.

»Er behauptet, sie ist verschwunden, ich glaub, er denkt, sie is entführt worden oder so was.«

»Ja klar, ins Bordell!«, sagte Daniel.

»Wieso'n entführt?« Martin blätterte in einem Computermagazin. Was er praktisch den ganzen Tag machte.

»Der ist doch paranoid, der Mingo«, sagte Daniel.

»Aha.« Martin blätterte weiter.

»Ich find's romantisch, dass der Mingo so an der Isa hängt«, sagte Jenny.

»So wie du am Klemm«, sagte Daniel und grinste und nahm Konstantin wieder die Zigarette aus der Hand.

»Du bist total blöde, Daniel!«

»Stimmt doch, oder?«, sagte Lobo und wippte mit dem Stuhl.

»Hey, da ist sie ja!«, rief Daniel und beugte sich aus dem Fenster.

»Isa?«, sagte Jenny und stützte sich auf Daniels Rücken, um besser runterschauen zu können.

Unten im Hof holte Franziska aus ihrer Umhängetasche eines der American Cookies, die sie für Mingo zu ihrem Geburtstag gekauft hatte, aß es im Gehen und nahm dann noch eins heraus. Hoffentlich erwischte sie die nächste S-Bahn, denn in einer halben Stunde musste sie im Supermarkt sein, und jetzt, dachte sie, bin ich genauso schlau wie vorher.

Aber sie hatte dieser überheblichen Pute die Meinung gesagt, endlich mal, und das war die Fahrt auf jeden Fall wert gewesen!

Franziska steckte sich noch ein Cookie in den Mund, zur Belohnung.

Als der Motor ausging und das Scheppern und Klirren verstummte, hatte Mingo Angst, das Knurren in seinem Magen wäre bis zum Vordersitz zu hören. Er presste beide Hände flach auf den Bauch, hielt die Luft an und hoffte, es würde nützen. Stattdessen kam es ihm so vor, als wäre das Knurren ein glatter Dobermannsound.

Kaufmann stieg aus, knallte die Tür zu und sperrte ab. Mingo wartete einen Augenblick, dann hob er vorsichtig den Kopf. Die Decke rutschte ihm von der Schulter und er hielt sie fest umklammert.

Draußen sah er eine Hecke und eine Grünfläche mit einer Bank. Er duckte sich wieder, drehte sich um und schob sich langsam in die Höhe. In einiger Entfernung ging Kaufmann über die schmale Straße und verschwand hinter einem Busch, der den Eingang zu einem Hochhaus verdeckte. Gebückt sprang Mingo aus dem Auto, schlug die Tür zu und rannte zum Haus.

Wenn Kaufmann zurückkam, würde er … würde er … er wusste es nicht, Kaufmann kam schon nicht zurück … und er bog um die Ecke, sah den Eingang, der überdacht war, so wie der in der Weißensteinstraße 12, wo er wohnte, und spurtete drauf zu.

Die Tür war ins Schloss gefallen. Im Treppenhaus war niemand zu sehen. Mingo drückte auf mehrere Klingeln. Mit der flachen Hand wischte er sich die Haare aus dem Gesicht und trat unruhig von einem Fuß auf den andern. In der Sprechanlage knackte es. »Hallo?«, sagte eine Stimme, nicht zu unterscheiden, ob Mann oder Frau. »Post!«, rief Mingo und es summte und er drückte die Tür auf.

Vor dem Lift blieb er stehen und horchte. Keine Schritte. Dann wurde in einem oberen Stockwerk eine Tür geöffnet. »Hallo?« Es war dieselbe Stimme wie vorhin. »Hallo? Hier bin ich, dritter Stock!«

»Hat sich erledigt!« Mingo ging zu den Briefkästen an der Wand, schlug dagegen, und es klang blechern.

Oben brummte die Stimme etwas und dann wurde die Tür wieder geschlossen.

Auf Zehenspitzen rannte Mingo die Treppe hinauf. An jeder Biegung hielt er inne, horchte, kniff die Augen zusammen, wischte sich den Schweiß von der Stirn, stürmte weiter. In kurzen Abständen schnappte seine Hand nach dem schmalen Eisengeländer, das mit hartem, blauem Plastik überzogen war, und seine Turnschuhe quietschten auf dem Steinboden.

Dann öffnete sich die Tür des Lifts, knallte gegen die Wand und Schritte waren zu hören.

Keuchend hielt Mingo zwischen zwei Stufen inne und atmete lautlos mit offenem Mund. Jemand, wahrscheinlich Kaufmann, klopfte an eine Tür, zweimal hintereinander, dann wurde die Tür geöffnet, eine Frau sagte etwas und die Tür ging wieder zu.

Mingo tippte auf den neunten oder zehnten Stock und rannte los. Er nahm drei Stufen auf einmal und schaute nur noch auf den Boden, um nicht zu stolpern. Trotzdem wäre er beinah hingefallen, als irgendwo über ihm eine Tür auf- und zuging. Im Lauf stoppte er, rutschte mit der Schuhspitze ab und konnte sich gerade noch mit der Hand auf dem Boden abstützen. Jemand stieg in den Lift, die Tür fiel zu und der Aufzug fuhr nach unten, direkt an Mingo vorbei. Hinter der geschlossenen Falttür konnte er ein Bein erkennen.

Jetzt hatte er keine Chance mehr, festzustellen, in welchem Stock Kaufmann ausgestiegen war.

Alles, was er tun konnte, war, an jeder Tür zu horchen, vor jeder Wohnung stehen zu bleiben und ganz genau aufzupassen, ob drinnen etwas Verdächtiges passierte. Was für ein Irrsinn! Schon an der Tür, die am nächsten zu ihm lag, konnte er nicht das Geringste hören. Als wären die Wände isoliert! Er presste sein schiefes Ohr dagegen, hielt die Luft an, kniff die Augen so fest er konnte zusammen – nichts! Nur leise Musik, wie weit entfernt. Aber er wollte jetzt nicht nachdenken, er hatte keine Wahl, er musste sich beeilen, er durfte nicht noch mehr Zeit verlieren, etwas Übles, etwas sehr Übles ist los und ich muss Isa finden, und zwar schnell!

Also schlich er von Tür zu Tür, blieb stehen, beugte sich vor, konzentrierte sich, ballte die Fäuste, horchte intensiv. Und schlich weiter hinauf, Stockwerk für Stockwerk, und seine Sorge um Isa wurde immer stärker, genauso wie seine Sehnsucht nach ihr.

Zuerst schlug er sie durch die Decke, dann riss er die Decke weg und schlug ihr ins Gesicht. Rechts links rechts links, mit beiden Seiten seiner Hand, und Isa liefen die Tränen in Bächen übers Gesicht.

»Du machst alles, was ich dir sage, kapiert! Du machst das, was deine Mutter und ich dir sagen, hast du das kapiert? Hast du das kapiert?« Kaufmann schlug immer weiter zu, bis Susanne aus der Küche kam, nur mit ihrem langen T-Shirt bekleidet.

»Hör auf!«, sagte sie. Sie hatte schwarze Ränder unter den Augen und ihr Gesicht sah grau aus.

Noch einmal holte Kaufmann aus, Isa schlang die Arme

um den Kopf und er schlug ihr patschend auf den Hinterkopf. Dann zog er die Lederjacke aus, krempelte die Ärmel hoch, packte seine Tochter und schleifte sie an den Schultern ins Bad.

»Bitte nicht«, wimmerte sie, »ich will nicht mehr und mein Herz tut weh, ich hab Herzschmerzen . . .«

»Wahrscheinlich von deinen Scheißdrogen, damit ist jetzt Schluss, hast du das verstanden?«

Er drehte die Dusche auf und schubste Isa in Unterhose und Unterhemd unter den eiskalten Strahl.

»Mein Herz tut so weh . . .«, flüsterte sie, aber das kalte Wasser schien ihr nichts auszumachen. Sie kauerte sich hin, die Hände vorm Gesicht, und weinte.

»Zieh dich aus, verdammt, und beeil dich! In fünf Minuten bist du fertig, hast du mich verstanden?« Kaufmann ging aus dem Bad, knallte die Tür zu und ließ sich auf einen Stuhl fallen.

Reglos stand Susanne da und schaute zu ihm hinunter. Im Bad rauschte die Dusche und Isa schluchzte so laut, dass man es durch die geschlossene Tür hören konnte.

Kaufmann schwieg. Er saß vornübergebeugt da und rieb sich mehrmals übers Gesicht. Dann hob er den Kopf.

»Du musst sie schminken«, sagte er. »So können wir sie nicht vor die Kamera lassen.«

Durch die Pfützen patschen Schuhe und Isa sah sie genau, ihre *Fila*-Turnschuhe mit den Absätzen und die braunen Slipper ihres Vaters, patschen über den nassen Asphalt, auf das Hochhaus zu, auf das Hochhaus zu, in dem sie jetzt war und wo es einen Wasserfall gab, und der war weder warm noch heiß, nur schrecklich hart.

Als sie den Kopf in den Nacken legte und die Augen öffnete, hagelte es auf ihr verquollenes Gesicht, aber das war ihr egal. Ich brauch kein Gesicht mehr, ich lass mich von niemand mehr anschauen, von niemand. Immer wieder sah sie die patschenden Schuhe auf dem Asphalt und ihre Kleider klebten ihr wie ein Panzer am Körper und wie eine Faust schlug ihr Herz gegen diesen Panzer.

Vor der Wohnungstür im zwölften Stock stand Mingo und hörte nichts.

8

Der leere Platz am Fenster

Daniel kam gerade von den Toiletten zurück, wo er einen Deal abgewickelt hatte, als Jenny sich auf dem Schulhof von ihrer Freundin wegdrehte und zum zweiten Stock des Schulgebäudes hinaufschaute. Zwei Lehrer lächelten ihr zu und sie ließ sie lächeln.

»Was'n?«, sagte Daniel und wartete darauf, dass Lobo ihm endlich eine brennende Zigarette gab. »Was fehlt'n der Alten?«

Jenny starrte immer noch nach oben, und Daniel bemerkte die beiden Lehrer und fragte sich, was an denen so besonders war, dass man sie anstarren musste wie Godzilla.

»Die hat sie nicht mehr alle«, sagte Jule. Sie trug eine nagelneue Helly-Hansen-Jacke, die sie auch im Unterricht nicht auszog.

»Es geht um Isa«, sagte Martin. Und weil niemand darauf reagierte, meinte er: »Jule behauptet, die Isa stinkt, und Jenny meint, sie hat ein superteures Parfüm, von dem Jule keine Ahnung hat.«

»Was mischst du dich eigentlich ein?«, blaffte Jule.

Ohne sich umzudrehen sagte Jenny: »Wer behauptet, Isa stinkt wie eine Nutte, ist bloß blöd und gemein!«

»Wird's bald!« Daniel stieß Lobo gegen die Schulter, so dass dem fast der Tabaksbeutel aus der Hand fiel. Er leckte das Papier ab, klebte die Packung zu und steckte sie in die Hose. Bevor er Daniel die brennende Zigarette gab, machte er schnell einen Zug, wie ein Nikotinvorkoster.

»Endlich!«, sagte Daniel und inhalierte. Wie immer stand Martin staunend daneben. Einmal hatte er versucht einen Lungenzug zu machen, und dabei musste er so husten, dass er sich erbrach, mitten auf dem Schulhof. Etwas Peinlicheres war ihm noch nie passiert. Seitdem schaute er den anderen nur beim Rauchen zu und manchmal sog er vorsichtig den Rauch ein, und wenn ihm schummrig wurde, ging er rasch ein paar Schritte weg und atmete tief durch.

»Die kriegt alles reingeschoben«, sagte Jule. »Ihr Vater geht mit ihr in jeden Plattenladen, die haben mindestens tausend CDs zu Hause, das weiß ich . . .«

»Warst du schon mal da?«, fragte Martin neugierig.

»Und er geht mit ihr in jede Boutique, in die sie will, die stinkende Prinzessin!«

»Halt die Klappe!«, sagte Jenny. Immer noch stand sie mit dem Rücken zu den anderen und ihr blonder Pferdeschwanz glänzte.

»Hey, hey!«, machte Konstantin.

»Willst du sie jetzt auch verteidigen?«, fauchte Jule ihn an. »Weißt du, dass ihr Vater einen Freund hat, der ist Geschäftsführer bei McDonald's, der kriegt alles um die Hälfte billiger und die Kaufmanns deswegen auch. Und die Milchshakes kriegen sie sogar umsonst . . .«

»Das ist doch Quatsch!«, sagte Konstantin.

»Sie ist eine Schlampe!«, rief Jule.

»Sie ist keine Schlampe!« Jenny drehte sich ruckartig um. Unwillkürlich machte Martin einen Schritt zur Seite. »Sie ist eigenwillig, na und? Und sie sieht toll aus, find ich, und es ist total Scheiße, wie ihr alle dauernd auf ihr rumhackt!«

»Hast du mit ihr geschlafen oder was?«, sagte Daniel.

Jenny schaute ihn an und ihr Blick war eine Meisterleistung an Verachtung.

»Sie trägt ein Fußkettchen!«, sagte Jule angewidert. »Aus Silber! Ein Fußkettchen aus Silber! Und Turnschuhe mit Absätzen!«

Darauf wollte Jenny jetzt nicht mehr eingehen. Wer Turnschuhe mit Absätzen nicht oberkrass fand, hatte ihrer Meinung nach nicht den blassesten Schimmer von den Dingen, die ein Mädchen noch aufregender machten.

»Was gut an ihr ist, ist, dass es ihr total egal ist, was alle Leute von ihr halten«, sagte Konstantin.

»Sie will sich immer nur wichtig machen«, sagte Jule.

»Was weißt *du* denn?«, sagte Jenny. Sie war einmal mit Isa beim Fantasy-Festival gewesen und nach dem Kino liefen sie die Straße hinunter und es war warm mitten in der Nacht. Und plötzlich sagte Isa: »Schau mal da rauf!«, und Jenny blickte zum Himmel, der übersät war von blinkenden Sternen. Und als sie den Kopf wieder senkte, bemerkte sie, dass Isa weinte. Jenny fragte sie, was mit ihr los sei, und Isa sagte: »Immer wenn ich die Sterne anschau, hab ich Heimweh, aber ich weiß nicht wonach.« Und Jenny wusste nicht genau, was sie meinte, und überlegte, ob sie Isa in den Arm nehmen sollte. Aber da lief Isa schon weiter und rempelte die Typen an, die ihr entgegenkamen und sie angrinsten, und alles war wie vorher.

Und dann drehte sich Jenny um und ging mit gestrecktem Rücken aufs Schulgebäude zu. Und ihr Pferdeschwanz wackelte hin und her und glänzte wie ein goldener Komet.

Die anderen schwiegen. Daniel rauchte und wippte mit den Beinen. Martin blickte gebannt zum Eingang, in dem Jenny jetzt verschwand. Jule roch an ihrer neuen Jacke.

Lobo drehte eine Zigarette auf Vorrat. Konstantin schaute auf seine Unterwasseruhr.

»Einen scharfen Hintern hat sie, unsere Isa, das muss man zugeben«, sagte Daniel und Martin, der die Hände so tief in die Taschen seiner Buggyhose gesteckt hatte, als wollte er sich die Knie kratzen, errötete ein wenig. »Sie kauft ihre Smarties bei mir und das ist alles, was mich interessiert. Habt ihr gewusst, dass sie was am Herzen hat?«

»Was?«, sagte Jule überrascht und sah ihn eindringlich an.

»Herzrhythmusstörungen oder so was, sie hat's mir erzählt, sie hat gemeint, das käm von den Smarties, aber ich hab ihr klargemacht, dass ich nur saubere Ware hab. Oder?« Daniel schaute Konstantin an.

»Selbstverständlich«, sagte Konstantin.

»Genau«, sagte Daniel. »Ich hab ihr gesagt, sie soll zum Arzt gehen, und sie hat gesagt, sie weiß was Besseres für ihr Herz.«

»Was denn?«, stieß Martin hervor.

Daniel sah ihn mitleidvoll an.

»Massagen«, sagte er und bewegte seine Hand im Kreis.

»Ach so«, sagte Martin.

»Was is eigentlich mit unserem Mingo?«, fragte Lobo, während er das Zigarettenpapier ableckte. »Wo ist der? Was is'n los mit dem? Krise?«

»Meint der das ernst, dass die Isa verschwunden ist?«, sagte Daniel und hielt Lobo den Rest seiner Zigarette hin, damit der die frisch gedrehte daran anzünden konnte. Dann machte Lobo einen Zug und gab Daniel die Zigarette, der sie sich in den Mundwinkel klemmte.

»Ich glaub schon«, sagte Konstantin, »ich hab null Ahnung, wo der steckt.«

»Der ist doch paranoid«, sagte Martin, so wie Daniel vor einer Stunde im Klassenzimmer.

»Ich mach mir echt Sorgen um den«, sagte Konstantin.

»Pennt der mit der Alten?«, fragte Daniel.

Unauffällig beugte sich Martin näher zu Konstantin, um ja nichts zu verpassen.

»Weiß ich doch nicht! Bin ich sein Beichtvater?«

»Scheiße«, sagte Daniel. »Knabbert dieser Waldschrat tatsächlich an der blonden Maus rum!«

Die Glocke ertönte und die Schüler gingen langsam zurück ins Gebäude. Daniel ließ sich von Lobo die Zigarette anzünden, weil sie ausgegangen war, und Konstantin blickte gedankenverloren zur Einfahrt. Irgendwie wurde er langsam stinkig, weil sein alter Freund Mingo ihm nicht sagte, was abging. Und als er wieder im Klassenzimmer saß und Mingos leeren Platz am Fenster sah, war er richtig sauer auf ihn.

9

Und ihre Hände und seine Hände

Und dann trat er noch mal zu und noch mal und noch mal und in seinem Kopf war Terror und Krieg und wieder nahm er Anlauf und rammte seinen Rücken gegen die Tür, dass es noch lauter krachte als zuvor, und er dachte schon, sie würde aus den Angeln fliegen, und dann ging auf der anderen Seite des Flurs eine Tür auf und er ...

»Was is des? Ja, was is des? Ja, was machst'n du da?«

... schaute den Mann mit der Trachtenjacke nur kurz von der Seite an und trat mit den Fußsohlen voll gegen die Tür, die dem dürren Mann mit dem Lederkoffer geöffnet worden war. Mingo hatte ihn beobachtet, wie er aus dem Lift stieg, und ihn sofort erkannt: Hartmut aus dem *Sunrise*.

Und weil jetzt immer noch keiner aufmachte, trat er noch mal dagegen, nahm Anlauf, ließ sich gegen die Tür fallen, und der Nachbar im Janker schaute ihm zu.

»Jetza ruf i die Bolizei!«, sagte der Mann und schloss hastig die Tür.

Mingo schwitzte. Mit der flachen Hand wischte er sich die Haare aus den Augen, blies eine Ladung Luft durch den halb geschlossenen Mund und stellte sich dann so nah an die Tür, dass er mit der Nase dagegen stieß.

»Isa!«, schrie er. »Ich bin's, Mingo! Mingo! Isa!«

Seine Stimme hallte durchs Treppenhaus und unten wurden mehrere Türen geöffnet.

»Isa!«, schrie er und der Name hüpfte wie ein klingender Ball alle zwölf Stockwerke hinunter und rollte unten dem Briefträger vor die Füße, der gerade mit einem Packen Post hereinkam und erschrocken nach oben schaute und jetzt eine schneidende Männerstimme hörte.

»Bist du nicht ganz sauber oder was?«, brüllte Kaufmann und Mingo hörte nicht lang zu, sondern stieß ihn beiseite, drängte sich an ihm vorbei in die Wohnung und sah noch, wie Isa sich mit nacktem Oberkörper zu ihm umdrehte, und er sah Hartmut mit der Kamera in der Hand und einen nackten Mann mit einem teigigen Gesicht und Doppelkinn, den er nicht kannte, und er sah Isas Mutter, die einen Morgenmantel trug, und im Fernsehen lief eine Seifenoper ohne Ton und Isa hatte plötzlich ihre schwarze Jeans und ihren nassen grünen Pulli an. Mingo stand immer noch da und die Bilder hagelten auf ihn herunter. Da packte ihn Isa schon an der Hand und rannte mit ihm aus der Wohnung, barfuß, und er wollte noch was schreien, er hatte einen Schrei auf der Zunge, aber der klebte da fest. Und so rannte er mit Isa die Treppe hinunter, immer noch eine weitere Treppe, und in den Türen, an denen er gelauscht hatte, standen Leute und es roch nach Kaffee und verbranntem Öl und Isas nackte Füße patschten auf dem Steinboden und Mingo umfasste ihre Hand so fest er konnte und im Parterre stand der Briefträger und sagte: »Höhö ...«, und Mingo stieß ihn weg wie Kaufmann und Isa riss die Tür auf und sie liefen ins Freie. Es regnete und Mingo wollte etwas sagen, aber Isa zog ihn mit sich fort, an den Büschen vorbei, am Geländewagen, an den anderen Autos, die in der Rümannstraße parkten, zwischen Wohnblocks hindurch, vorbei an irritierten Passanten, durch den Park eines Altenheims, an einer hohen efeubewachsenen Mauer entlang, über einen Kiesweg und auf eine hohe, wuchtige Eiche zu, als wäre sie ein Magnet, darunter stand eine Bank und Isa steuerte direkt drauf zu, in vollem Tempo, Mingo stolperte hinter ihr her, die Puste ging ihm langsam aus und er wollte wieder was sagen, aber er kam nicht dazu.

Mit einer Drehung schubste ihn Isa auf die Bank und er knallte mit dem Arm gegen die Lehne und rutschte auf der Seite wieder herunter, rappelte sich hoch, denn Isa hatte ihn losgelassen und sich auf die Bank geworfen und lag jetzt fünf Sekunden auf dem Rücken. Es regnete in ihre offenen Augen und dann sprang sie wieder auf, lief über die Wiese, die an den Kiesweg grenzte, ließ sich auf den Bauch fallen, rutschte ein paar Meter im nassen Gras und blieb reglos liegen.

Als Mingo keuchend näher kam, rollte Isa sich zusammen wie ein Embryo, bedeckte den Kopf mit den Armen und ihr Körper bebte wie unter Strom.

Vorsichtig, weil er sie nicht erschrecken wollte, kniete sich Mingo neben sie.

Der Regen wurde stärker, der Wind fegte Papierfetzen über die Wiese und auf der Straße, hundert Meter entfernt, raste plötzlich ein Krankenwagen mit Blaulicht und Sirene heran und bog in eine Einfahrt hinter der langen Mauer ein.

Neben Isas Armen sah Mingo Kleeblätter und Grashalme, jeden einzelnen, so kam es ihm vor, und der Regen konnte sie nicht beugen. Mingo streckte die Hand nach Isa aus, als sie herumschnellte, den Kragen seiner Jacke packte und ihn an sich zog und ihn umklammerte, dass er vor Schreck nach Luft schnappte. Mit unbändiger Kraft drückte sie ihn an sich und er schmeckte ihre Tränen, vielleicht waren es auch seine, und presste seinen Kopf an ihre Schulter und roch ihre Haut, Schweiß und Parfüm. Und dann, endlich, denn seine Arme baumelten die ganze Zeit herunter, umarmte er sie auch und seine Hände erfanden das Berühren neu.

Und aus dem Geäst der Eiche sahen ihnen schwarze Vögel zu.

»Ist dir nicht kalt?«

»Nein.«

»Ich hab fünf Mark, ich kann dir Schokoladenkuchen kaufen.«

»Ich mag keinen Schokoladenkuchen.«

Dann schwiegen sie wieder und es hörte auf zu regnen.

Bald darauf fing es erneut an zu tröpfeln und der Wind wehte stur und sie saßen immer noch in der Wiese und Mingo hatte seine rote Jacke ausgezogen und sie Isa über die Schulter gelegt.

»Lass uns gehen«, sagte er.

»Will nicht.«

Wenigstens setzte sie sich jetzt hin und lag nicht länger im nassen Gras. Sie zog die Beine an, umklammerte sie mit den Armen, so fest und hart, wie sie vorhin Mingo umarmt hatte, und starrte vor sich hin.

Mingo kniete neben ihr und er spürte die Nässe durch die Knie seiner Militärhose eindringen. Nicht weit entfernt hechelte ein grauer Pudel vorbei und bellte sich die Seele aus dem Leib. Kaum hatte Mingo hingesehen, hatte er ihn schon wieder vergessen.

»Ich hab dich so gesucht«, sagte er. Irgendwie wollte er dauernd was sagen, vielleicht fürchtete er, dass sie beide sonst für immer verstummen würden.

»Ja«, sagte sie. »Und du hast mich gefunden.«

»Aber zu spät.«

»Nein.«

»Ich hab mich in euerm Geländewagen versteckt.«

»Ja.«

Ihr Schweigen verunsicherte ihn und verlegen legte er die Hand auf ihre Schulter. So blieb er, und dann sah er auf der Hauptstraße ein Polizeiauto mit einer schwarzhaarigen Frau auf dem Beifahrersitz.

Manchmal blieben Leute auf dem Gehweg stehen, sahen hinüber zu dem merkwürdigen Paar in der Wiese, tuschelten und gingen weiter. In regelmäßigen Abständen fuhren Krankenwagen vorüber, manche mit Blaulicht. Hinter der langen Mauer lag das Schwabinger Krankenhaus.

»Hast du Schmerzen?«, fragte er.

Sie schüttelte schnell den Kopf.

»Ich geh mit dir zum Arzt, wenn du willst.«

Sie schüttelte wieder den Kopf.

»Okay.«

Dann merkte er, dass seine Hand noch immer steif auf ihrer Schulter lag, und er begann behutsam ihren Rücken zu streicheln.

»Schön«, sagte sie, und er hörte sofort auf, weil er ihr zuhören wollte. Dann verstand er, was sie meinte, und machte weiter.

Isa sah zwei Krähen über den Kiesweg watscheln, sie pickten etwas auf, und als ein Fußgänger näher kam, hüpften sie hastig in die Wiese und watschelten dort weiter. Warum fliegen die nicht?, dachte Isa, die könnten doch einfach wegfliegen, die haben doch Flügel! Vielleicht sind sie zu faul und fliegen ist für sie ja nichts Besonderes, das kann ja jeder bei denen.

»Mir ist kalt«, sagte Mingo leise.

»Mir auch.«

»Willst du mit zu mir kommen?«

»Weiß nicht.«

Mingo dachte nach und streichelte weiter ihren Rücken.

»Bei mir ist jetzt niemand«, sagte er. Und da sie nichts erwiderte, sagte er: »Du kannst duschen, wenn du willst.«

»Hast du Pillen dabei?«, fragte sie plötzlich und Mingo nahm sofort seine Hand weg.

»Wieso?«, sagte er und zog die Stirn in Falten und kniff die Augen zusammen.

»Kannst du welche besorgen?«, sagte sie und schaute ihn an, zum ersten Mal, seit sie so dasaß.

»Nein«, sagte er. Wieso braucht sie jetzt Pillen, ich bin doch da!

»Doch«, sagte sie. »Daniel gibt dir welche, warte, ich hab Geld dabei.« Sie griff in ihre Jeanstasche und holte einen zerknüllten Fünfzigmarkschein heraus.

»Kauf drei Stück für mich«, sagte sie und hielt ihm das Geld hin. Er sah sie finster an und mit einem traurigen Lächeln klopfte sie auf sein schiefes Ohr und Tropfen fielen herab wie von einem Dach. »Bitte, Mingo. Bitte.«

»Nein«, sagte er.

»Dann hol ich sie mir selber.«

»Nein.«

»Dann geh du zu ihm.«

Sie stopfte ihm die fünfzig Mark in die Jackentasche, stützte sich an seiner Schulter ab und stand auf.

Im ersten Moment dachte sie, sie wäre voller Blut, das ihr über den ganzen Körper floss. Aber es war nur Regen und sie schwankte und Mingo stand schnell auf und hielt sie fest.

»Ist dir schlecht?«

»Geht schon«, sagte sie.

Auf der Straße hielt ein Taxi, ein alter Mann stieg aus, hustete und humpelte davon.

»Komm!«, sagte Mingo, »los, komm!«

Er nahm Isas Hand, mit der anderen winkte er dem Taxi und sie liefen zur Straße.

»Wie weit fahren Sie für fünf Mark?«

Mingo hatte die Beifahrertür geöffnet und sich hinuntergebeugt. Im Taxi roch es nach Leder und am Rückspiegel baumelte ein grüner Elefant. Der Fahrer trug eine schwarze Lederjacke und es schien ihn viel Mühe zu kosten, den Kopf zu drehen.

»Für fünf Mark«, sagte er gelangweilt, »da fahr i ganz genau bis hierher, verstehst? Wei wenn i des einschalt . . .« Er schaltete das Taxameter ein. »Dann steht da fünf Mark, oda net? Und scho samma da!« Er schaltete das Taxameter wieder aus. »Is sonst noch was?«

»Wir müssen ganz schnell nach Neuaubing, können Sie uns nicht helfen?«, fragte Mingo.

»Neuaubing?«, sagte der Fahrer zur Windschutzscheibe. »Sauber.«

»Scheißtyp!«

Jetzt hatte sich auch Isa hinuntergebeugt. Aus ihren Augen tropfte Regen auf den Ledersitz. Ruckartig drehte sich der Fahrer herum.

»Was hast du g'sagt? Pass bloß auf! Und jetzt schleicht's eich!« Er stieß Mingo weg, schlug die Beifahrertür zu, gab Gas und fuhr los.

»Du Wichser!«, rief ihm Isa hinterher.

»Gibt's Probleme?«

Hinter ihnen hatte ein roter Golf angehalten und eine Frau um die siebzig mit kurzen grauen Haaren und einer blauen Brille streckte den Kopf aus dem Fenster.

»Nein«, sagte Mingo.

»Ja«, sagte Isa gleichzeitig.

»Du hast ja gar keine Schuhe an!«, sagte die alte Frau und zeigte auf Isas Füße.

»Die hab ich verloren«, sagte sie.

»Wollt ihr mitfahren?«, fragte die Frau.

»Wir müssen aber nach Neuaubing«, sagte Mingo und wie von selbst griff seine Hand nach Isas Hand.

»Oje«, sagte die Frau. »Aber das trifft sich gut, denn ich fahr nach Pasing, da kann ich auch noch ein Stück weiterfahren, das macht nichts.«

Eine Minute später saßen sie auf der Rückbank und Isa wickelte ihre Beine in eine warme rote Wolldecke.

»Ich mach gleich die Heizung an«, sagte die Frau. »Ich heiß übrigens Waltraud.«

»Mingo«, sagte Mingo.

»Das ist aber ein seltener Name!«, sagte die Frau. Während sie an der roten Ampel hielt, kramte sie in ihrem Bastkorb auf dem Beifahrersitz und nahm eine angebrochene Tüte Bonbons heraus. Sie reichte sie nach hinten.

»Nehmt euch jeder zwei«, sagte sie.

»Danke«, sagte Isa und drückte sich zitternd in die Ecke.

»Wie heißt du?«, fragte die Frau.

»Isabel.«

»Mingo und Isabel«, sagte die Frau. »Seid ihr ein Liebespaar?« Sie lächelte und es gefiel ihr, dass der Junge bis über beide Ohren rot wurde.

»Nimm dir!«, sagte sie zu ihm. Er nahm ein Bonbon.

»Das reicht schon«, sagte er.

Die Ampel wurde grün und sie fuhren los.

Als Mingo das Bonbon in den Mund steckte, sah er sich auf einmal im Hochhaus vor der geschlossenen Tür stehen, und er sah, wie er horchte und nichts hörte und dann weiterging. Und dann sah er, wie er in der Wohnung war und der nackte Mann am Fenster stand und Isa aufsprang und sich anzog. Und er sah den dürren Hartmut mit der Kamera und er sah, dass der Fernseher lief und Isas Mutter im Morgenmantel, und er hätte sie fast nicht erkannt, so müde und bleich sah sie aus, und Isas Vater war auch da, er hatte die Ärmel hochgekrempelt und sein Gesicht erinnerte Mingo an die Schnauze eines Dobermanns, spitz und bösartig, und er dachte, dass er immer noch nicht wusste, was in der Wohnung eigentlich drei Tage lang passiert war, er hatte bloß eine Ahnung. Und diese Ahnung quälte ihn und machte ihn taub vor Schmerz.

Etwas kitzelte an seinem Ohr. Er zuckte zusammen. Isas Gesicht war dicht an seiner Wange.

»Machst du das für mich?«, flüsterte sie. Und dann küsste sie ihn auf den Mund. Und im Rückspiegel waren zwei blaue Augen.

»Was?«, sagte er.

Sie öffnete den Mund, berührte mit ihrer kalten Hand sein abstehendes Ohr, und er spürte ihre Lippen, als sie leise sagte: »Daniel.«

Er sah sie an und ihr Gesicht sah gelb und aufgedunsen aus. Um ihre Augen waren Schlieren schwarzer Wimperntusche und ihre nassen Haare, die an ihrem kleinen Kopf klebten, waren nicht mehr blond, sondern braun, und ihre Lippen waren bleich und winzig. In die Decke gehüllt, kauerte sie auf der Bank und zupfte an ihren Fingernägeln. Mingo legte den Arm um sie und sie lehnte sich an ihn und er wollte sie etwas fragen, aber dann ließ er es sein und stieg an der Ecke Bäckerstraße in Pasing aus und die alte Frau und Isa fuhren weiter.

Für zwölf Uhr hatten sie sich verabredet und er hatte versprechen müssen, niemandem etwas von den Ereignissen im Hochhaus zu erzählen.

Als er von fern Daniel auf dem Schulhof sah, empfand er nichts als blanken Hass gegen ihn.

Sie umringten ihn, Martin, Lobo, Jule, Konstantin, Jenny und Daniel, und er hatte die Hände in der Jackentasche und sagte kein Wort.

»Deine Mutter war hier«, sagte Jule, »sie hat mit der Fasnacht geredet, wo warst'n du?«

»Hey, Mäusestecher!«, rief Daniel.

»Das ist echt Scheiße, dass du einfach verschwindest, ohne was zu sagen!«, sagte Konstantin.

»Hast du dich mit jemand geprügelt?«, sagte Jenny und kicherte und Jule kicherte mit. Die beiden Mädchen schienen sich wieder prächtig zu vertragen.

»Ja«, sagte Mingo. Das war das Erste, was er rausbrachte.

»Hey, du kannst ja reden«, sagte Jule wieder einmal. Aber Mingo schwieg schon wieder.

»Du hast dich echt geprügelt?«, sagte Daniel und blies Zigarettenrauch durch die Nase. »Mit wem? Mit einem Eichhörnchen im Wald?«

»Jetzt sag schon, Alter, was is los? Gab's Ärger? Wo hast du gesteckt?« Konstantin schlug ihm heftig gegen den Arm, aber Mingo sah nur Daniel an.

»Ich muss mit dir reden«, sagte er. Ihm war schwindlig vor Hunger und er fror von den Zehen bis zur Nase und er brauchte viel Kraft, um ein Zittern zu unterdrücken.

»Klar, dahinten ist mein Büro.« Daniel packte Mingo an der Jacke, Mingo machte sich los und ging an den andern vorbei.

»Bist du was Besseres oder wie, dass du nicht mit uns redest?«, rief ihm Jule hinterher und machte den Effe, weil sie ihm das schon lange mal sagen wollte.

»Hast du Isa gefunden?«, rief Konstantin. Und weil Mingo sich nicht zu ihm umdrehte, schüttelte er den Kopf, ließ eine Marlboro direkt aus der Schachtel in seinen Mund springen und sich von Lobo Feuer geben.

»Was kann ich für dich tun?«, sagte Daniel gespreizt und lehnte sich an den grauen Müllcontainer, zu dem sie gegangen waren.

»Ich brauch was«, sagte Mingo und musste blinzeln, und das ärgerte ihn.

»Ja klar«, sagte Daniel und wartete ab. Die Zigarette hing ihm von den Lippen und glimmte.

»Drei Stück für dreißig Mark«, sagte Mingo. Dass er sich an diesen Typ ranschmieren musste, brachte seinen Hass erst richtig zum Glühen. Daniel nickte. Dann spuckte er die Zigarette auf den Boden, trat sie mit seinem rechten Springerstiefel aus und sah Mingo ins Gesicht.

»Vielleicht arbeitest du ja heimlich mit den Bullen zusammen, vielleicht bist du ja ein Spitzel, wer würd schon auf einen Schlappschwanz wie dich tippen ...«

»Vergiss es!«, sagte Mingo und drehte sich um. Noch eine Sekunde länger und er würde ihm ins Gesicht treten, so wie er gegen die Tür in dem Hochhaus getreten hatte, und dann kannst du dich gleich mit in den Container legen, du Scheißkopf!

»Hey!« Daniel packte ihn wieder an der Jacke und Mingo spannte seinen Rücken. »Vierzig und du kriegst die Dinger. Komm mit, los!«

Er ging an Mingo vorbei und verschwand im Eingang der Schule.

In der Toilette schaute er in jede Kabine. Dann hielt er Mingo zwei blaue und eine rote Pille hin und Mingo wunderte sich, woher Daniel sie so schnell genommen hatte.

»Vierzig«, sagte Daniel.

»Dreißig«, sagte Mingo. Daniel nahm die Hand nicht weg. Fünfzehn Sekunden vergingen und die beiden Jungen sahen sich in die Augen und Mingo musste blinzeln und konnte es nicht kontrollieren.

»Ich hab nur den, gib mir zehn raus«, sagte er dann und hielt Isas Fünfzigmarkschein zusammengerollt zwischen den Fingern.

»Alles klar«, sagte Daniel und hatte plötzlich vier Pillen in der Hand. »Kriegst noch eine dazu, dann stimmt der Preis.« Und ehe Mingo reagieren konnte, zog Daniel ihm den Schein aus den Fingern und drückte ihm die Smarties in die Hand. »Versteck sie, Blödmann!«

Im nächsten Moment stand Mingo allein in der Toilette, und als er im Spiegel sein Gesicht sah, erschrak er, weil er dachte, es wäre noch jemand anderes da.

An der Tür zum Hof kam ihm sein Religionslehrer entgegen.

»Da bist du ja wieder«, sagte Franz Klemm. Er trug ein blau kariertes Hemd, das ihm vorne aus der Hose hing.

»Grüß Gott«, sagte Mingo und ließ ihn stehen.

»Wir haben jetzt Unterricht!«, rief Klemm ihm hinterher.

Unterricht ist woanders, dachte Mingo und rannte zur Bushaltestelle.

Sie zeigte ständig ihre blauen Schuhe und die roten Söckchen, die sie zusammen mit dem grauen Pulli und dem roten Rock trug. Sie hatte sich die Sachen von Uta ausgeliehen, die in einem Schrank im Treff gebrauchte, frisch gewaschene Kleidung für Notfälle aufbewahrte.

Mingo schaute Isa zu und wusste nicht, was er tun sollte; gern hätte er ihr etwas gesagt, etwas, das sie tröstete und beruhigte, aber ihm fiel nichts ein, er brachte kein Wort über die Lippen, um sie zu besänftigen.

Isa weinte unaufhörlich.

Nachdem sie in sein Zimmer gegangen waren, hatte sie hastig die Tür zugemacht und ihm die Pillen aus der Hand gerissen und sich sofort zwei eingeworfen. Danach setzte sie sich aufs Bett und hielt seine Hand fest. Er stand wie gebannt vor ihr. Es dauerte mehrere Minuten, bis er sich wieder bewegte. Während der ganzen Zeit schwiegen sie. Einmal schaute sie kurz hoch zur Decke, wo das Plakat der *Men In Black* hing, und sie lächelte traurig, und Mingo wollte sie schon fragen, ob sie den Film gesehen hätte und wenn ja, ob sie die Außerirdischen auch so voll schräg fand wie er, aber dann hatte er aus irgendeinem Grund nicht den Mut dazu und es war ihm auch nicht mehr wichtig.

Als er vorhin die Wohnungstür aufgesperrt hatte, glaubte er ein Geräusch zu hören, und er dachte, seine Mutter wäre schon nach Hause gekommen, und das wäre ihm unangenehm gewesen. Er wollte allein sein mit Isa. Und dass sie jetzt hier mit ihm in seinem Zimmer war, kam ihm plötzlich ungeheuerlich vor, geradezu fantastisch. Er wünschte, er hätte irgendeine verdammte Idee, was er als Gastgeber tun sollte. Soll ich vielleicht einen Kuchen aus dem Gefrierfach holen und auftauen? Er schüttelte den Kopf und Isa sah ihn verwundert an. Und er schüttelte wieder den Kopf, weil er ihr sagen wollte, dass sie sich nicht zu wundern brauchte, er hätte bloß eine superdämliche Idee gehabt. Aber er sagte nichts. Er schüttelte nur weiter den Kopf wie unter Zwang. Und Isa zog an seiner Hand und dann setzte er sich endlich neben sie.

Und dann wollte er sie fragen, ob sie Musik hören möchte. Und genau in diesem Moment umarmte sie ihn und drückte ihn an sich.

Und dann fing sie an zu weinen.

Und seit diesem Augenblick suchte Mingo nach einem Wort, nach einem Satz. Und als ihm endlich einer einfiel, endlich, nachdem er krampfhaft überlegt hatte und sich gar nicht richtig auf Isas Umarmung konzentrieren konnte, was ihn ärgerte – »Ich geh nicht mehr weg«, wollte er sagen, »ich geh nicht mehr weg« –, da küsste sie ihn auf den Mund, und bevor er begriff, was er tat, streckte er die Zunge heraus und sie machte den Mund weit auf. Und schluchzte und er küsste sie trotzdem.

Sie fielen aufs Bett und von oben schauten cool die Schwarzen Männer herunter. Daran erinnerte er sich später. Er hatte die beiden dauernd im Blick und sie nervten ihn total. Sie glotzten ihn an und er glotzte zu ihnen hinauf und er wollte, dass sie auf der Stelle verschwanden und nie mehr wiederkamen. Isa zog ihn aus und er zog sie aus und das ging alles so schnell und war so wild, dass Mingo mit dem Kopf im Pullover stecken blieb. Er riss ihn sich runter und schämte sich für sein Missgeschick. »Du alter Schämerer«, sagte Isa, aber das nahm er nicht wahr. Erst später erinnerte er sich daran. Denn das war das Einzige, was sie während der ganzen Zeit zu ihm sagte.

»Du alter Schämerer.«

Doch daran, wie es gekommen war, dass er plötzlich auf ihr saß und sie ihre Arme nach hinten streckte und sich gegen die Wand stemmte, erinnerte er sich nicht mehr.

Was ihm aber sofort bewusst wurde, war, dass jetzt genau das passierte, was er sich die letzten zwei Jahre immer vorgestellt hatte, wenn die andern von ihren Aufrissen redeten, von den Mädchen und den Sachen, die sie mit ihnen gemacht hatten. Und er schaute Isa an, ihren schmalen Körper, ihre runden kleinen Brüste und die hellen flaumigen Haare zwischen ihren Beinen, und er stöhnte, was ihn ein wenig irritierte, zumindest am Anfang, denn er wäre lieber still gewesen. Und dann bemerkte er, dass Isa die Augen geschlossen hatte, und er fragte sich, ob er das auch tun sollte. Aber dann ließ er die Augen offen, er fand, das musste er als Mann. Isas Hände waren jetzt heiß und zerrten an ihm, ihre Finger krallten sich in seine Haut, so wie seine in ihre, und sie weinte immer noch und er dachte, vielleicht weint sie, weil ich ihr wehtue. Und er hatte Angst, sie zu verletzen, wenn er so heftig zustieß, und er nahm seine Hände weg und wusste nicht, wohin mit ihnen. Und dann beugte er sich zu Isa hinunter und streichelte ihr nasses glühendes Gesicht und sie bewegte sanft den Kopf und Mingo fühlte sich vollkommen zufrieden.

Er wunderte sich ein wenig, wie einfach alles war. Und dann wusste er, dass es jetzt gleich so weit war. Und er wollte, dass sie ihn anschaute, aber das tat sie nicht. Sondern sie krallte sich noch fester an ihn, als versuche sie ihn verzweifelt festzuhalten. Ich geh doch nicht weg, dachte er, ich geh doch nicht weg. Und er stieß und stöhnte und stellte sich was vor und hatte die Augen plötzlich zu. Und als er sie wieder aufmachte, schaute sie ihn an, und Tränen liefen ihr über die Wangen und er dachte sofort, ich bin schuld, ich hab ihr wehgetan, ich hab alles falsch gemacht.

Da umklammerte sie ihn mit beiden Armen, wie auf der Wiese, und drückte ihn an sich und biss in sein abstehendes Ohr und er schrie auf und sie hielt ihn fest und an seinem Bauch kribbelte es eigenartig und es roch nach Blumen und frischer Wäsche. Und er erinnerte sich später, dass ihm die Wiese, die er durchs Fenster sah, unwirklich grün und riesig erschien.

Jetzt wusste er, wie es wirklich ist, und er war sich sicher, dass keiner der andern so was je erlebt hatte, sie waren alle bloß Aufschneider und Angeber, aber er nicht, ich nicht, und er würde es niemandem erzählen und sie würden weiter denken, er hätte null Ahnung.

Und dann war das Ereignis vorbei und er hörte ein Lied, und dazwischen war eine halbe Stunde vergangen und er dachte, es wäre nur eine Sekunde gewesen.

Du bist die Stimme in meinem Ohr, in meinem Kopf bist du zu Haus, du bist das Licht in meinem Verstand, ich hör dich an, wenn ich dich brauch, ich komm aus mir raus, öffne mein Herz und lass dich hinein, du öffnest Wunden, aber du wäschst die Wunden rein ...
Sabrina sang und Isa tanzte. Und Mingo schaute zu.

Sie warf sich noch eine Pille ein und Mingo konnte es nicht verhindern.

Sie waren aus dem Haus gerannt, Mingo hinter ihr her, und mit dem Bus zurück nach Pasing gefahren, schweigend, zumindest konnte sich Mingo jetzt an kein Wort erinnern, und dann hatte Isa einen Schlüssel aus der Tasche gezogen und die Tür zum *Sunrise* aufgesperrt. Mingo folgte ihr einfach, verwirrt, wortlos und verblüfft darüber, dass er gehen konnte wie vorher, bevor er mit Isa geschlafen hatte, alles war wie vorher, nein, nichts ist wie vorher, nichts nichts ...

Die Wege führen zu dir, zu mir und zurück ...

Sie hatte einen langen roten Mantel an, den sie von einem Haken an der Wand genommen hatte, und der wehte um sie herum, während sie wilde Schritte machte, mit ausgebreiteten Armen, als wäre sie ein roter schwerer Vogel, der um sein Nest tanzte, sie warf den Kopf hin und her, und das langsame Lied trug sie über die leere Tanzfläche, durchs blaue Licht, und Sabrinas Stimme wehte von überall her und das Schlagzeug hämmerte und ein Tamburin klirrte und Isa öffnete den Mund und sang mit und Mingo schaute ihr zu.

Ich seh dich an und seh mich, du führst mich zu mir hin wie ein Spiegel, der mir zeigt, wer ich bin . . .

Und dann begann ein neuer Song, schneller, härter, und Isa warf den Mantel von sich, schleuderte die Arme durch die Luft, jagte von einer Ecke in die andere, boxte sich mit erhobenen Fäusten durch die Melodie, sprang auf und ab, vor und zurück, mit zuckenden, ausladenden, kreisenden Bewegungen, und ihr Körper war ein Planet aus Strom und Energie.

. . . Du verstehst nicht, was ich tue und um was es für mich geht, ich leb mein Leben, wie ich will, und ich brauch keinen Ballast, ich kann's dir außerdem nicht erklären, auch wenn du mich dafür hasst . . .

»Hör auf!«, schrie Mingo und stellte sich an den Rand der blau überfluteten Tanzfläche. »Hör doch auf, ich will jetzt mit dir reden!« Gegen den wütenden Sound hatte er keine Chance mit seiner Stimme. »Hööör auf!!«

Mit riesigen Schritten, die Arme ekstatisch in die Luft hämmernd, tanzte sie an ihm vorbei und beachtete ihn nicht.

Auf einmal hatte Mingo das Gefühl, sie würde von ihm wegdriften, sie würde im blauen Licht verschwinden wie in so einem Tor, das er in *Stargate* gesehen hatte, und würde ihn einfach zurücklassen, ihn, der sie drei Tage lang vermisst und dann aus dem Hochhaus befreit hatte. Wieso machst du das, wieso redest du nicht mit mir?

»Isa!«, schrie er wieder. Und sie winkte ihm zu und das gefiel ihm sofort, obwohl er Winken sonst hasste. Dann schien sie ihn wieder vergessen zu haben und er stand da, bedröhnt von Musik, und darauf hatte er keine Lust.

»Ich geh mal raus!«, schrie er und das war genau das Gegenteil von dem, was er eigentlich tun wollte.

Vor der Diskothek holte er tief Luft und die war kalt und er lehnte sich an eine Metallbrüstung und schaute hinüber zur Tür, die er zugemacht hatte.

»Servus, zeig uns mal deinen Ausweis!«

Er hatte den uniformierten Polizisten nicht kommen hören. Der Mann war Ende zwanzig, hatte ein jungenhaftes Gesicht und einen stechenden Blick. Mingo starrte ihn an wie einen, der vom Himmel gefallen war.

»Hast du kaputte Ohren oder was?«, sagte der Polizist.

Hinter ihm tauchte ein zweiter Polizist auf, der älter und größer war.

»Da ist jemand drin, ich hab Musik gehört.«

»Der da ...«, der erste Polizist meinte Mingo, »wird's wissen, oder?« Er schaute Mingo an, der die Stirn in Falten zog und seine Augen ganz schmal machte.

»Aha! Und wer ist da drin?«, fragte der zweite Polizist.

»Niemand«, sagte Mingo.

»Jetzt hör zu«, sagte der erste Polizist, »wir suchen die Tochter der Familie Kaufmann, Isabel. Die Eltern sind in München auf der Wache und wir haben eine Beschreibung von dem Jungen, mit dem die Isabel weggelaufen ist. Der Junge, das bist du, oder?«

»Ja«, sagte Mingo.

»Dann müssen wir dich für eine Aussage mitnehmen«, sagte der zweite Polizist.

»Klar«, sagte Mingo.

»Ich geh jetzt rein«, sagte der zweite Polizist und schob die Tür auf. Musik dröhnte nach draußen.

»Ich pass auf den hier auf!«, sagte der andere.

Mingo wischte sich mit der flachen Hand übers Gesicht und steckte die Hände in die Jackentaschen.

»Wie alt bist'n du?«, fragte der Polizist.

»Sechzehn.«

»Sechzehn! Du bist höchstens vierzehn!«

Der zweite Polizist stieg die Treppe zur Tanzfläche hinunter, die Bässe des Rapsongs wummerten ihm entgegen, und als er unten ankam, empfing ihn ohrenbetäubender Lärm. Er konnte diese Art Musik nicht ausstehen und schaute sich nach der Stereoanlage um.

Da sah er jemanden auf dem Boden liegen, gekrümmt, mit angewinkelten Armen, und sein Blick blieb an den roten Socken hängen. Unwillkürlich legte er die Hand auf den Pistolenhalfter und ging langsam auf den leblosen Körper zu. Die Musik dröhnte auf den Polizisten ein, blaues Licht kreiste um ihn und er fühlte sich unsicher, von etwas bedroht, das er nicht benennen konnte; ihm wäre lieber gewesen, sein Kollege wäre mit ihm hier unten.

»Hallo?«, sagte er, und weil er wegen der Musik seine eigene Stimme nicht hörte, sagte er es noch einmal, laut und schon über den Körper gebeugt: »Hallo! Sie! Polizei! Was machen Sie da?«

Jetzt erst fiel ihm der rote Mantel auf, auf dem das Mädchen lag.

Isa bewegte sich nicht.

Er tippte mit dem Schuh gegen ihre Ferse, aber sie machte keinen Mucks. Schwerfällig kniete er sich hin und drehte ihr Gesicht zu sich her, es war weiß wie Schnee, und die schmalen Lippen waren dunkel in dem blauen Licht. Er fand, dass sie schön aussah. Er schaute ihre blonden Haare an, die ihren Kopf umkränzten, und er hätte beinah seine Hand nach ihnen ausgestreckt.

Dann bemerkte er, dass ihre Augen geschlossen waren.

Dann hielt er zwei Finger an ihren Hals und suchte ihren Pulsschlag.

Dann sprang er auf und rannte die Treppe hinauf.

Als der Notarzt eintraf, war Isabel Kaufmann schon fünfzehn Minuten tot.

Der Arzt fragte ihn etwas und er sagte: »Ja.« Und ein Polizist fragte ihn etwas und er sagte: »Nein.« Und dann fragte er den Arzt etwas und der Arzt sagte: »Sie hatte einen Herzinfarkt.« Und Mingo dachte, mit vierzehn kann man doch keinen Herzinfarkt haben, und er wollte sagen, dass er daran schuld war, weil er die Drogen beschafft hatte. Ich bin schuld, ich hab ihr die Pillen gegeben. Aber dann fuhr ein Leichenwagen vor und zwei Männer stiegen aus und Mingo schaute hin, taub im Kopf, und die Männer nahmen einen Sarg aus dem Auto und gingen damit in die Diskothek. Und das Licht wurde weniger. Ein junger Sanitäter reichte ihm einen Becher Tee und dann konnte er nicht mehr. Er schnappte nach Luft und übergab sich, er hatte nichts im Magen außer einem Apfel und er würgte und hustete und jemand drückte seinen Kopf nach unten und er versuchte zu erbrechen, aber es kam nichts mehr, und ihm war schwindlig. Dann stand plötzlich seine Mutter vor ihm und er fragte sie, wo Isa sei, und sie sagte, man hat sie weggebracht, und dann fuhren sie im Polizeiauto nach Hause und er blickte auf die graue stumme Straße, wo Isa nie mehr gehen würde, und ich bin schuld ich bin schuld. Die Erlingers von gegenüber schauten aus dem Fenster und Frau Fuchs kam enorm zufällig aus dem vierten Stock und Mingo legte sich aufs Bett und starrte hinauf zur Decke, zu den beiden *Men In Black*, die immer noch da waren und ihn nicht erschossen, obwohl er schuldig war, schieß doch schieß doch schieß doch endlich, Mann!, und seine Mutter fragte ihn etwas und er schwieg und später kam sein Vater und fragte ihn etwas und er schwieg.

Mitten in der Nacht, als seine Eltern in der Küche saßen, Bier tranken und redeten, stand er plötzlich in der Tür und fragte sie, ob es wahr sei, dass Isa tot war. Seine Mutter sagte: »Ja«, und sein Vater schaute ihn nur an und blinzelte ununterbrochen. Danach legte sich Mingo wieder aufs Bett und starrte an die Decke und glaubte nicht, was ihm der Arzt erzählt hatte, der hat mich angelogen!

»Mit vierzehn stirbt man nicht an einem Herzinfarkt«, sagte er in die Dunkelheit. Und dann erschrak er und sprang aus dem Bett und stellte sich so nah vor die Wand, dass seine Nase die Tapete berührte. Warum hast du das getan?, dachte er, warum hast du erlaubt, dass ich das tu, warum?

Es war das erste Mal, dass er mit Gott redete, und er verfluchte ihn, ich verfluche dich, warum warum warum?

In den Schacht seiner Verzweiflung fiel kein Funken Licht mehr und Mingo stieg unvorstellbar tief hinab.

Und als der Morgen kam, war Mingo verschwunden.

10

Was die Toten vollbrachten

In Puchheim stieg Mingo aus der S-Bahn und ging in den Wald. Niemand achtete auf ihn und er achtete auf niemanden. Er hatte eine Plastiktüte bei sich.

Es fing wieder an zu regnen und er wischte sich mit der flachen Hand über Augen und Stirn, seine Haare standen ihm vom Kopf und er stolperte, weinte, ohne es zu merken, knickte im Vorbeigehen dünne Äste ab und ließ sie fallen, blieb plötzlich stehen und sah nach oben.

Als er auf den ersten Ast geklettert war, schrammte er mit der Schulter am Stamm entlang, und der Riss in seiner Jacke wurde zwei Zentimeter länger. An seinem Hals klebten Lehm und Rinde und Schmutz.

In ungefähr zwei Meter fünfzig Höhe lehnte er sich an den Baum, balancierte mit den rutschigen Turnschuhen im Geäst, griff in die Plastiktüte, die er unter der Jacke versteckt hatte, holte ein Seil heraus, schlang es um den Ast, verknotete es, machte eine Schlinge und steckte den Kopf hindurch.

Währenddessen flatterte die Plastiktüte knisternd zu Boden.

Mingo zog die Schlinge eng um den Hals und setzte sich auf den Ast. Jetzt brauchte er nur noch zu springen.

Es war der fünfzehnte April, sieben Minuten vor neun Uhr morgens. Seit zwei Stunden versuchte Franziska Border einem Polizisten zu erklären, dass ihr Sohn verschwunden sei und sich vielleicht etwas antun wolle nach

allem, was passiert war, und dass die Polizei eine Groß-
fahndung auslösen müsse.

Er saß dort oben auf dem Baum und kniff die Augen zusammen, so fest er konnte. Er sah Isa, wie sie ihn in der
Wohnung im Hochhaus anschaute, so flehend und ver-
wundet, und er sah sich, wie er vor der geschlossenen Tür
steht und nicht merkt, was dahinter vor sich geht, und er
spürt ihre Umarmung wieder, die Umarmung auf der nassen Wiese und auf seinem Bett, und er weiß, in dieser Umarmung geht er niemals verloren, und er hebt den Kopf und
die Schlinge zerrt an seinem Hals und er beugt sich nach
vorn und der Ast bewegt sich sanft.

Und dann hört er ein Knistern, Schritte, und ein Mann
tritt aus dem Unterholz und schaut zu ihm hinauf und …

… Mingo schaute zu ihm hinunter. Und sie erschraken
beide, und Mingo umklammerte mit beiden Händen den
Ast, und Andras Kettelbach machte einen Schritt auf ihn
zu – nicht springen, auf keinen Fall springen! –, und es
roch nach Tannennadeln und satter Erde und Kettelbach
fing an zu reden und Mingo hörte ihm tatsächlich zu.

Später begriff Kettelbach, dass zwei Tote sie zusammen-
geführt hatten, jene Frau, die entführt und erstochen worden war und deren Leiche ein Jogger entdeckt hatte, und
Isabel Kaufmann, die mit vierzehn Jahren an einem Herzinfarkt starb und ihre letzten Tage als jämmerliche Gefangene in einem Hochhaus verbringen musste.

Von diesen Toten ging das Wunder ihrer Begegnung
aus.

Es regnete, als sie den Wald verließen.

Seither liebte Andras Kettelbach den Regen.

Zweiter Teil

11

Ein Geier ekelt sich

Ich bin Andras«, sagte er und dann schwiegen sie und fuhren los, und als sich Mingo eine Stunde später auf das schwarze Ledersofa legte, fragte er: »Wie viel PS hat dein Auto?«, und Kettelbach sagte: »285«, und Mingo: »Krass!«, und dann drehte er sich zur Seite, winkelte die Beine an, zog den Kopf tief zwischen die Schultern, so dass nur noch seine strubbeligen Haare über dem hochgeschlagenen Kragen der Jeansjacke zu sehen waren, und schnaufte leise und gleichmäßig durch den offenen Mund.

Kettelbach ging hinüber ins Arbeitszimmer und rief in der Redaktion an. Nachdem Sissi, seine Assistentin, ihre hundert Fragen über seinen Verbleib losgeworden war, erklärte er ihr, er wäre in einer Stunde da, würde die Fotos auswählen und seine Geschichte schreiben. Wie immer.

Ein Leichenfund in einem Wald war nichts Besonderes. Nicht für ihn jedenfalls. Für ihn war überhaupt nichts mehr etwas Besonderes, was seinen Beruf anging. Und sein Leben. Seit ein paar Jahren spulte er sein Leben so ab, wie er seine Artikel heruntertippte, souverän, unerschütterlich, in gewohnter Manier. Seine Freunde waren alle verschwunden, weil er aufgehört hatte zurückzurufen oder sich zu verabreden vor lauter wunderbarem Stress; dafür hatte er viele Bekannte aus der Branche, sie sprachen sich ständig gegenseitig heilig und verwandelten ihre Arbeit in einen Gottesdienst. Sein tägliches Brot waren kleine und große Verbrechen, die normale Gewalt in den

Wohnzimmern Münchens, der Horror des menschlichen Zusammenlebens. Daraus knetete er eine lesbare Masse, garnierte sie mit erfundenen, großartigen Zutaten, und das Frühstück von zehntausenden von Lesern war gerettet. In der Redaktion der Boulevardzeitung, für die er seit fünfzehn Jahren arbeitete, hatte er den Spitznamen *Der rote Dichter*, weil er rothaarig war, und er fand den Namen lächerlich. Was er schrieb, war nicht erdichtet, sondern bloß erfunden, und er bildete sich nichts darauf ein. Vor fünf Jahren hatte ihm der Verleger den Posten des Lokalchefs angeboten und er hatte abgelehnt. Hätte er sich jeden Mittag mit den anderen Redaktionsleitern an einen Tisch setzen sollen, Planstellen besprechen, über Etatkürzungen jammern, über Kollegen lästern? Hätte er sich zum Chef aufspielen und Volontären etwas beibringen sollen?

Die Leute hatten keine Ahnung von ihm, sie begriffen nicht, dass er nur alleine arbeiten konnte und nur deshalb fünfzehn Jahre bei diesem Blatt geblieben war, weil er nicht wusste, was er sonst hätte tun sollen. Er war aus Notwehr Journalist geworden, er wollte nicht auf der Straße landen, das war alles. Davor hatte er große Angst, ich brauch eine Ordnung, eine tägliche Pflicht, die mich zwingt anwesend zu sein und nicht aus der Gesellschaft zu fallen. Und was passierte? Er zeigte dieser Gesellschaft jeden Tag von neuem ihr hässlichstes Gesicht. Und er gehörte weniger dazu als je zuvor. Wenn er am Tatort auftauchte, war er für Polizisten, Schaulustige und Ärzte der personifizierte Abschaum. Und es bedeutete ihm nichts, dass seine Kollegen dieselbe Arbeit machten und er nicht der einzige Geier war. Manchmal wurde er in Leserbriefen »kaltblütig« und »zynisch« genannt. Aber er glaubte nicht, dass er je kaltblütig und zynisch war, er machte einen Job, so wie ein Metzger, ein Doktor, ein Polizist. Einer muss da sein, einer muss mitschreiben, das war seine Einstellung, und ich hab mich nie an Diskussionen über die Wirkung und die Verwerflichkeit moderner Medien beteiligt, wozu denn?

Doch dann, eines Tages im endlos endenden Winter, wenige Wochen, bevor er Mingo Border begegnete, änderte sich etwas. Etwas in ihm, das ihm fremd war, rebellierte gegen die Monotonie seiner Gewohnheiten.

Von einem Tag auf den andern ekelte ihn seine Arbeit an, sie langweilte und quälte ihn, sie zwang ihn zu trinken und wieder nüchtern zu werden. Er konnte keine Toten mehr sehen und wollte keine Zeugenaussagen mehr hören, wollte nicht länger die Monologe eines Kriminalkommissars bei einer Pressekonferenz mitschreiben und die Lügen der Konkurrenzzeitungen mit seinen eigenen vergleichen. Er wollte nicht mehr morgens armselig aufstehen und abends armselig einschlafen. Plötzlich fühlte er sich arm und dreckig, als hätte er sich monatelang nicht gewaschen und auf der Straße gelebt.

Als er Mingo Border begegnete, wusste er sofort, dass es so war: Er hatte sich nicht nur monatelang, sondern jahrelang nicht gewaschen, er lief in denselben abgetragenen Kleidern herum, die er anhatte, als er vor fünfzehn Jahren zum ersten Mal die Redaktion betrat, und er suhlte sich in demselben Dreck an seinem Schreibtisch wie schon am ersten Tag. Er lebte draußen und merkte es nicht, er dachte, er hätte ein Zuhause, seine Dreizimmer-Altbauwohnung am Bonner Platz in Schwabing, und dabei hatte er kein Dach über dem Kopf, nur einen papierenen schmierigen Himmel, unter dem er Unterschlupf gesucht hatte, weil er keinen anderen fand. Wenn er jetzt daran dachte, empfand er plötzlich Abscheu. Auf einmal, so schien es ihm, kam ein alter Mann zum Vorschein, der neununddreißig war und halb tot. Als wäre der Baum, auf dem Mingo saß, ein Spiegel, sah er den Penner vor sich, der aus ihm geworden war, und er wollte zurück. Er wollte sich wiederhaben, *sich*, den ehemaligen, den echten, ungeteilten Andras Kettelbach.

Nachdem er in der Redaktion angerufen hatte, ging er zurück ins Wohnzimmer und betrachtete Mingo, der schlief.

Wenn der Junge aufwachte, würde er fortgehen. Und der Gedanke, ihn nicht aufhalten zu können, schmerzte Kettelbach schon jetzt.

12

So funktioniert der eben nicht

Es klingelte schon wieder an der Tür und sie wusste, wer draußen stand. Sie wusste, was diese Person von ihr wollte, doch sie würde ihr auch diesmal nicht antworten. Wie schon im Supermarkt. »Woher wissen die, dass ich hier arbeite?«, hatte sie ihre Kollegin Tamara gefragt, aber die konnte ihr das auch nicht erklären und hätte am liebsten selbst mit der jungen Reporterin in dem hellbraunen Kaschmirmantel gesprochen. Solche Mäntel sind sündteuer, hatte Franziska Border noch schnell gedacht, bevor die junge Frau – Claudia Irgendwas, den Namen hatte Franziska sofort vergessen – mit fünf Fragen gleichzeitig über sie herfiel. Auf keine hatte sie geantwortet. Obwohl ihre Kolleginnen alle um sie herumstanden und gespannt warteten. »Entschuldigen Sie, ich möcht jetzt gehen«, und dann ging sie in den Nebenraum, legte die geblümte Schürze zusammengefaltet in den Schrank, knöpfte die Bluse bis zum Hals zu, zog ihren gelben Anorak an und ging an den Kassen vorbei zum Ausgang.

Tamara rief ihr etwas hinterher, aber das kümmerte sie nicht. Ohne hinzuhören, was die Kunden, die zur Kamera drängten, tuschelten, verließ Franziska den Supermarkt und ihr leuchtender Anorak war Claudias Orientierungspunkt. Bis zur Haustür, die Rothenfelser- und Streitbergstraße entlang, folgte ihr die Reporterin mit ihren zwei Kollegen, und dort, vor dem Hochhaus an der Weißensteinstraße, warteten noch mehr Journalisten auf sie. Jeder rief ihr etwas zu und sie schaute sie an, junge Leute, die aussahen wie im Fernsehen, dachte sie. Als sie nach dem Schlüssel suchte und ihn nicht gleich fand, stellte sich ein junger Mann mit einem blauen Mikrophon neben sie, und sie roch sein Rasierwasser oder Eau de Cologne und es erinnerte sie an den Geruch von Eisen und er sagte: »Frau Border, ich würde gern mit Ihrem Sohn sprechen, der hat doch Isa Kaufmann am besten gekannt, er hat sie doch befreit, wo ist Ihr Sohn, Frau Border...« Beinah hätte sie ihm eine Antwort gegeben. Hinterher war sie gottfroh geschwiegen zu haben.

Und dauernd klingelte das Telefon. Zuerst war sie drangegangen, weil sie dachte, es wäre Mingo. Aber es waren immer nur Journalisten. Und beim letzten Mal war es Frau Schindlbeck aus dem dritten Stock gewesen. »Brauchen Sie was, Frau Border?«, hatte sie gefragt. »Sagen Sie's ruhig, wir helfen Ihnen, in unser Haus kommt keiner von diesen Reportern!« Franziska sagte danke und noch etwas, das sie inzwischen vergessen hatte, und legte auf; sofort klingelte das Telefon wieder. Schließlich legte sie den Hörer neben den Apparat und machte die Tür zum Flur zu, denn das monotone Tuten dröhnte ihr in den Ohren. Dass sie immer noch ihren dicken gelben Anorak anhatte, fiel ihr nicht auf.

Sie saß am Tisch im Wohnzimmer, und je länger sie dort saß und Kreuzworträtsel löste, desto ruhiger wurde sie, trotz der Klingelei an der Tür, trotz der Stimmen, die von draußen hereindrangen, trotz der Gedanken an Mingo, der angeblich die kleine Isa aus den Klauen ihrer Eltern gerettet hatte, die sie an perverse Männer verkaufen wollten; so hatte es Frau Fuchs erzählt, die heute morgen wieder einmal enorm zufällig die Treppe herunterkam, als Franziska zur Arbeit ging.

Während sie dasaß, den Kugelschreiber über das Rätselheft rollte und überlegte, wie das mexikanische Indianervolk hieß und der Nationalpark in Tansania, tröstete sie die Vorstellung, Mingo habe etwas Großes getan, etwas, das sich kein Kind außer ihm getraut hätte, und dass er sich nun irgendwo ausruhe und allein sein wolle nach dem Schrecklichen, das er erlebt hatte. Wahrscheinlich bist du wieder im Wald, ich weiß ja nicht, was es da so Tolles gibt, aber wenn du so gerne hingehst, wird's schon einen Grund geben, vielleicht hast du dir heimlich ein Baumhaus gebaut, das würd ich dir zutrauen. Oder du sprichst mit den Tieren, das kann ich mir auch vorstellen, oder du sammelst Beeren und isst sie unerschrocken auf, du bist ein unerschrockener Junge, das . . .

Eine Träne lief ihr über die Wange und tropfte genau auf das erste Quadrat unter *Klosterneuling*.

. . . hat man ja jetzt wieder gesehen, du bist ganz allein in diese Wohnung rein, wenn das stimmt, was die alte Fuchs erzählt, und du hast die Isabel da weggeholt. Das war mutig von dir, warum hast du uns gestern Abend nichts davon erzählt?

Und dann schrieb sie, wie automatisch, *S-e-r-e-n-g-e-t-i* in die Kästchen und machte zufrieden: Ha!, und als sie den Kopf hob, erschrak sie so, dass ihr der Kugelschreiber aus der Hand fiel.

Vor dem Fenster stand eine Frau und klopfte an die Scheibe. Im ersten Moment konnte Franziska sie hinter der Gardine nicht genau erkennen. Ruckartig stand sie auf und machte einen Schritt vom Tisch weg. Wenn die Reporter durchs Fenster reinkommen, dann bringt Eddi mich um, der denkt dann, ich hab sie freiwillig reingelassen!

Die Frau klopfte wieder ans Fenster, gleichzeitig klingelte

es an der Tür. Franziska schaute zur Wohnzimmertür, die geschlossen war, und während sie sich umdrehte, hörte sie ein Rascheln, und dann bemerkte sie, dass sie den Anorak noch anhatte. Mit hastigen Bewegungen, als fühle sie sich schuldig, so gesehen zu werden, zog sie ihn aus und warf ihn über den Stuhl, auf dem sie gerade gesessen hatte.

Am Fenster war eine Stimme zu hören und ...

»Frau Border, hallo, ich bin's ...«

... Franziska ging vorsichtig zwei Schritte nach vorn.

»Ich bin's. Uta!«, sagte die Frau am Fenster.

Jetzt erkannte Franziska die Frau: Es war die Sozialpädagogin aus dem Jugendtreff.

»Was wollen Sie?«, fragte Franziska und blieb einen Meter vom Fenster entfernt stehen. Durch die Gardine war Utas Gesicht jetzt deutlich zu sehen.

»Darf ich kurz reinkommen?«, sagte Uta laut.

Franziska überlegte. Es klingelte wieder an der Wohnungstür. Auf dem Tisch lagen kreuz und quer die Rätselhefte und auf dem Sofa hatte Eddi wieder die Seiten mit den Stellenanzeigen liegen lassen.

»Hallo, Frau Border!«

Sie nahm den Anorak vom Stuhl, ging zum Fenster und öffnete es.

»Grüß Gott«, sagte Uta, »die Polizei war bei uns und hat nach Mingo gefragt. Ich hab hier noch was von ihm.« Sie hob seinen blauen Rucksack hoch. »Den hat er bei mir abgestellt. Haben Sie denn was von ihm gehört?«

Plötzlich sah Franziska die junge Reporterin mit dem teuren Mantel über die Wiese vor dem Haus auf sie zulaufen, die beiden jungen Männer hinter ihr her. »Kommen Sie rein, schnell, kommen Sie!« Sie nahm den Rucksack und Uta kletterte auf die Fensterbank und sprang ins Zimmer. Sofort machte Franziska das Fenster zu und zog die weiße Gardine vor. In diesem Moment tauchte der Mann mit dem blauen Mikrophon draußen auf, der sie an der Haustür abgepasst hatte.

»Nur eine Frage, Frau Border, bitte, was ist mit Ihrem Sohn . . .«

Der Kameramann filmte das geschlossene Fenster und Claudia, die Reporterin, zog ein Handy aus der Tasche und telefonierte. Der junge Mann murmelte etwas in sein Mikrophon.

»Entschuldigen Sie«, sagte Franziska, »ich hab noch nicht richtig aufgeräumt.«

»Alles okay«, sagte Uta.

Sie standen im Zimmer, Franziska hatte den Rucksack in der einen und ihren Anorak in der anderen Hand. Ihr fiel auf, dass Utas Haare ungewaschen aussahen und auf ihrer Strickjacke Flecken waren.

»Ich hab die anderen gefragt, aber niemand weiß was«, sagte Uta.

»Ja«, sagte Franziska abwesend.

Uta sah die Strelietzie, die in einem Weißbierglas auf einem Teewagen steckte. »Das ist aber eine schöne Blume.«

»Von meinem Mann«, sagte Franziska sofort. »Entschuldigen Sie.« Sie legte den Rucksack und den Anorak aufs Sofa, auf die Seiten mit den Stellenanzeigen, ging zum Tisch zurück, lächelte flüchtig, bevor sie die Rätselhefte übereinander stapelte und auf einen der drei Holzstühle mit den Sitzkissen legte; dann nickte sie Uta zu. »Bitte nehmen Sie Platz, Frau . . . Uta . . .« Es war ihr unangenehm, dass sie den Nachnamen nicht wusste.

»Uta reicht schon.« Sie setzte sich und knöpfte ihre blassrote Strickjacke auf.

»Wollen Sie was trinken, Uta?«

»Nein. Setzen Sie sich doch auch, Frau Border, bitte.«

»Ja«, sagte Franziska, blickte zum Fenster, wo im Moment niemand zu sehen war, und setzte sich.

»Heut Nacht war Mingo aber hier . . .« Sie hob den Kopf. Sie saß mit dem Rücken zur Tür und es zog, sie spürte es genau, es zog vom Flur her und das war schlecht, denn sie war empfindlich gegen Zug. Was hatte sie eben gesagt?

»Wann ist er denn von zu Hause weggegangen?«, fragte Uta.

»Das weiß ich doch nicht!«, sagte Franziska laut. »Entschuldigen Sie . . . Als ich aufgestanden bin, war er schon weg, das war . . . das war um sieben . . . ungefähr . . . ich hab verschlafen, normalerweise steh ich früher auf, aber . . . aber wir haben noch geredet, mein Mann und ich, in der Nacht . . .«

»Ich möchte Sie was fragen, Frau Border.«

Die beiden Frauen sahen sich an.

Wenn jemand sie so anschaute, ernst und direkt und fragend, dann konnte Franziska, falls sie nicht zu langsam reagierte, was ihr immer noch zu oft passierte, ein Gesicht aufsetzen, das, wie sie fand, pralle Gelassenheit ausstrahlte.

»Sie brauchen nicht zu erschrecken«, sagte Uta und schaute nicht weg. »Hat Ihr Sohn in letzter Zeit Drogen genommen?«

»Nein!«, sagte Franziska sofort und presste die Lippen aufeinander.

»Die Polizei will nämlich wissen, woher Isa das Ecstasy hatte. Die haben jeden im Treff ausgefragt, aber keiner hat was gesagt. Sie kennen ja die Jugendlichen, die halten zusammen. Aber bei irgendjemand muss Isa die Drogen gekauft haben . . .«

»Bei meinem Sohn nicht!« Sie saß am Rand des Stuhls, hatte die Hände auf dem Tisch gefaltet und auf einmal das Gefühl, auf ihrer weißen Bluse wären große dunkle Schweißflecken unter den Achseln. Damit Uta nichts merkte, zog sie erst den rechten Arm näher zum Körper, wartete, bis Uta weiterredete ...

»Das hätt mich auch gewundert ...«

... und dann den linken Arm und legte die Hand in den Schoß. Unter den Achseln war nichts Nasses zu spüren, ich bild mir wieder was ein, diese Frau macht mich ganz nervös, wo ist Mingo bloß so lange?

»... Er hat ja in letzter Zeit nicht mal mehr Bier getrunken, und soviel ich mitgekriegt hab, hat er mit Drogen nie was am Hut gehabt ...«

Das hast du richtig mitgekriegt, dachte Franziska. »Wollen Sie nicht doch was trinken? Ein Bier?«

»Nein. Hat er Ihnen nichts erzählt gestern Abend? Wie er Isa gefunden hat, was überhaupt genau passiert ist, die Polizei sagt ja nichts und in den Zeitungen steht auch nur Mist. Ob das wahr ist, dass die Eltern mit ihrer Tochter einen Pornofilm drehen wollten, das kann ich gar nicht glauben ...«

»Warum nicht?«

»Was?«

»Warum können Sie das nicht glauben?«

Uta schwieg und Franziska hörte genau hin: Uta hielt tatsächlich die Klappe. Anscheinend wartete sie, dass Franziska noch etwas sagte, aber stattdessen rückte diese mit dem Stuhl ein Stück vom Tisch weg und schlug die Beine übereinander.

Woher die Traurigkeit auf einmal kam und wieso mit solcher Wucht, konnte sich Franziska nicht erklären, und für Erklärungen war es auch schon zu spät. Tränen liefen ihr über die Wangen, und sie schaffte es gerade noch, ein Schluchzen zu unterdrücken.

Uta legte die Hand auf Franziskas Arm und Franziska musste heftig blinzeln, so wie Eddi, wenn er betrunken war, und sie wünschte, er wäre jetzt hier, nie ist wer da, wenn man wen braucht aus der Familie, nie ist wer da, verdammt! Sie schniefte und ärgerte sich, dass sie kein Taschentuch hatte. Einfach aufstehen und rausgehen konnte sie nicht, weil sie ja einen Gast hatte. Wieso ist die immer noch da, ich weiß auch nicht, wo mein Mingo wieder steckt, verdammt!

»Hier, bitte!« Uta hielt ihr ein Papiertaschentuch hin. Sie nahm es, tupfte sich die Augen ab, schnäuzte sich ein wenig und vergrub das Tuch in der Faust.

»Solche Filme gibt's doch, oder nicht?«, sagte sie und die Traurigkeit hing in ihr wie ein Gewicht. »Man denkt, das gibt's nicht, aber die Leute sind … die sind … die machen das, die arme Isa … ich hab sie nicht gut gekannt … ich hab gar nicht gewusst, dass die beiden zusammen sind, Mingo und … und …«

So fest sie die Lippen auch aufeinander presste und sich bemühte einfach nur dazusitzen und zu sprechen, die Worte brachen aus ihr heraus und verwirrten sie und machten sie wehrlos. »Haben Sie das gewusst, Frau … Uta … haben Sie das gewusst, dass Mingo eine Freundin hatte? Ich nicht. Mein Mann auch nicht …«

»Wo ist Ihr Mann jetzt?«

Trotz der Worte, die sie, ausgesprochen oder stumm, überrumpelten, fand Franziska, dass der Frau diese Frage nicht zustand.

»Bei der Arbeit natürlich«, sagte sie ihr ins Gesicht, »er

ist Koch bei der Bahn, er ist unterwegs, wir arbeiten beide, ich bin im Supermarkt ...«

»Ich weiß.«

Franziska nickte. »Ich sag Ihnen mal was, Mingo ist schon in Ordnung, wenn er nicht reden will, dann redet er eben nicht. Es gibt schon genug Leute, die zu viel reden, er ist so, wie er ist, und er trinkt nicht und er nimmt keine Drogen, und das ist eine Leistung, wenn man bedenkt, was die anderen in seiner Klasse so treiben. Er ist nicht so einer von denen, er hat seinen eigenen Kopf ...« Sie wollte jetzt nicht wieder losheulen, jetzt nicht, reiß dich zusammen, reiß dich bloß zusammen, dachte sie. »Er lässt sich von niemand was dreinreden, das ist positiv, Frau ... Uta, das ist ein guter Charakterzug, kein schlechter, heute wollen die Lehrer, dass jeder gleich funktioniert, das ist anscheinend modern, und die haben dann ja auch weniger Arbeit. Aber Mingo ist da anders, so funktioniert der eben nicht ...«

»Sie lieben ihn sehr«, sagte Uta.

»Ich bin seine Mutter!«, sagte Franziska laut, sah Uta in die Augen und leckte sich die Lippen und schmeckte salzig ihren Zorn. »Ich weiß schon, wie er ist, ich weiß das besser als jedermann sonst. Ich kenn ihn und ich bin froh, dass er so ist, wie er ist!«

»Ja«, sagte Uta leise.

Franziska zog die Schultern hoch und wandte den Blick ab. So hatte sie noch nie über ihren Sohn gesprochen, und sie ärgerte sich, dass sie es gegenüber dieser Frau mit der schmutzigen Strickjacke getan hatte. Lieber hätte sie das alles Mingo selber gesagt. Damit er, vielleicht, öfter mal gerne nach Hause kam und sich geborgen fühlte in seiner Familie.

Noch nie hatte sie ihn so vermisst wie an diesem ausgehöhlten Nachmittag.

»Ich fahr nicht nach Hause«, sagte er, »die haben null Ahnung, was abgeht, aber null!«

Nach fünf Versuchen, ihn dazu zu bringen, wenigstens bei seinen Eltern anzurufen, kapitulierte Kettelbach. Er holte sich ein Bier aus dem Kühlschrank, setzte sich zu Mingo an den Tisch, hörte ihm beim Schweigen zu, holte sich ein zweites Bier, setzte sich wieder und schaute ihm dabei zu, wie er aus einem winzigen Buch jede einzelne Seite herausriss und sie in schmale Streifen zerlegte, die er dann noch einmal in der Mitte durchriss; am Ende machte er dasselbe mit dem Einband. Daraufhin legte er sämtliche Einzelteile in den handgroßen Steinaschenbecher, den Kettelbach aus Argentinien mitgebracht hatte, und zündete sie an. Die Arme verschränkt, steif auf dem Stuhl sitzend, starrte er die Flamme an, bis sie erlosch, und betrachtete dann wie ein Wunderwerk die verkohlten Reste.

»Thoreau ist verbrannt«, sagte Kettelbach.

Mingo krempelte die Ärmel seines schwarzen Rollkragenpullovers hoch und lehnte sich zurück, den Blick immer noch auf den Aschenbecher gerichtet, mit ausdrucksloser, verschlossener Miene.

»Sag was«, sagte Kettelbach. Mingo schaute ihn nicht einmal an. »Wo wohnst du? In Puchheim?«

Der Wald, in dem sie einander begegnet waren, lag in der Nähe dieses Münchner Vororts.

Mingo drehte den Aschenbecher mit den Händen, die Augen zusammengekniffen, die Stirn in Falten.

»Möchtest du was essen?«

Sie saßen im Wohnzimmer, das nach Westen ging, und es war hell, und gelegentlich fiel ein Sonnenstrahl herein. Kettelbach hatte ihm Tee, Mineralwasser, Kakao angeboten und Mingo hatte nur mit den Achseln gezuckt.

»Ich hab dir was mitgebracht«, sagte Kettelbach und holte eine Zeitung aus der Küche. Mingo starrte das Foto an und den Text darunter: *Unfassbar: Isabel K. (14) starb an Herzinfarkt.* Den Artikel hatte Kettelbachs Kollege Bertram geschrieben, der ein paar Schüler befragt hatte, die ihm erzählten, dass Isas Mutter wahrscheinlich auf den Strich ging und Pornofilme drehte und jetzt auch ihre eigene Tochter dazu gezwungen hätte.

Mingo beugte sich über die Zeitung, er las jeden Satz mit großer Aufmerksamkeit, und sein Blick wurde immer finsterer. Lange betrachtete er Isas Foto, dann stand er abrupt auf, sah sich um, ging zum Fernseher, neben dem mehrere Kugelschreiber lagen, nahm einen davon, setzte sich wieder und übermalte das Foto, bis kein Gesicht mehr zu erkennen war.

»Du bist auch erwähnt«, sagte Kettelbach. *Mingo B.* stand da, und anscheinend hatte Bertram nicht viel über ihn rausgekriegt, er nannte ihn einen *stillen, in sich gekehrten Jungen.*

»Die lügen alle«, sagte Mingo plötzlich. Kettelbach schaute ihn an und Mingos Augen funkelten blau. Dann schwieg er wieder, spielte mit dem Aschenbecher, dessen schwarzer Inhalt zerbröselt war, stieß ihn von sich und klopfte mit den Knöcheln der rechten Faust auf den Glastisch. »Du gehörst auch zu denen, du bist auch ein Lügner.«

»Ja«, sagte Kettelbach. Im Wald hatte er Mingo eine Menge von seiner Arbeit erzählt und anscheinend hatte der Junge gut zugehört.

»Da steht, du hast das Mädchen aus einem Pornoring befreit«, sagte Kettelbach.

»Scheiße!«, sagte Mingo und schlug wieder mit der Faustkante auf den Tisch.

»Hör auf!«

»Pornoring! Das waren ihre Eltern, Mann! Und ich hab sie nicht befreit!«

»Da steht, du wärst in die Wohnung gestürmt und hättst sie da rausgeholt. Zeugen haben das gesehen.«

»Glaubst du deine eigenen Lügen, Mann?«

»Woher hast du gewusst, dass sie da gefangen gehalten wurde?«

Mingo hob den Kopf und in seinem Blick lag ein eigenartiges Erstaunen.

»Die andern haben behauptet, ich spinn«, sagte er.

»Aber du hast nicht gesponnen.«

»Nein.«

Kettelbach wollte noch etwas sagen, aber ihm fiel nicht das Richtige ein. Und Mingo sah ihn an, als wollte er ebenfalls etwas sagen und wäre sich nicht sicher, was.

Eine Zeit lang saßen sie da, ohne sich zu bewegen. Manchmal warf Mingo seinem Gegenüber verstohlen einen Blick zu, und Kettelbach tat, als bemerkte er es nicht. Wahrscheinlich konnte er Mingo nichts vormachen und der wollte ihm nur einen Gefallen tun und stellte sich ahnungslos. Es war ein Spiel. Sie hatten ein Spiel begonnen, unbeabsichtigt, spontan, unsicher, und sie hatten nichts als ihre Blicke und ihr Schweigen.

Dann brach die Sonne wieder durch die Wolken und ein Schwall Licht schwappte ins Zimmer und Mingo sagte: »Ziemlich grell hier!«, und Kettelbach sagte: »Das ist der Vorteil dieser Wohnung, sie ist hell.«

Als wäre ihm das je wichtig gewesen!

»Bei uns ist es dunkel«, sagte Mingo und blinzelte zum Fenster. »Wir wohnen im Erdgeschoss, da stinkt's nach Dackelscheiße.«

»Wo wohnst du denn?«

»Ist doch egal.«

»Stimmt«, sagte Kettelbach. »Willst du jetzt was trinken?«

»Woco«, sagte er. Er wusste, dass Kettelbach keine Ahnung hatte, was er meinte.

»Verstehe.«

»Das trinkt jeder bei uns.«

Kettelbach stand auf. »Komm mit in die Küche, vielleicht findest du was anderes.«

Sie gingen rüber und Mingo machte den Kühlschrank auf.

»Ist doch alles da!«, sagte er und holte eine Dose Cola und die volle Wodkaflasche heraus. Er schaute sich kurz um, nahm sich ein Glas, goss erst den Wodka und dann Cola rein, rührte mit dem Finger um und trank das Glas in einem Zug aus.

»Woco«, sagte Kettelbach, während Mingo sich einen zweiten Drink mixte.

Kettelbach nahm sich noch ein Bier und sie stießen an, Flasche gegen Glas, und diesmal trank Mingo nur die Hälfte.

»Scheiße«, sagte er dann, kniff die Augen zusammen, stellte das Glas auf den Kühlschrank, rannte zum Spülbecken und übergab sich. Er würgte und hustete. Kettelbach stellte ihm ein Glas Wasser hin und drehte den Hahn auf und Mingo stand vornübergebeugt da und bekam fast keine Luft mehr.

Als Kettelbach ihn stützen wollte und ihm ein Handtuch hinhielt, stieß er ihn beiseite und der Reporter prallte mit der Schulter gegen die Wand. Mingo rannte aus der Küche und sperrte sich in der Toilette ein.

In Mingos Jacke, die im Flur am Kleiderständer hing, fand Kettelbach einen Ausweis und ging zum Telefon.

Eine Frau war dran, Mingos Mutter, und er sagte ihr seinen Namen und seine Adresse und bat sie der Polizei mitzuteilen, dass mit Mingo alles in Ordnung war. Sie sagte, sie sei in einer Stunde da.

»Alles okay?«, fragte er an der Toilettentür.

Schweigen.

»Mingo?«

Die Spülung rauschte, Mingo wusch sich die Hände, spuckte laut ins Waschbecken, machte die Tür auf und stapfte an Kettelbach vorbei ins Wohnzimmer, ließ sich auf die Couch fallen, verschränkte die Arme und starrte zur Decke.

»Du musst viel Wasser trinken«, sagte Kettelbach mit einem vollen Glas in der Hand.

Mingo antwortete nicht.

Die Sonne war verschwunden. Vor dem Fenster bogen sich die schwarzen Äste der Linde im Wind.

Mingo fing an sich zu fürchten.

Er fürchtete sich davor, dass, wenn er aufwachte, Isa vor ihm stand und ihn fragte, wieso er sie nicht gerettet habe. Wieso er sie allein gelassen hatte in dem blauen Licht. Und am meisten fürchtete er sich, sie könnte ihn fragen, wieso er ihr so schlechte Pillen beschafft hatte und keine besseren, an denen man nicht starb. Er wollte einen Traum wie eine sanfte Umarmung und den bekam er nicht.

Und als er aufwachte, war alles Wirklichkeit um ihn, und vor ihm stand sein Vater und ließ Blicke auf ihn niederhageln.

13

Ich bin aber kein anderer

Immer, wenn Franziska eine Pause machte, legte Eddi los, und was er sagte, quittierte Mingo mit einem langen Blick an die Wand. Er drückte sich eng an die Couchlehne, als würde er von jemandem, der neben ihm saß, bedrängt; aber er saß allein da, sein Vater hatte sich an den Tisch gesetzt und seine Mutter stand am Fenster und redete von dort auf ihn ein. Wenn zur Abwechslung auch Mingo einen Satz sagte, schwiegen sie beide und warteten ab, ob er ihnen endlich eine Erklärung gab, mit der sie zufrieden waren. Aber nach einem Satz verstummte er schon wieder, fuhr sich mit der flachen Hand über Augen und Stirn und quetschte sich in die Ecke.

»Glaubst du, mir macht das Spaß, dass ich dauernd hinter dir herfahren muss?« Franziska schaute ihn an und schüttelte den Kopf. Sie trug ein olivfarbenes Stirnband, ungefähr in der gleichen Farbe wie Mingos Militärhose, und bei jeder Bewegung raschelte ihr gelber Anorak. Sie sah ihren Mann an, der seinen Sohn die ganze Zeit nicht aus den Augen ließ.

Jetzt stutzte Eddi, holte Luft, hob den rechten Arm, streckte den Zeigefinger aus und deutete auf Mingo, der seinen Vater nicht beachtete.

»Deine Mutter musste von der Arbeit weg, weil die Leute dauernd von ihr wissen wollten, wo du steckst!« Eddi wartete auf eine Reaktion, den Zeigefinger weiter auf Mingo gerichtet. Dann fuchtelte er mit der Hand herum. »Findst du das lustig? Bist du da stolz drauf, dass deine Mutter dasteht wie eine Bekloppte . . .«

»Na ja«, sagte Franziska und Eddi sah sie irritiert an.

»Logisch wie eine Bekloppte!«, stieß er hervor und stocherte mit dem ausgestreckten Zeigefinger in der Luft. »Du kommst nach Hause, wenn's dir passt, gehst ins Bett und haust mitten in der Nacht wieder ab! Und wir wissen von nichts! Was ist los mit dir? Willst du uns verarschen?«

»Das verstehst du nicht«, sagte Mingo und schaute zur Wand.

»Nein«, sagte Eddi, erhob sich ein paar Zentimeter vom Stuhl und blieb so. »Das versteh ich nicht und deine Mutter versteht das auch nicht. Warst du wieder im Wald oder was?«

»Ja«, sagte Mingo, und diese Antwort verwirrte Eddi. Er setzte sich hin und holte tief Luft. Vorhin hatte er eine Zigarette aus der Packung gezogen, aber er war noch nicht dazu gekommen, sie anzuzünden. Jetzt nahm er sie zwischen zwei Finger, klopfte mit beiden Enden auf den Tisch, steckte sie sich in den Mund und nahm sie wieder heraus.

»Was machst du da im Wald? Vögelst du da oder was?«

»Eddi!«, sagte Franziska.

»Was ist?«, blaffte er und blinzelte heftig. »Ich will's ja nur wissen! Was ist da im Wald? Antworte mir, schau mich an!«

Mingo schaute seinen Vater an, zog die Stirn in Falten, und es schien, als würde er an etwas ganz anderes denken, an etwas, das sich weit entfernt von hier, von diesem Zimmer, von diesen Stimmen ereignete.

»Also?«, sagte Eddi.

»Mingo, bitte red mit uns«, sagte Franziska und machte

einen Schritt auf die Couch zu. »Wissen Sie, was passiert ist? Bitte sagen Sie uns die Wahrheit.« Sie meinte Kettelbach. Er saß ebenfalls am Tisch und hörte zu und dachte an seine Eltern, die er nie gekannt hatte, und an das Ehepaar, das ihn adoptiert und erzogen hatte und zu dem er Mama und Papa gesagt hatte, obwohl sie ihm bis heute fremd geblieben waren.

»Bitte helfen Sie mir, Herr Kettelbach«, sagte Franziska.

»Ihr Sohn kann Ihnen selber alles erzählen«, sagte er.

Eddi sah ihn an wie einen Verräter oder Feigling und zündete sich seine Zigarette an.

»Das versteht ihr sowieso nicht«, sagte Mingo.

»Was?« Franziska kam noch einen Schritt näher. »Was verstehen wir nicht?«

»Alles«, sagte Mingo.

Nach einem kurzen harten Schweigen nickte Franziska, ging zum Tisch, zündete sich auch eine Zigarette an, hustete und machte noch einen tiefen Zug.

»Wegen dir fängt deine Mutter wieder zu rauchen an«, sagte Eddi.

»Wegen mir bestimmt nicht«, sagte Mingo.

»Jetzt hör mir mal zu«, sagte Franziska und wollte die Zigarette ausdrücken; flink nahm Eddi sie ihr aus der Hand, stippte die Glut am Rand des Aschenbechers ab und legte sie, leicht zitternd, in die Mulde. An seinen Fingerkuppen waren gelbe Flecken und seine Fingernägel waren alle unterschiedlich lang. In seinem braunen Anzug, unter dem er ein braunes Hemd mit schwarzen Streifen trug, wirkte er eingezwängt, und aus irgendeinem Grund hatte er das Sakko bis jetzt nicht aufgeknöpft.

»Das ist furchtbar, was mit Isa passiert ist«, sagte Franziska und rieb die Hand an ihrer weißen Jeans, als wollte sie die Spuren der Zigarette loswerden. »Furchtbar ist das, und ich weiß, dass du sie gern gehabt hast. Ich versteh zwar nicht, warum, aber das ist egal, das spielt jetzt keine Rolle mehr. So was hat kein Kind verdient, was die mit ihr gemacht haben.«

Mingo kniff die Augen zusammen und hielt lange die Luft an.

»Ich bin in der Schule gewesen und hab mit Frau Fasnacht gesprochen, die ist jetzt bestimmt genauso schockiert über Isas Tod wie du, wie wir alle. Ich weiß schon, dass du mit dieser Lehrerin nicht zurechtkommst, das ist auch schwer, glaub ich, ich kann dich verstehen, das ist eine schwierige Person. Und du bist auch ein Schwieriger, das weiß ich. Aber ich möcht nicht, dass du uns so behandelst, ich möcht, dass du mit uns redest und dass du zu uns kommst, wenn dich was quält so wie jetzt, und dass du nicht zu jemand anderen gehst. Verstehst du das? Ich weiß, ich hab viel zu tun, und dein Vater... dein Vater ist auch viel unterwegs...« Sie warf ihm einen Blick zu und er schaute seiner Zigarette beim Brennen zu. »Wir haben vielleicht nicht so viel Zeit für dich, wie du gerne hättest, aber anders geht's nicht. Anders kommen wir nicht über die Runden und das weißt du auch. Es ist in Ordnung, dass du ins Treff gehst, dass du dich mit deinen Freunden triffst, und die Frau... die Uta, die mag dich, und die anderen, die da arbeiten, mögen dich auch, das weiß ich...«

»Ja«, sagte Mingo und legte ein Bein über die Lehne. Seine Socke war an der Ferse aufgerissen. Er versuchte lässig zu wirken, lässig und cool.

»Du hast wieder die alten Socken angezogen, wo ich erst letzte Woche neue gekauft hab«, sagte Franziska. »Also...«

»Ich zieh an, was ich will!«, sagte Mingo laut, sprang auf, kniff die Augen zusammen und verschwand aus dem Zimmer.

»Bleib da!«, rief ihm Franziska hinterher. »Du sollst dableiben!« Sie lief hinter ihm her und packte ihn in der Küche, wo er sich eine Dose Cola aus dem Kühlschrank nahm, an der Schulter und drehte ihn zu sich herum. »Glaubst du, du kannst so mit mir umspringen? Ich bin deine Mutter, ich erwarte, dass du mit mir redest! Hast du mich verstanden?«

»Lass mich los!« Mit einer Drehung wendete er sich ab, riss den Verschluss der Dose auf, Cola spritzte auf seinen Pullover und er trank einen Schluck.

»Ich halt das nicht mehr aus. Ich halt das einfach nicht mehr aus!« Wieder spürte Franziska diese schwere trübe Traurigkeit in sich aufsteigen und sie schluckte, presste die Lippen aufeinander und ballte die Faust.

»Kann ich auch einen Schluck haben?«, sagte sie und musste aufpassen, dass ihr die Stimme nicht versagte.

»Nein«, sagte Mingo. Ohne sie weiter zu beachten, schlunzte er in seinen flatternden weiten Hosen ins Wohnzimmer zurück und fläzte sich auf die Couch, diesmal genau in die Mitte. Als seine Mutter hereinkam, hob er den Kopf. »Isa ist tot und euch ist das scheißegal.«

»Woher hatte Isa die Drogen?«, fragte Franziska, und als wäre Mingo nicht schon blass genug, wich nun der letzte Rest Farbe aus seinem Gesicht, er wurde weiß wie die Wand, an die er dauernd starrte.

»Antworte!«, sagte Eddi und zündete Franziskas abgelegte Zigarette an.

»Hast du was damit zu tun?«, fragte Franziska, und die Frage verunsicherte sie. Sie hatte sie nicht stellen wollen und jetzt konnte sie nicht mehr zurück und musste die Antwort ertragen, eine Antwort, die, noch bevor Mingo einen Ton sagte, in ihrem Magen brannte wie eine Glut.

Mingo schwieg. Die Coladose wanderte von einer Hand in die andere, er schlug die Knie gegeneinander und wippte mit den Beinen, was er bisher noch nie getan hatte. Dann trank er hastig einen Schluck, Cola schäumte aus der Dose und tropfte auf seine Hose.

»Wenn du nicht ...«, begann Eddi, doch Mingo fiel ihm ins Wort.

»Die Isa hat die Pillen von mir und deswegen hab ich mich umbringen wollen und ihr habt überhaupt null Ahnung, was abgeht ...«

»Was?«, sagte Franziska erschrocken. »Was hast du getan?« Ihre Hände zitterten, sie atmete so heftig, dass ihr Körper zuckte, und sie sah ihren Mann an, der den Eindruck machte, als hätte er nicht richtig zugehört und müsse jetzt scharf nachdenken, wovon überhaupt die Rede war. In dem Moment, als er etwas sagen wollte, stürzte Franziska auf Mingo los, holte aus und schlug ihm so fest ins Gesicht, dass ihm die Coladose aus der Hand fiel. Die braune Flüssigkeit ergoss sich über das Parkett.

Mit offenem Mund, keuchend, als wäre sie einen weiten Weg gelaufen, stand sie vor ihrem Sohn und starrte ihn an. Ihr Stirnband war verrutscht und die Haare hingen ihr ins Gesicht. Wütend riss sie sich das Band vom Kopf und stopfte es in die Hosentasche. »Sag das noch mal!«, schrie sie. »Sag das noch mal! Was hast du getan? Was? Was?«

Ihr lautes Schreien brachte Eddi dazu, aufzustehen und sich langsam, als wäre er auf eine noch schlimmere Reaktion seiner Frau gefasst, zu den beiden hinzubewegen. Die Gummisohlen seiner Schuhe quietschten auf dem Holz.

»Wenn du nicht sofort sagst, dass das nicht stimmt, was du grade gesagt hast, dann hau ich dir noch eine runter, das schwör ich dir! Ich schwör's dir, ich vergess mich!«

Mingo betrachtete den braunen Colasee auf dem Boden. Den Kopf gesenkt, die Hände verwundert vor sich haltend, saß er da und schwieg.

»Ich zähl bis drei!«, schrie Franziska.

»Es stimmt«, sagte Kettelbach.

Sie fuhr herum und schrie und ballte die Fäuste: »Was stimmt?«

»Ihr Sohn hat versucht sich umzubringen.«

Und dann brüllte Mingo und das Wort explodierte in seinem Mund.

»JAAA!«

Und wäre sein Blick Feuer gewesen, seine Mutter wäre auf der Stelle verbrannt.

Sie saßen am Tisch und schauten Mingo an, der auf den Boden geglitten war und mit ausgestreckten Beinen an der Couch lehnte. Kettelbach hatte die Colapfütze aufgewischt und Franziska hatte einen Schritt zur Seite gemacht und wäre beinah über Mingos Turnschuhe gestolpert.

Sie tranken Bier aus Flaschen. Niemand sprach.

Kettelbach knipste den Strahler mit den drei Lampen neben dem Tisch an und das Licht verwandelte die Gesichter in wächserne Masken. Draußen war es fast dunkel und man hörte einen Vogel singen, eine muntere Amsel, die auf das schäbige Aprilwetter pfiff.

Wenn Kettelbach Franziska und Eddi anschaute, sah er jedes Mal seine Adoptiveltern vor sich, und er erinnerte sich, wie sie versuchten ihn Abendessen für Abendessen auszuhorchen über seine Gedanken, seine Freunde, seine ersten Liebschaften. Und er verheimlichte ihnen alles. Das war sein großes, selbst erfundenes Spiel: lügen auf allen Gebieten. Er hatte damit nicht angefangen, um sie zu ärgern oder zu kränken, sie meinten es gut mit ihm und das wusste er. Er belog sie, um sich lebendiger zu fühlen, um sein beschauliches, normales Leben aufregender zu gestalten, sich selbst zu überraschen mit den Reaktionen der Belogenen. Manchmal musste er improvisieren, um nicht aufzufliegen, und das spornte ihn an noch mehr zu erfinden und sich in die aberwitzigsten Bluffs hineinzusteigern. Und er bildete sich ein, dass sie ihm glaubten, wenn sie sich gegenübersaßen, Wurst aßen und Tee tranken – er konnte sich an kein Abendessen erinnern, an dem es nicht Aufschnitt und schwarzen Beuteltee gab –, und er breitete seinen Tag vor ihnen aus, mit allen Schikanen, in all seinen fabelhaften Wendungen und finsteren Ereignissen. So wie Franziska und Eddi saßen sie damals da, stumm und staunend, und dann fragte einer von beiden etwas ...

»Warum, Mingo? Warum wolltest du uns das antun?«

... und Andras überlegte und erwiderte mit ernster Miene, ohne einen Hauch von Verlegenheit: »Ihr habt gar nichts damit zu tun, das ist mein Leben, das gehört mir, und ich kann machen, was ich will ...«

Und genau dasselbe sagte jetzt Mingo und sie sahen ihn an, ratlos, ängstlich, denn, das spürten sie, er war ein Kind, das ein gefährliches Schweigen züchtete, das ihn unberechenbar machte.

»Das ist auch mein Leben, Mingo«, sagte Franziska, und dann trank sie die Flasche leer und drückte sie an sich.

»Das ist doch nicht normal«, sagte Eddi. Der Aschenbecher quoll inzwischen über vor Stummeln.

»So normal wie du will ich nie werden«, sagte Mingo, und sein Blick glitt über den Fußboden an seinem Vater vorbei.

»Sag das noch mal und es passiert was!«, sagte Eddi und beugte sich vor.

Franziska schaute zu Kettelbach und er wusste, was sie sagen wollte, sie hatte es vorhin schon einmal gesagt, als er ihr erklärte, wie er Mingo im Wald begegnet war. »Was für ein Glück, dass Sie da waren«, hatte sie gesagt, und Mingo hatte verächtlich den Mund verzogen und durch die Zähne gezischt.

»Ich möchte, dass du jetzt mit uns nach Hause kommst, und dann reden wir über alles«, sagte sie und erhob sich.

»Vergiss es!«

»Du kommst jetzt mit und fertig!« Eddi stand auf, drückte die Zigarette aus, knöpfte sich das Sakko auf und ging zu Mingo. Als er sich zu ihm hinunterbeugte, um ihn am Arm zu packen, rollte sich Mingo auf die Seite und sprang auf die Beine. Gebückt stemmte er die Arme auf die Oberschenkel und legte den Kopf in den Nacken, er sah aus wie ein Kampfsportler, der einen Angriff erwartete.

»Wenn du mich anfasst, schlag ich zu!«, sagte er, und so etwas hatte er noch nie gesagt, weder zu einem seiner Freunde noch zu seinen Eltern, und seine Stimme flatterte ein wenig.

Eddi wusste nicht, wie er sich verhalten, was er jetzt sagen, wie er sich wehren sollte, und er sah seine Frau an und sah ein Gesicht, das ihn erschreckte. Es erinnerte ihn an den Anblick seiner Mutter im Krankenhaus vor fünf Jahren, nachdem der Arzt die Geräte abgeschaltet hatte und Eddi auf diese weiße welke Fläche blickte, die das Antlitz seiner Mutter war, von der die Männer früher sagten, sie wäre schöner als Schneewittchen.

Nur eine Sekunde dauerte diesmal sein Schrecken, dann ging er zu Franziska und schlang die Arme um sie, und sie, die größer war als er, beugte sich zu ihm hinunter und vergrub ihr Gesicht in seinem Nacken.

Mingo streckte sich, drehte sich um und stellte sich so dicht vor die Balkontür, dass seine Nase das Glas berührte.

So voller Stille war dieses Zimmer jetzt, dass sie durch die Ritzen drang und draußen die Vögel verstummen ließ. Und das Tageslicht erlosch.

Und das Neonlicht ging an.

Der Mann neben ihr trug einen weißen Kittel und sein Rasierwasser, fand sie, roch angenehm, und sie sog den Duft lautlos ein, während sie neben ihm herging und er redete. Ihre Stiefel klackten auf den Fliesen und sie bemühte sich weniger fest aufzutreten, aber das klappte nicht, klappte einfach nicht, und so verharrte sie einen Moment und der Arzt ging weiter, und als er sich umdrehte und innehielt, war sie schon wieder in Bewegung und blieb erst vor der Bahre stehen, unter deren weißem Tuch angeblich ihre Tochter lag.

»... wenn Sie möchten, lass ich Sie einen Moment allein«, sagte der Arzt.

»Ja«, sagte sie automatisch, und er hob das Tuch und sie sagte: »Wer ist das?« Und er hielt das Tuch weiter fest und sie drehte sich um und blickte zur Tür, zum Polizisten, der sie und ihren Mann hierher gebracht hatte. Der Polizist hatte die Arme hinter dem Rücken verschränkt, wieso macht der das? Außerdem grinste er, das glaubte Susanne genau zu erkennen, der grinst doch, wo ist Jacky und haut ihm eine rein, hau ihm eine rein, Jacky, ich lass mir das nicht gefallen, dass der mich angrinst hier!

»Ist das Ihre Tochter, Frau Kaufmann?«, fragte plötzlich der Arzt.

Sie wollte etwas erwidern, schreien, ihn anschreien, und brachte keinen Ton heraus. Den Mund hatte sie schon geöffnet, aber ihr blieb der Atem weg.

Hinter ihr kamen Schritte näher; unfähig sich umzudrehen, schaute sie dem Arzt, der eine kleine Narbe an der Wange hatte, in die Augen, und er hielt das Tuch immer noch hoch, und es kam ihr vor, als würde das bleiche weiche Gesicht zu ihr hochschweben wie ein Ballon und sich an ihre Wange schmiegen und mit ihr verschmelzen.

»Ist das Ihre Tochter Isabel?«

Wer redete da? Der Arzt war es nicht, der stand ja direkt vor ihr und sein schmaler Mund war zu, ganz zu und schmal, das sah sie doch.

»Frau Kaufmann«, sagte die Stimme, und sie schien von weit her zu kommen, aus einem Land hinter der Lautlosigkeit dieses sterilen Raums, der sie bedrückte und bedrohte.

»Ja«, sagte sie und wunderte sich etwas, woher ihre Stimme kam. Oder war es gar nicht ihre Stimme, sondern die des weißen Gesichts? Abrupt wandte sie sich um und blickte nach unten, und da lag es wie vorher, nur das Gesicht war zu sehen und das Neonlicht eine bösartige Schminke.

»Sie hat immer gern Lippenstift getragen«, sagte Susanne.

»Möchten Sie, dass wir Sie kurz allein lassen?«, fragte der Arzt.

Sie hatte nicht zugehört. Ich hab dich sterben lassen, sagte sie mit einer Stimme aus erfrorenen Worten, ich hab dich auf die Welt gebracht und dann sterben lassen. Ich hab bloß immer mich gesehen, so eine Mutter bin ich gewesen, ich hab bloß immer mich gesehen, ich hab geglaubt, so wie ich bist du auch, und du warst so mutig, so groß, so stark, und ich hab vergessen, dass du noch ein Kind bist, ein kleines Kind, stell dir das vor. Ich hätt nicht Mutter werden dürfen, das hätt ich nicht dürfen. Aber du musst mir glauben, es war kein Versehen, du bist nicht aus Versehen auf die Welt gekommen. Ich war gerne schwanger, ich hab dich gern geboren, glaubst du mir das?

Sie schwieg, was niemand hörte. Die beiden Männer standen neben ihr und sie schaute das Gesicht ihrer Tochter an und das Neonlicht sirrte.

Lieber Gott, gib meiner Isa den schönsten Platz in deinem Garten. Ich möchte, dass immer die Sonne auf sie scheint und dass sie nicht frieren muss. Und du musst Musik für sie spielen, moderne Musik, Rap und so Sachen, dann tanzt sie vielleicht für dich. Sie hat nämlich gern getanzt, tanzen hat ihr immer am meisten Spaß gemacht, vielleicht wäre sie eine Tänzerin geworden, eine Tänzerin. Du hast mir eine Tochter geschenkt, lieber Gott, und ich hab sie weggeworfen wie ein Stück Dreck, wie ein Stück Dreck, und jetzt ist niemand da, dem ich sagen kann, wie ich mich schäme. Ich hab meine eigene Tochter missbraucht und das kann niemand verzeihen, nicht einmal du. Hörst du mich, Isa, hörst du mich?

Isas Augen waren geschlossen, ihr Kopf lag gebettet in einem Nest blonder Haare, deren Schönheit nicht einmal das Neonlicht zerstörte. Wie hübsch du bist, Isa, sagte Susanne heimlich zu ihr und beugte sich zu ihr hinunter. Du musst nicht denken, dass ich nicht traurig bin, weil ich nicht weine, ich kann nicht weinen, ich weiß gar nicht, wann ich das letzte Mal geweint hab, glaubst du mir das? Ist das nicht eigenartig, ich weiß, dass die Polizisten mich schon deswegen komisch angeschaut haben. Die denken, ich bin kalt, aber das bin ich nicht, wenn ich weinen könnt, würd ich die Stadt überschwemmen, das ist wahr, Isa, ich würd ganz München überschwemmen, ganz München von Neuaubing bis Unterföhring. Gib mir einen Kuss, mein Liebling.

Mit halb offenem Mund küsste Susanne ihre Tochter auf die grauen Lippen, und als sie den Kopf wieder hob, hatten die grauen Lippen einen roten Abdruck.

»Jetzt ist Isas Mund ein Morgenrot«, sagte sie zum Arzt, und der nickte und senkte den Arm, sie sah den Arm, wie er sich senkte, die behaarte Hand mit der silbernen Uhr und dem Metallarmband, und mit der Hand kam das Tuch immer näher zum Gesicht, und dann war das Gesicht verschwunden und alles war schneeweiß.

»Und jetzt?«, fragte Susanne Kaufmann.

»Kommen Sie bitte«, sagte der Polizist.

»Muss ich wieder in die Zelle?«

»Ja«, sagte der Polizist, »aber eine Kollegin wird Sie begleiten und Sie dürfen telefonieren.«

»Wen soll ich denn anrufen?« Sie schaute ihn wehrlos an.

»Sie müssen die Beerdigung organisieren.«

»Das stimmt«, sagte sie. »Die Beerdigung. Ich muss einen Sarg kaufen.«

Im Flur wartete ihr Mann auf sie, und als sie ihn da stehen sah, in einiger Entfernung, neben dem uniformierten Polizisten, musste sie an einen Film denken, den sie vor langer Zeit zu dritt gesehen hatten, einen Film auf der riesigen Leinwand des IMAX-Kinos, er handelte vom Leben in der Antarktis. Und jetzt, von da, wo sie stand, bis zu der Stelle, wo ihr Mann stand, war sie wieder dort, im ewigen Eis, und es kam ihr so vor, als würde ihr Körper von den Füßen her taub werden, während sie dicht an der Wand entlangging. Und als ihr Mann sie an der Hand nahm, war alles, was sie spürte, die Berührung eines Steins.

Vor dem Gerichtsmedizinischen Institut schrien sich zwei Autofahrer an, auf dem aufgerissenen Gehweg gegenüber ratterte ein Presslufthammer und mit schriller Sirene fuhr ein Notarztwagen vorbei. Susanne wunderte sich: In der Antarktis, hatte sie geglaubt, wäre es totenstill.

Langsam hatte er sich eingebrüllt und das Bier verlieh ihm zusätzlich Kraft und seiner Stimme Dröhnung.

»... außerdem hast du deine Mutter an ihrem Geburtstag allein daheim sitzen lassen, an ihrem Geburtstag! Nicht mal an ihrem Geburtstag hast du dich anständig benommen, jeder andere Junge wäre pünktlich nach Hause gekommen...«

»Ich bin aber kein anderer«, sagte Mingo müde. Er hatte Bier aus Kettelbachs Flasche getrunken und sich wieder auf die Couch gefläzt.

»... und wenn du jetzt nicht mit nach Hause kommst, dann passiert was! Glaubst du, ich lass mich von meinem eigenen Sohn einschüchtern? Glaubst du, du kannst uns behandeln wie Deppen? Was bildest du dir ein, haben wir dich so erzogen, dass du frech zu deinen Eltern sein darfst? Umbringen! Ich glaub, du spinnst, was hast du denn für einen Grund, dich umzubringen, hm? Vom Leben hast du doch überhaupt noch nichts mitgekriegt, umbringen! Willst du uns verarschen? Hm? Los jetzt, wir gehen!«

»Und du? Wo warst du an Mamas Geburtstag?«

Mingo schaute wieder zur Wand und Eddi verstummte schlagartig, blinzelte heftig und trank die Flasche, die er in der Hand hielt, leer und knallte sie auf den Tisch. Aber er sagte nichts mehr.

»Er war arbeiten«, sagte Franziska, und sie war froh, dass es ausnahmsweise stimmte, auch wenn sie immer noch nicht verstand, wieso er weniger Geld als vereinbart gekriegt hatte, wieso wieso, sie haben dich ausgenutzt, wie immer!

»Genau!«, sagte Eddi. »Los jetzt!« Er sah seine Frau an und machte eine Kopfbewegung zur Tür. Franziska schob den Stuhl an den Tisch.

»Komm, Mingo«, sagte sie. »Ich koch uns was Schönes und dann erzählst du uns von Isabel.«

Wie zärtlich das klang, und Kettelbach überlegte, ob seine Adoptivmutter je so mit ihm gesprochen hatte. Für einen Moment wünschte er, er wäre Mingo und würde sich wenigstens diesen einen Abend lang geborgen fühlen in einer Familie, die seine war.

Nichts zu machen. In seinem Kokon aus Schweigen blieb Mingo für seine Eltern unerreichbar und sie standen sinnlos vor ihm und Kettelbach wartete an der Tür.

»Ich rede mit ihm«, sagte er.

»Wer sind Sie überhaupt?«, fragte Eddi hart.

»Er ist Journalist, das hat er doch gesagt«, sagte Franziska und ließ den Blick nicht von ihrem Sohn, der an die Decke starrte.

»Und morgen steht dann alles in der Zeitung von uns!«, sagte Eddi.

»Nein«, sagte Kettelbach, »ich schreibe nicht über Ihren Sohn oder über Sie.«

»Ja, ja«, sagte Eddi.

»Komm, Mingo, bitte, komm jetzt mit«, sagte Franziska.

Fünf Minuten später verabschiedete Kettelbach die beiden im Treppenhaus. Niedergeschlagen gab ihm Franziska die Hand, und er versprach ihr noch einmal, mit Mingo zu reden.

»Und die Polizei?«, sagte Eddi laut. Er hatte sein enges Sakko wieder zugeknöpft und die Hände in die Taschen gesteckt. Beim Sprechen zuckte sein Oberkörper vor und zurück. »Und wenn die Polizei wieder was will? Was sagen wir dann? Die werden sich ganz schön wundern, wenn wir denen sagen, dass unser Sohn bei einem fremden Mann ist! Das ist vielleicht eine Scheißsituation! Ich geh jetzt noch mal rein und hol ihn ...«

»Das hat doch keinen Sinn«, sagte Franziska.

Dann stiegen sie die Treppe hinunter, Eddi vorneweg. Franziska warf Kettelbach noch einen Blick zu und er nickte und sie zog die Schultern seltsam hoch, als habe sie Schmerzen, und Kettelbach ging zurück in die Wohnung.

»Ich will zu Isa«, sagte Mingo, als der Reporter ins Zimmer kam.

»Sie ist wahrscheinlich noch in der Gerichtsmedizin.«

»Na und?«

»Morgen kannst du zu ihr.«

»Wieso ist sie da?«

»Weil die Polizei die Todesursache wissen muss.«

»Sie hatte einen Herzinfarkt, oder?«

Er setzte sich aufrecht hin und strich sich nervös übers Gesicht.

»Ich krieg raus, wo sie beerdigt wird«, sagte Kettelbach, »und dann fahren wir zum Friedhof und du kannst Abschied von ihr nehmen.«

»Und wieso machst du das alles?«, sagte Mingo ebenso abschätzig wie wehmütig.

»Weil es einfach für mich ist.«

Mingo stand auf und ging hin und her. Seine Hose schleifte über den Boden und seine Arme schlenkerten wie bei einer Puppe neben seinem dürren Körper. Hin und her, hin und her, von der Tür zum Fenster, von der Couch zur Wand, den Kopf gesenkt, den Rücken gekrümmt, schlich er an Kettelbach vorbei, die strubbeligen ungewaschenen Haare standen ihm vom Kopf und sein linkes Ohr lugte schief unter den blonden Fransen hervor. Hin und her, hin und her, und Kettelbach roch Mingos Schweiß und Bierfahne.

Ruckartig stand Kettelbach auf und ging aus dem Zimmer. Überrascht blieb Mingo stehen. Auf einmal hatte er Angst, Kettelbach würde nicht wiederkommen, und dieses Gefühl überwältigte ihn so, dass er sich auf den Boden vor die schwarze Couch setzte, die Beine anzog und fest an den Körper drückte, den Kopf auf die Knie legte und ihn unter den Armen vergrub.

14

Mingo und Isa
unterhalten sich groß

Wo bist'n du jetzt?

    Hier, und du, wo bist du?

Siehst du mich nicht?

    Doch, ich hab nur Spaß gemacht.

Komm wieder.

    Das geht nicht.

Warum denn nicht?

    Deine Jacke ist noch mehr zerrissen als vorher.

Ich bin schuld.

    Was?

Ich bin schuld.

    Woran bist du schuld?

Dass du jetzt tot bist.

    Daran bist du doch nicht schuld, wieso denn?

Weil ich dir die Pillen besorgt hab von diesem Mistkerl von Daniel.

    Von wem hättst du sie sonst besorgen sollen? Außerdem hab ich dir gesagt, du sollst sie bei ihm kaufen.

Ich bin schuld.

    Ich hab sie freiwillig genommen, oder nicht?

Weiß nicht so genau.

    Das war schön, wie du auf einmal hereingestürmt bist wie ein echter Held und mich gerettet hast.

Ich hätt schon viel eher kommen müssen.

    War schon rechtzeitig.

Ich hab deine Mütze im Auto gesehen.

Was für eine Mütze?

Die von Sabrina Setlur.

Die hab ich gar nicht dabeigehabt, die hab ich doch zu Hause vergessen.

Ich hab aber eine schwarze Mütze gesehen. Und dann hab ich vergessen sie mitzunehmen.

War sowieso nicht meine.

Ich hab dir Rosen gekauft.

Das sind schöne Rosen.

Die Frau hat gesagt, rote Rosen sind richtig.

Was für eine Frau?

Die Frau in dem Blumenladen. Ich will, dass du zurückkommst.

Hör doch auf, Mingo.

Ich hoff, dass deine Eltern ins Gefängnis kommen und da bleiben müssen für immer.

Hast du deiner Mutter alles erzählt?

Nein.

Warum nicht?

Das geht die nichts an.

Find ich schon.

Nein.

Du musst immer widersprechen, stimmt's?

Stimmt gar nicht.

Siehst du!

Ich wollt mich umbringen, aber es hat nicht geklappt.

Warum wolltst du das tun?

Weil ich nicht mehr leben will.

Warum denn nicht, das ist doch schön, das Leben.

Nein.

Du hast keine Ahnung.

Na und?

Wärst du lieber tot?

Ja.

Und dann?

Was, und dann?

Dann wärst du tot und wär das vielleicht besser?

Ja.

Nein, ist es nicht. Es ist nicht besser, tot zu sein, das schwör ich dir.

Ich wollt nicht, dass du die Pillen nimmst, das wollt ich nicht.

Weiß ich doch. Wie geht's deiner Freundin?

Was für einer Freundin, spinnst du?

Deiner Freundin in dem Turm.

Was?

Du besuchst sie doch dauernd, die alte Schauspielerin. Denkst du, ich weiß nicht, dass du die besuchst?

Woher denn?

Du merkst ja nie was.

Was merk ich nicht?

Du merkst ja nicht mal, wenn man in dich verliebt ist.

Das merk ich schon.

Da hab ich aber nichts gemerkt.

Du merkst auch nichts.

Also, wie geht's deiner Freundin?

Sie ist nicht meine Freundin! Du bist meine Freundin!

Du bist auch mein Freund. Also, was macht die Schauspielerin, spielt sie dir was vor?

Nein. Hör auf.

Mingo?

Hm?

Ich möcht, dass du nie wieder versuchst dich umzu-

bringen. Nie wieder, nie nie wieder, kapiert, du Blödmann?

Das ist mein Leben, ich kann machen, was ich will.

Kannst du nicht.

Doch.

Du bist dumm.

Ich bin nicht dumm. Komm zurück.

Siehst du, wie dumm du bist?

Komm zurück, Isa. Wo bist du? Isa! Wo bist du? Wo bist
du?

Er stand vor dem Sarg in einem kalten Raum voller
Särge. Einige waren mit Gebinden, Kränzen und Blumen
geschmückt, auf Isas Sarg lag nur ein Strauß roter Rosen.
Es war ein kleiner weißer Sarg und Mingo stand eine
halbe Stunde davor und der Mann von der Friedhofsverwaltung schaute dreimal zur Tür herein und verschwand
wieder.

Mingo war still und hörte zu und redete und alles
gleichzeitig und das machte ihn ganz high. Wie festgefro-
ren stand er vor dem geschlossenen schneeweißen Sarg
und konnte seine Augen nicht mehr kontrollieren, die
machten, was sie wollten, genauso wie seine Gedanken. Er
schaute wieder die Blumen an, die ihm diese Frau aufge-
schwatzt hatte, und er hätte lieber blaue genommen, blaue
Tulpen, ich weiß nicht, warum, die haben mir besser gefallen, sehen irgendwie voll schön aus.

Rote Rosen für die Geliebte.

Ich hab niemand was erzählt.

Hast du dich geniert für mich?

Spinnst du oder was?

Ich weiß doch, was deine Freunde über mich sagen und über meine Mama.

Das sind nicht meine Freunde.

Konny ist dein bester Freund und mit Martin hast du Bier getrunken ...

Ich trink kein Bier mehr ...

Stimmt gar nicht, gestern hast du sogar Woco getrunken ...

Ja, aber sonst nicht. Ich trink seit sechs Wochen keinen Alk mehr.

Warum denn nicht? Schmeckt doch gut.

Wegen dir.

Wegen mir?

Wegen dir, ist doch logisch.

Du bist also doch ein *Straight Edger*.

Bin ich nicht, die sind total beknackt, diese Typen. Ich gehör nicht zu denen, zu denen gehör ich bestimmt nicht.

Zu wem gehörst du denn?

Zu niemand. Zu dir.

Zu niemand und zu mir.

Ja genau.

Wieso bist du eigentlich nie mit mir ins Kino gegangen?

Weil ... wann denn?

Wann du willst.

Ich hab ja nicht gewusst, wann du mal Zeit hast.

Hättst mich halt fragen sollen. Wieso hast du mich nicht gefragt?

Weiß ich nicht.

Du hast dich nicht getraut.

Nein.

Alter Schämerer.

Ja.

Du warst noch nie mit einem Mädchen im Kino.

Ja und?

Das gefällt mir, dass du schüchtern bist und nicht so ein lauter Brunzer wie die andern Jungs.

Ein was?

Ein lauter Brunzer.

Was soll'n das sein?

Du weißt nicht, was ein Brunzer ist?

Doch, aber... aber ich... ich hab noch nie gehört, dass ein Mädchen so was sagt.

Du wirst noch einiges von Mädchen zu hören kriegen, da wett ich was.

Werd ich nicht.

Da wirst du staunen, Mingo, da verzieht's dir das andere Ohr auch noch.

Ich wollt schon mit dir ins Kino gehen, wollt ich schon. Aber ich hab nicht gewusst, in welchen Film.

Das ist doch ganz einfach: in den, den du magst. Ich hätt schon gewusst, in welchen Film ich dich mitgenommen hätt.

In welchen denn?

Rat mal?

Verrückt nach Mary.

Nein. Rat noch mal.

Weiß ich nicht.

Na los!

Akte X.

Steh ich nicht drauf.

Ich auch nicht.

Ich sag's dir: in *Antarktis*.

Kenn ich nicht.

Der läuft im IMAX.

Ja.

Warst du schon mal dort?

Ja, war ich schon.

Und was hast du da gesehen?

Weiß ich nicht mehr.

So einen Film kann man doch nicht vergessen, bei der Riesenleinwand. Da hätt ich dich mitgenommen.

Und warum hast du's dann nicht getan?

Ich hab den Film schon mit meinen Eltern gesehen.

Ich wollt in *Armageddon* mit dir gehen.

Bruce Willis finde ich gigadämlich.

Warum denn?

Weil er voll dämlich ist. Und der Film ist auch Scheiße.

Hast du ihn gesehen?

Ja.

Mit wem?

Geht dich das was an?

Nein.

In was für einen Film wolltest du noch mit mir gehen?

In keinen.

Jetzt sag schon.

Nein.

Sag's mir. Sonst red ich nicht mehr mit dir. Das ist übel, das schwör ich dir, wenn ich nichts mehr reden will.

In *Titanic*.

Hab ich mir gedacht. Den hab ich auch gesehen. Mit Jenny und dieser Zicke von Lilo, die hinter dem Klemm her ist. Zweimal hab ich den Film gesehen, der war groß, das ist ein großer Film, in den wär ich gern mit dir gegangen, wieso hast du mich nicht mitgenommen? Feigling!

Ich bin kein Feigling.

Wahrscheinlich wärst du auch als Erster von Bord gesprungen und hättst mich einfach zurückgelassen.

Spinnst du? So was hätt ich nie gemacht! Du bist vielleicht beknackt!

Hast du geweint?

Was?

Ob du geweint hast bei *Titanic*.

Nein.

Du lügst.

Nein.

Warum nicht?

Was?

Warum nicht? Warum hast du nicht geweint? Hast du ein Herz aus Stein?

Was?

Oder aus Plastik?

Spinnst du? Spinnst du?

Er schaute sich um, drehte sich im Kreis, schüttelte den Kopf, schüttelte ihn hin und her, und als wären sie winzige Flocken in einem Spielzeughaus aus Glas, wirbelten die Gedanken in seinem Kopf herum, und es wurde ihm schwindlig und er atmete einen fauligen Geruch ein und hustete und keuchte und sah nur noch verschwommen den schneeweißen Sarg.

»Komm jetzt!«, sagte der Mann von der Friedhofsverwaltung an der Tür, und Mingo stolperte über einen Blecheimer, der scheppernd umkippte, und der Mann sagte: »Pass doch auf!«, und dann rannte Mingo schon die Baldurstraße entlang und heulte, vorbei an einem Sportplatz, wo zwei Mannschaften Fußball spielten und der

Ball gerade gegen den Maschendrahtzaun klatschte, vorbei an einem Kiosk, der bunt war von Zeitschriften, bog in die Dantestraße ein und lief weiter zur Waisenhausstraße, wo plötzlich ein Fahrradfahrer aus einer Einfahrt schoss, und Mingo sprang zur Seite, taumelte, stützte sich, schon halb im Fallen, an einem Baum ab, fand das Gleichgewicht wieder, rannte weiter und heulte und stürzte in einen Supermarkt, kam zwei Minuten später wieder heraus, mit einer Plastiktüte unter dem Arm, lief die Straße bis zur Kreuzung vor und verschwand in einem U-Bahnschacht.

Als er unten auf dem Bahnsteig ankam, mit offenem Mund laut keuchend, schniefte er heftig und spuckte auf den Boden. Endlich war er seine Tränen los, das Weinen war ihm peinlich gewesen, gigapeinlich, weil ihn alle Leute angestarrt hatten wie einen Schlappschwanz, da war er sich ganz sicher, das hatte er genau mitgekriegt, aber jetzt starrte ihn niemand mehr an.

Mit beiden Händen hielt er die Plastiktüte fest und voller Ungeduld sprang er schließlich in die U-Bahn.

15

Ein ungeheuerlicher Moment

Wachsam sein, das war das Wichtigste, auf keinen Fall durfte er einem seiner Kumpels begegnen, am allerwenigsten Daniels Clique, gegen die Mingo einen solchen Hass empfand, dass er kein Gesicht für seine Verachtung, keine Geste für seinen Abscheu hatte. Wahrscheinlich hockten sie gerade in Erdkunde und ließen sich von der Fasnacht die Welt erklären, dabei würden sie sowieso nie aus Neuaubing rauskommen, höchstens als Leiche zum Westfriedhof.

Mit der flachen Hand wischte er sich über Augen und Stirn, blieb wegen des starken Verkehrs ungeduldig an der Landsberger Straße stehen und schaute sich kurz um, ob jemand vom Pasinger Bahnhof hinter ihm herkam. Viele kamen hinter ihm her, aber keiner, den er kannte.

Es fing wieder an zu nieseln. Die Ampel war rot, er rannte trotzdem los und hielt die Plastiktüte fest, die er unter seiner Jacke versteckt hatte.

Was glotzte die Alte so blöd? Sie schaute seine Turnschuhe an, na und, glaubst du, deine Latschen sehen besser aus? Er blieb stehen und runzelte die Stirn und verzog den Mund. Die Frau wandte sich ab, Mingo bog in eine Seitengasse ein und nahm die Abkürzung über eine abgesperrte Baustelle. Von dort konnte er das *Sunrise* sehen.

Im Hof der Diskothek stand ein Streifenwagen, und es war nicht zu erkennen, ob Polizisten drinsaßen. Mingo duckte sich hinter den geparkten Autos.

Dann machte er einen Schritt – und patschte voll in eine Pfütze, das Wasser schwappte in seinen Turnschuh und die Socken saugten es auf wie ein Schwamm. Sinnlos schüttelte Mingo das Bein, etwas Wasser floss heraus und dann achtete er nicht weiter drauf.

Beim letzten Auto in der Reihe hielt er inne und blickte durch die Scheiben hinüber zum *Sunrise*. Die Eingangstür stand halb offen und jetzt konnte er sehen, dass die beiden Polizisten im Streifenwagen mit irgendetwas beschäftigt waren, der eine schien zu schreiben, der andere zu telefonieren. Kein Grund, länger zu zögern. Zwischen Parkplatz und Gehsteig wuchs eine Hecke, die gab Mingo Deckung, und er rannte los, hinüber zum Schuppen, kauerte sich hinter die Mülltonnen, drückte sich an der Wand des flachen Gebäudes entlang, vorsichtig, Schritt für Schritt, dann streckte er den Kopf vor, wartete ein paar Sekunden und verschwand schließlich hinter der halb offenen Tür der Diskothek.

Er lief die Treppe hinunter und zog unten den schweren roten Vorhang vor den Durchgang zur Tanzfläche. Jetzt war es dunkel im Raum und Mingo konnte kaum noch etwas erkennen. Mit ausgestrecktem Arm tastete er sich weiter.

Mitten auf der Tanzfläche kniete er sich hin und schüttete den Plastikbeutel aus. Dreiunddreißig rote Stumpenkerzen fielen heraus und eine Schachtel Streichhölzer.

Für einen kurzen Moment horchte er auf, doch alles war ruhig.

Dann begann er mit seinem Werk. Als hätte er vorher eine genaue Skizze angefertigt, stellte er die Kerzen in einem bestimmten Abstand auf den Boden. Er gab sich die größte Mühe, dass die Anordnung symmetrisch aussah und das Bild, das er auf diese Weise herstellte, vollkommen harmonisch wurde.

Das Bild war ein Wort, ein Wort aus drei Buchstaben.

Nachdem er alle dreiunddreißig Kerzen aufgestellt hatte, zündete er sie an. Er trat ein paar Schritte zurück und betrachtete sein Werk: Die roten Kerzen bildeten das Wort ISA, die Flammen flackerten leicht und Mingo kam es vor, als wären sie lebendig. Lange stand er still da, und in seinen Augen, die blau leuchteten, reflektierten die Lichter und er spürte ihre Wärme und roch das Wachs.

Die Arme vor der Brust verschränkt, umrundete er, Kerze für Kerze, sein rotes Wort, blieb neben jeder Kerze einen Augenblick stehen und machte dann, zögerlich, den nächsten Schritt. Er dachte an nichts, er atmete die abgestandene, kalte Luft ein und fröstelte ein wenig, und das war ein angenehmes Gefühl.

Von draußen drangen Stimmen herein und Mingo beeilte sich. Er knüllte die Plastiktüte zusammen und warf sie mit den Streichhölzern hinter den Tresen. Als er an den Kerzen vorbeilief, flackerten sie heftig, aber keine erlosch. Durch den Hinterausgang verließ er die Diskothek, ballte die Fäuste und spurtete los.

Diesmal nahm er einen anderen Weg, zwischen zwei Wohnhäusern hindurch. Von dort rannte er parallel zur Landsberger Straße in westlicher Richtung, dann über eine Brücke, und von der Neufeldstraße bog er links ab. Er überquerte die Bodenseestraße und flitzte am Sportplatz vorbei bis zur S-Bahnunterführung bei der Haltestelle Westkreuz. Dort blieb er stehen und schnappte nach Luft.

Die werden sich wundern, dachte er, hustete und strich sich die Haare aus den Augen, die haben null Ahnung, null, und der Kaufmann ist am Arsch, den machen die fertig, die Araber oder was die sind, dieser Mustafa, die machen ihn fertig, auch im Knast, die kriegen den!

Er war guter Stimmung, als er den Neuaubinger Freizeitpark erreichte und erst mal eine Runde schaukelte und dann auf eine Wippe sprang und von den Kindern grimmig beäugt wurde. Er rief ihnen ein »Alles klar?« zu und schlenderte weiter in nördlicher Richtung. Zu Fuß war er am sichersten, hier suchte ihn niemand, das hier war seine Heimat, Betonien, so hieß die Gegend bei allen, die hier aufgewachsen waren. Mingo schaute sich um und dann zum Himmel hinauf, der genauso grau und monoton war wie das Viertel, und er dachte plötzlich, dass er nicht hier versacken wollte, so wie seine Eltern, das will ich nicht, verdammt, das will ich einfach nicht!

Mitten im Gehen blieb er stehen, denn diesen Gedanken hatte er noch nie gehabt: Dass er vielleicht hier wegkommen könnte, dass es einen Ausweg gab aus Betonien und seine Zukunft in der Stadt war, in München oder sogar in einer ganz anderen Stadt, dass er bloß loszugehen brauchte, immer weiter, und dass das einfach war, wenn man keine Angst hatte, und ich hab keine Angst, ich hab immer noch keine Angst.

Und ohne Isa konnte er sich Neuaubing sowieso nicht vorstellen, ohne Isa war Betonien eine Totenstadt, in der es kein Erwachen gab, niemals.

Immer noch stand er auf derselben Stelle wie vorher, nahe einer hohen weiß gekalkten Mauer mit einem kunstvoll geschwungenen Ziegeldach, die das Grundstück eines neu gebauten, lachhaft protzig wirkenden Einfamilienhauses begrenzte.

Er legte den Kopf schief. Und etwas Außergewöhnliches, noch nie Dagewesenes widerfuhr ihm: In diesem

Augenblick wurde sich Mingo vollkommen der Gegenwart bewusst. Wie ein unsichtbarer Hieb traf ihn diese Erkenntnis und er konnte zunächst nicht das Geringste damit anfangen. Er erschrak, machte einen Schritt, vielleicht, weil er glaubte, sonst zu erstarren, und blieb sofort wieder stehen. Er wusste nicht, was geschah; eigentlich wusste er es schon, aber er hatte keine Worte dafür, fassungslos schaute er vor sich hin, sprachlos und erschüttert, vor allem erschüttert.

Alles, was passierte, war, dass er sich zum ersten Mal in seinem Leben atmen hörte. Und er hatte sich, dessen war er sich absolut sicher, gehen sehen, es war ihm, eben vorhin, bewusst gewesen, dass sich seine Beine bewegten, dass seine Arme schlenkerten und sein Körper in Bewegung war. Er hörte das Wasser in seinen Turnschuhen quietschen und er starrte hin, und dann wurde ihm bewusst, dass er hinstarrte. Und er schaute geradeaus und da sprang gerade ein schwarzer Hund vom Gepäckträger eines Fahrrads und Mingo vergaß für einen Moment sich selber und dann hörte er wieder das Patschen seiner Schuhe und wusste, dass er jetzt hinsah.

Es gab kein Zurück: Er hatte Augen und mit denen schaute er die Dinge an, seine Schuhe, den Gehweg, die Mauer, die Einfahrt, die Wiese, den Himmel. Und dieses Schauen verunsicherte ihn maßlos und schockierte ihn, und die Wucht dieses Augenblicks, der immer noch andauerte, durchdrang ihn wie ein Stromschlag und elektrisierte jeden seiner Sinne. Und das alles war ihm ein Rätsel.

Und dieses Rätsel brachte ihn noch mehr aus der Fassung. Er überquerte die Straße, er dachte: Wenn ich rübergeh, hört das auf. Doch es hörte nicht auf, drüben, auf dem Gehsteig, war er wieder mitten in der Gegenwart und er musste stehen bleiben. Es kam ihm so vor, als driftete sein Körper in alle Richtungen auseinander, als würde er sich in der Luft verlieren und auflösen und unsichtbar werden und er wäre aberwitzig verloren. Und dies, obwohl er sich selbst ja gerade völlig bewusst geworden war, obwohl er von einer Sekunde zur andern ein anderer Mensch geworden war, einer, das schoss ihm durch den Kopf, der keinen Spiegel mehr brauchte, um sich zu sehen, der nur noch dem Rhythmus seines Atems folgte, der schluckte und blinzelte und auf beängstigende Weise wusste, dass er atmete und schluckte und blinzelte.

An diesem Tag, am 16. April, um diese Zeit, um 12.28 Uhr, auf dieser Straße, der Strahlenfelser Straße in Neuaubing, kurz nachdem er für Isa dreiunddreißig Kerzen angezündet hatte, kehrte Mingo nicht mehr in die alte Wirklichkeit zurück. Das war ihm augenblicklich klar, er hatte keinen Zweifel an seiner gewaltigen Erkenntnis. Und während er weiterging, mühsam, schwankend, fragte er sich schon, ob es ihm gelingen würde, sich so zu verhalten, dass seine Kumpels nichts merkten, und ob er je wieder fähig sein würde, ihnen zuzuhören und mit ihnen zu sprechen, ohne sich ständig dabei zu beobachten wie ein genialer Spitzel, dem nichts entgeht, der jede Beobachtung sofort an die Zentrale weitermeldet, ans Gehirn, das nichts vergisst. Und er fragte sich weiter, nicht in konkreten Worten, mehr in kuriosen Gedanken, die ihm neu waren, ob er noch Herr seiner Sinne oder ob er jetzt krank war und der Einzige auf der Welt mit dieser Krankheit.

Wieder blieb er stehen, drehte sich einmal im Kreis und schaute die Straße hinunter. Er war der Einzige weit und breit, der Einzige, und es waren auch keine Geräusche zu hören, nicht einmal der Gesang der Vögel. Er hielt sich die

Ohren zu. Dann lauschte er wieder und schloss fest die Augen. Vielleicht würde er vor lauter Merken vergessen zu handeln, vielleicht würde er verrückt werden und in eine Anstalt kommen und er könnte niemandem erklären, was mit ihm geschehen war.

Mit Isa hätte er über alles reden können, das wusste er, und da hatte er schon fast die Wüstensteiner Straße erreicht. Isa hätte ihm zugehört und ihn nicht ausgelacht, aber ob sie wirklich verstanden hätte, was er meinte? Er verstand es ja selber nicht.

Unter seinen Schuhen knirschte der Kies. Den wollte er nicht hören! Und die Autos fuhren an ihm vorbei. Und die Krähen krächzten in den Bäumen. Er hörte sich atmen, denn er ging schnell und keuchte, er atmete ein und dann aus, ein und aus, ein und aus, ich dreh schon durch, ich muss was trinken, wenn ich was trink, dann vergess ich das, dann geht das weg.

»Du kriegst von mir um diese Zeit keinen Wein.«

»Gib mir die Flasche, du hast doch noch welchen!«

»Nein«, sagte Senja, »was ist denn mit dir los? Was guckst du denn so erschrocken? Seh ich so schlimm aus? Tut mir Leid.«

»Kann ich hier bleiben?«

»Natürlich.«

Sie setzte sich auf die Couch, nahm das Buch, in dem sie gelesen hatte, als Mingo kam, und wartete darauf, dass er sich endlich hinsetzte und damit aufhörte, nach Wein zu fragen. Und als sie anfing laut zu lesen, hörte er ihr mit finsterem Blick zu.

»*Und wie die Fische im Bach.*
Und wie die Tauben auf dem Dach.
Und wie die Rufe und die Brautringe.
Und wie die Geräte und die übrigen Dinge.
Und wie der Wind am Wegrain.
Und alle Gelenke, Knochen und Gebein.
Der Mond am Himmel, die Sterne im Grunde.
Die Sonne im Munde.«
Staunend schaute Mingo sie an.

»Bravo«, sagte Sissi, »und wer macht in der Zwischenzeit deine Arbeit?«

»Ich hab noch vierundfünfzig freie Tage«, sagte Kettelbach.

»Die andern haben genauso viele!«

Seit zwanzig Minuten saß sie vor seinem Schreibtisch, nahm seine Anrufe entgegen und schüttelte ihre rote Mähne, die genauso voluminös war wie ihre Figur. Manche im Haus nannten sie den *Roten Drachen*, und wenn sie Gift und Galle spuckte, was häufig vorkam, war es tatsächlich gesünder, ihr aus dem Weg zu gehen. Jetzt saß sie da und schaute ihn beleidigt an, seit zwanzig Minuten, seit er ihr gesagt hatte, dass er die nächsten zwei Wochen freinehmen würde. Hinter ihr, an der Wand, lehnte Blinck, der Redaktionsleiter, und stellte ununterbrochen Fragen. Kettelbach dachte nicht daran, sich zu ihm umzudrehen.

»Was soll das werden, wenn du zu Hause rumsitzt? Oder fährst du weg? Wohin? Du hast eine Geschichte zu schreiben, wer soll die schreiben außer dir?«

»Du kannst mir doch nicht weismachen, dass du das heut Nacht erst entschieden hast, du doch nicht! Sag mir sofort, was los ist!«, sagte Sissi.

»Hast du irgendein Problem?«, sagte Blinck. »Was für eins? Red schon!«

»Ich brauch Ruhe«, sagte Kettelbach.

»Erklär mir das!«, sagte Blinck.

»Es gibt keine Erklärung, ich hab mich entschieden.«

»Ist mir doch egal! Du kannst dich hier nicht einfach zwei Wochen ausklinken.«

Er beugte sich zu Kettelbach vor und schaute ihn von der Seite an, und seine blaue Krawatte baumelte vor seinem gelben Hemd.

»Wieso brauchst du Ruhe? Du brauchst nie Ruhe!«, sagte Sissi. Sie schaute Kettelbach eindringlich an und es war für ihn nicht schwer, ihre Gedanken zu erraten. Sie dachte, er würde ihr etwas verschweigen, etwas Intimes. Und er wusste, sie würde ihn nie danach fragen, sie würde ihn immer nur ansehen, mit diesem unaufhörlichen, gnadenlosen Blick, dem auszuweichen praktisch unmöglich war.

»Bertram macht die Sachen für mich mit«, sagte er.

»Das ist echt freundlich von dir, dass du mir Bertram auf den Hals hetzt«, sagte sie und nahm den Hörer des klingelnden Telefons von der Anlage. »Ja. Wer?«

»Bertram!«, sagte Blinck und strich sich über die blaue Krawatte. »Manchmal frag ich mich, ob ich den nicht mal auf einen Schreibkurs schicken sollte. Das ist ja Wahnsinn, was der da oft zusammenschreibt. Mich hat schon der Verleger drauf angesprochen . . .«

». . . Moment mal . . .« Sissi wandte sich an Kettelbach. »Kennst du eine Franziska Border?«

»Ja«, sagte er und nahm ihr den Hörer aus der Hand. »Hallo?«

Franziska sagte, ihr Sohn sei immer noch nicht aufgetaucht, der Schulleiter habe sich gemeldet und gefragt, wo er steckt. Bereits in der Nacht hatte sie Kettelbach zu Hause angerufen, und er hatte ihr erklärt, ihr Sohn würde fest schlafen, sie solle sich keine Sorgen machen.

Wo Mingo denn im Moment sei, wollte sie wissen, und Kettelbach sagte, er habe ihn am Westfriedhof abgesetzt. Sie war wütend, weil er ihren Sohn allein gelassen hatte.

»Mingo kommt bald zu Ihnen zurück«, sagte er und sie legte auf. Auch er hatte keine Lust, länger mit ihr zu sprechen. Er hatte keine Lust, überhaupt noch mit jemandem zu sprechen.

»Wer ist Mingo?«, fragte Sissi.

»Ein Freund.«

»Ist das der Typ von dem Mädchen, das an Ecstasy gestorben ist?«, fragte Blinck.

»Ich muss los.«

»So geht das nicht, Andras!«, sagte Blinck und baute sich vor ihm auf, als wollte er ihm den Weg versperren. »Du kriegst einen Haufen Ärger, wenn du das machst!«

»Spar dir deine Drohungen für deine Volontärinnen!«, sagte Kettelbach.

»Was ist denn mit dir, Andras«, sagte Sissi, »so kenn ich dich gar nicht . . .«

»Wie denn?«

»So aggressiv, so . . . abweisend . . .«

Es langweilte ihn, wenn sie so mit ihm sprach. Was wusste sie schon von ihm, was weiß sie schon von mir, sie weiß nichts, aber sie bildet sich ein, was zu wissen, weil wir einmal miteinander geschlafen haben. Das war viele Jahre her und Sissi hatte auf eine Wiederholung gewartet, aber er hatte sie nicht wieder zu sich eingeladen. Trotzdem freundeten sie sich an, obwohl sich Kettelbach nicht sicher war, ob sie seine Freundin war, ob er überhaupt einen richtigen Freund hatte. Viele seiner Kollegen hatten keine richtigen Freunde, sie bildeten sich nur ein, welche zu haben. Sie tranken mit den Kollegen oder den Kolleginnen, einige waren verheiratet, die haben eine Frau, aber einen Freund haben sie trotzdem nicht, ob ihre Frau ihr Freund ist, bezweifle ich. »So kenn ich dich gar nicht«, sagte Sissi, und Kettelbach konnte solche Bemerkungen nicht mehr hören. Sie wissen nichts von mir, sie denken, ich bin ein Single, einer von zehntausenden, die in dieser Stadt leben, irrwitzige Mieten und Steuern zahlen, teuer essen gehen, aber ansonsten von allen anderen um ihre Freiheit beneidet werden. Welche Freiheit? Er war kein Single. Er war allein. So wie er sich als Kind immer als Einzelkind, das er war, gefühlt hatte, so fühlte er sich später als Einzelerwachsener, bis heute. Und manchmal war er sogar stolz darauf.

In seiner Wohnung warf er die Sachen, die er auf die Schnelle eingekauft hatte, auf den Küchentisch und rief nach Mingo. Rief laut und wurde wütend. Es kam keine Antwort. Mingo war nicht da. Kettelbach hatte ihm den Zweitschlüssel mitgegeben. Aber er war noch nicht zurückgekommen.

Kettelbach schlug so lange mit der Faust gegen die Wand, bis seine Finger bluteten und das Blut auf den glänzenden Holzboden tropfte. Dann schlug er mit der anderen Faust zu, so lange, bis der Schmerz unerträglich wurde.

Wand und Boden waren verschmiert und seine Hände aufgerissen. Er zitterte am ganzen Körper. Und dann kniete er sich hin und schrie. Schrie die Wand an, schrie und schrie, bis sich seine Stimme überschlug, und dann rammte er seinen Kopf gegen die Wand und ließ sich auf den Boden fallen und krümmte sich wie ein Embryo, den der Gedanke an die Welt zu Tode erschreckt.

Hilf mir aus dem finstern, summte er leise, *hilf mir aus dem finstern Haus hinaus, führ mich heiter immer weiter unters heil'ge Zelt so hell und blau, bis ich in den Himmel schau . . .*

»... Hilf mir aus dem finstern, hilf mir aus dem finstern Haus hinaus, führ mich heiter immer weiter unters heil'ge Zelt so hell und blau, bis ich in den Himmel schau zu dir zu dir zu dir, dass ich dich nie nie mehr verlier . . .«

Die Möhren, fand Franziska, dufteten schon, obwohl ihre Nase vom Heulen so verstopft war, dass sie kaum etwas riechen konnte; und ein Taschentuch hatte sie auch wieder keins zur Hand.

»Was soll'n das werden?«

Eddi Border stand im Flur und ging aus irgendeinem Grund nicht in die Küche, wo Franziska seit einer halben Stunde herumhantierte, mit Töpfen schepperte und Sachen vor sich hinsang, die er nicht verstand.

»Ich schneide Zwiebeln, siehst du doch«, sagte sie, rührte die Möhren im heißen Öl um, schob die gehackten Zwiebeln vom Brett auf einen Teller und fing an Sellerie und Zucchini klein zu schneiden.

»Wieso kochst du jetzt was?«, fragte Eddi.

»Damit die Zeit vergeht«, sagte sie, kramte in der Schublade nach dem Dosenöffner, zog ihn unter Kochlöffeln und Schöpfkellen hervor und hakte ihn in eine Dose mit geschälten Tomaten.

»Willst du auch was tun?«, fragte sie.

Er stand da und schwieg. Er wusste, was sie kochte, Chili ohne Fleisch. Ohne Fleisch! Bloß weil sein Sohn seit neuestem behauptete, Fleisch sei ungesund! Und seine Frau hörte da auch noch drauf! Eddi schüttelte den Kopf. Er war Koch, ich weiß, ob Fleisch gesund ist oder nicht, ich kenn mich aus!

»Steh mir nicht im Weg rum, verzieh dich!«, sagte Franziska. Sie kippte die Tomaten mit dem Saft in den Topf, schniefte, rührte um und hielt inne. »Ich hab Angst, Eddi«, sagte sie und er zuckte mit den Schultern. Die halbe Nacht hatte sie ihm gesagt, dass sie Angst habe, was hätte er darauf sagen sollen? Was sollte er jetzt darauf sagen?

»Der beruhigt sich schon wieder«, sagte er.

»Das sagst du die ganze Zeit«, sagte sie.

Das stimmte, aber es war seine Überzeugung. Und seine Meinung war auch, dass er andere Saiten aufziehen musste, so durfte es nicht weitergehen, das konnten sie sich beide nicht gefallen lassen, wie sich ihr Sohn benahm, bin ich denn der Tanzbär von dem?

»Bin ich denn der Tanzbär von dem?«, sagte er laut.

»Du sollst nicht so von unserem Sohn sprechen!«

»Wie denn sonst?« Wieso war kein Bier mehr da, wieso hatte sie kein Bier eingekauft, wieso muss ich immer alles selber machen?

»Er wollte sich das Leben nehmen, hast du das immer noch nicht kapiert?«, sagte sie laut und schniefte und schaute ihn an und holte tief Luft und kam sich vor wie eine Vergessene auf einem fernen luftlosen Planeten.

»Bin ich da etwa dran schuld, du hirnverbrannte Ziege!«, brüllte er und seine Fahne klatschte ihr ins Gesicht.

»Nimm das sofort zurück!«, sagte sie, ließ den Kochlöffel gegen den Topf knallen, wischte sich mit dem Ärmel übers Gesicht und stürzte aus der Küche.

Im Wohnzimmer goss sie sich ein Glas Wacholderschnaps ein und trank es in einem Zug aus. Dann trank sie noch eins. Und es machte sie zornig, dass sie jetzt trank und Eddi sie dazu gebracht hatte, das machte sie so zornig, dass sie ein drittes Glas trank. Als er in der Tür auftauchte, klein und klapprig, bleich und blinzelnd, als habe er Kiesel in den Augen, dachte sie zum ersten Mal daran, wegzugehen und ihn sitzen zu lassen, weit wegzugehen und nie mehr wiederzukommen. Zum ersten Mal hielt sie es für möglich, etwas zu ändern in ihrem Leben, und zwar in *ihrem* Leben, in ihrem Leben allein, in das sie sich eingemauert hatte hier in Neuaubing, in Betonien, wie die Jugendlichen sagten, und sie dachte plötzlich: Ich könnt meine Sachen packen und gehen, ich bin zweiundvierzig Jahre alt, ich bin eine freie, selbstbestimmte Frau.

Erfüllt von dieser Vorstellung schaute sie Eddi an. Er stand da und spürte, etwas stimmte nicht, aber er wusste nicht was, und irgendwie kam er sich klein, missachtet und grau vor in ihrer kittelbunten stolzen Gegenwart.

Als das Telefon klingelte, standen sie sich immer noch gegenüber, Eddi in der Tür, wie eine gerahmte Skulptur, und Franziska mitten im Zimmer, die Hände in die Hüften gestemmt, mitten im Fensterlicht.

»Hallo?«, sagte sie in den Hörer, denn sie war an Eddi vorbeigegangen, und er hatte ihr, kurios galant, mit einer Körperdrehung und einer Verbeugung Platz gemacht. »Sie sind's! Ist Mingo bei Ihnen, Herr Kettelbach?«

Er war immer noch nicht da und Kettelbach konnte seine Abwesenheit kaum noch ertragen. Mit seinen verbundenen Händen berührte er den Tisch, an dem Mingo gesessen, die Couch, auf der er gelegen, das Handtuch, mit dem er sich abgetrocknet hatte. Kettelbach ging durch jedes

Zimmer und atmete tief ein und konnte nicht still sitzen bleiben, schaute vom Balkon hinunter auf die Straße, hinüber zum Wirtshaus, taumelte zurück in die Wohnung, kehrte zurück auf den Balkon, zurück in die Wohnung, und als wäre er ein Schmetterling hinter Glas, bewegte er sich flatternd von einem Fenster zum andern, drückte das Gesicht dagegen, rieb mit den Händen über die Scheibe, und es tat weh, und es tat nicht weh genug. Er vermisste Mingo und er konnte sich nicht erinnern, wann er zum letzten Mal jemanden so vermisst hatte.

»Der Mond am Himmel, die Sterne im Grunde. Die Sonne im Munde«, sagte Mingo leise und lächelte flüchtig. »Lies mir noch ein Gedicht vor!«

Er lag auf der Matratze in Senjas niedrigem Wohnraum, barfuß, nachdem er seine nassen Schuhe und Socken ausgezogen hatte, und roch am Hals der Rotweinflasche.

»Vielleicht später«, sagte sie, »mein Essen kocht. Willst du auch was haben? Linseneintopf. Sehr praktisch, muss man nur heiß machen.«

»Nein«, sagte er, »wie heißt der Typ, der das Gedicht geschrieben hat?«

»Thoor.«

»Tor wie der Depp?«

»Du Blödian!« Sie raffte ihr weites, ockerfarbenes Baumwollkleid an sich und schlappte in ihren Bastsandalen hinüber zur Küchenzeile. Sie füllte einen Teller, spritzte Maggi hinein, nahm eine Scheibe Weißbrot aus dem Plastikbeutel und setzte sich an den runden, dreibeinigen Tisch. Mingo nahm sich den Gedichtband mit dem roten Einband, blätterte darin und trank nebenher aus der Rotweinflasche.

»Du trinkst also wieder Alkohol«, sagte sie.

Er warf das Buch auf den Boden, trank einen Schluck und sprang auf.

»Ich hab Durst!«, sagte er laut und blickte finster auf Senja hinunter.

»Willst du doch einen Happen?« Sie hielt ihm den dampfenden Teller hin.

Da er nichts erwiderte, aß sie weiter, und weil er weiter steif dastand, stellte sie den Teller auf den Tisch und griff nach der Weinflasche.

»Das tut mir sehr Leid, was mit deiner Freundin passiert ist«, sagte sie.

Er ging zum Fernseher, schaltete ihn ein und blieb davor stehen.

»Was hast du heut gemacht?«, fragte Senja.

»Sei mal still!« Gebannt schaute er den Bericht an, der gerade gesendet wurde. Eine Reporterin, die Claudia Fries hieß und vor dem Polizeipräsidium stand, erzählte, dass außer dem Ehepaar Kaufmann noch zwei weitere Männer in Untersuchungshaft säßen, Hartmut Ginger und Roland Siebert, die verdächtigt wurden, Pornofilme mit Minderjährigen herzustellen und zu verkaufen. Und dann sah Mingo seine Mutter.

»Das ist doch deine Mutter!«, sagte Senja und kniete sich neben Mingo auf den Boden.

Mingo sah, wie seine Mutter vor das Hochhaus kam, nach dem Schlüssel suchte und im Eingang verschwand. Dann sagte die Reporterin, die dieselbe war wie vor dem Polizeipräsidium, Franziska B. warte schon den ganzen Morgen auf ihren Sohn Mingo, der verschwunden und der beste Freund von Isabel K. gewesen sei. Senja schlug Mingo gegen das Bein und nickte zum Fernseher hin.

»Ob der Junge, den ein Zeuge von der Diskothek *Sunrise* weglaufen sah, tatsächlich Mingo B. ist, wissen wir noch nicht«, sagte Claudia Fries. »Jedenfalls ist es ihm gelungen, zwei Polizeibeamte zu überlisten und in der Diskothek Kerzen anzuzünden, die in der Form des Namens von Isa aufgestellt waren. Ein bewegender Abschiedsgruß.«

Senja schaute ihn von unten herauf an, aber er beachtete sie nicht.

Im Fernsehen wurde ein Bild von Isa gezeigt, und die Reporterin sagte, dass zur morgigen Beerdigung die halbe Anne-Frank-Realschule erscheinen würde und auch die Eltern des toten Mädchens unter Polizeigewahrsam an der Trauerfeier teilnehmen würden.

Mingo schaltete ab und starrte die graue Scheibe an.

Und während er das Gerät anschaute, fiel ihm wieder sein Schauen auf und er wischte sich mit der flachen Hand über Augen und Stirn und wollte sein inneres Schauen verscheuchen.

»Hast du die Kerzen in der Diskothek angezündet?«, fragte Senja.

»Ich hab Torro angezündet, wenn du's genau wissen willst!«, rief er und kratzte sich heftig den Kopf, obwohl es ihn nicht juckte.

»Thoreau?«, sagte sie, »du hast Thoreau angezündet? Das Buch? Du hast das Buch angezündet? Warum denn?«

»Weil ich keinen Bock mehr drauf hab! Weil ich keinen Bock mehr auf deine Bücher hab!« Seine Stimme war laut und rau.

»Stimmt doch gar nicht, das Gedicht hat dir doch gut gefallen«, sagte Senja und erinnerte sich an ihren Eintopf. Sie griff nach dem Teller und aß kniend weiter.

»Was für ein Gedicht?«, blaffte Mingo. »Ich geh jetzt wieder zu Andras, du nervst nämlich!«

»Wer ist Andras?«

»Mein Freund!«

»Du hast einen Freund? Das ist schön«, sagte sie und dachte: Was für ein Freund, ich bin sein Freund, was für ein Andras?

»Ist das ein neuer Klassenkamerad von dir?«, fragte sie und hörte unten im Hof einen Pfiff.

»Der ist Reporter, wenn du's genau wissen willst, der ist bei der Zeitung!«

»Und wo hast du den kennen gelernt?« Sie stellte den Teller hin und ging zu dem schmalen Fenster.

»Das geht dich nichts an«, sagte er und knetete seine grünen Socken, die er über den Ölofen gehängt hatte und die immer noch nass waren.

Senja öffnete das Fenster und schaute hinunter.

»Ist Mingo bei Ihnen?«, schrie ein Junge vom Tor aus, das abgesperrt war.

»Wer bist du?«, schrie sie zurück.

»Ich heiß Konny, ich bin ein Freund von Mingo!«

»Ich bin nicht da«, sagte Mingo leise zu ihr. »Sag bloß nicht, dass ich da bin!«

»Nein!«, rief Senja. »Wie kommst du drauf, dass er bei mir ist?«

»Wenn er kommt, sagen Sie ihm, ich muss ihn dringend sprechen!«, rief Konny.

»Ja!«, rief Senja und schloss das Fenster.

»Scheiße«, sagte Mingo. Er saß massiv in der Falle, seine Alten suchten ihn, die Bullen wahrscheinlich auch und Andras, der die halbe Nacht neben der Couch gesessen und ihn so merkwürdig angesehen hatte. Und nun war auch noch sein Kumpel Konny hinter ihm her. Und Senja löcherte ihn mit Fragen.

»Wer ist Andras?«

»Den kennst du nicht«, sagte er und hockte sich auf die Matratze und stützte den Kopf in die Fäuste. Dann sprang er hoch, nahm den Teller vom Tisch und schaufelte Eintopf in sich hinein.

»Mahlzeit«, sagte Senja.

Mingo aß den Teller leer und dann auch noch den Rest aus dem Topf.

Und währenddessen dachte er kein einziges Mal an das, was er gerade tat.

»Schmeckt's dir?«, fragte Franziska.

Ausnahmsweise aßen sie im Wohnzimmer, und Eddi schmatzte. Sonst waren keine Geräusche da.

Nach einer Weile hob er zur Abwechslung den Kopf und sagte: »Was denkst du die ganze Zeit?«

»Nichts«, sagte sie.

»Lüg mich ja nicht an!«, sagte er und schaute ihr in die Augen.

»Ich hab Angst«, sagte sie.

»Iss auf«, sagte er, »in einer Stunde ist er wieder da!«

»Glaubst du das wirklich?«, fragte sie.

»Ja klar!«, sagte er und aß schnell weiter und schmatzte laut, weil er es nicht leiden konnte, wenn er lügen musste.

16

Durch die Nacht, unbeirrt

Den ganzen Nachmittag über lag Mingo auf der Matratze. Wenn er einschlief, träumte er von einem Hang, von dem aus er über eine grüne Ebene blickt, die bis zum Horizont reicht, und er läuft hinunter und durchquert die Ebene, eine Wiese, die vollkommen grün ist, ohne Blumen, nur kurz geschnittenes weiches Gras. Dann taucht ein kleiner Wald auf, Birken, die weiß leuchten im Licht, das nicht von der Sonne kommt, Mingo weiß nicht, woher. Er berührt einen Birkenstamm mit der flachen Hand, die Rinde ist schuppig. Er riecht dran und der Geruch erinnert ihn an Milch und das wundert ihn. Er klatscht zweimal sanft auf den Stamm, als würde er ein Tier tätscheln, und dann rennt er weiter und die Luft ist mild, er atmet mit offenem Mund, er fühlt seine Haare fliegen und der Boden ist weich wie Moos und seine Turnschuhe sind weiß und sauber und das gefällt ihm und er denkt auf einmal, dass er vielleicht fliegen kann, wenn er die Arme ausstreckt und springt, aber etwas hält ihn zurück und er läuft lieber weiter, federnd und immer geradeaus, und er will nie wieder aufhören so zu laufen und lebendig zu sein.

Als er erwachte, richtete er sich benommen auf, die Bilder huschten noch flüchtig über sein Gesicht, und Senja legte ihr Buch in den Schoß und schaute ihn mit einem Lächeln an. Verwirrt kniff er die Augen zusammen, stand auf, fuhr sich über Augen und Stirn, schnaufte und machte den Eindruck, als wüsste er nicht, wo er sich befand.

»Jetzt siehst du genauso aus wie damals, als ich dich kennen gelernt hab«, sagte Senja.

Sofort verfinsterte sich seine Miene und er wandte sich von ihr ab, ging zum Fenster, legte die Arme aufs Fensterbrett und schaute hinaus.

»Scheiße!«, stieß er plötzlich hervor und ging ruckartig vom Fenster weg.

»Was ist? Sind deine Freunde wieder unten?«

»Nein«, sagte er.

Fünf Minuten später stand Andras Kettelbach im Zimmer. Senja hätte ihn am liebsten sofort wieder vor die Tür gesetzt.

»Sie sind also der sagenumwobene Reporter«, sagte sie.

Mingo hatte ihm nicht die Hand gegeben, er stand vor dem Fenster und blickte von einem zum andern und machte nicht den Einduck, als würde er sich freuen, auch nur einen von beiden zu sehen.

Kettelbach erklärte, er sei in der Schule gewesen und habe dort einen Jungen getroffen, der ihm sagte, Mingo kenne eine Schauspielerin, die in einem ehemaligen Wasserturm lebte. Auf gut Glück war er hergefahren und, weil das Tor abgeschlossen war, einfach drübergeklettert.

»Und das finden Sie in Ordnung, dass Sie einfach in mein Grundstück eindringen?«, sagte sie.

»Ist das Ihr Grundstück?«

»Ich wohne hier, wie Sie sehen.«

»Sie haben mich freiwillig ins Haus gelassen«, sagte er. Diesen Satz hatte er schon oft gesagt – wenn er nach einem Verbrechen Angehörige oder Hinterbliebene interviewte, die dann im Lauf des Gesprächs ihre Meinung änderten und ihn wegschicken wollten.

»Und was wollen Sie von Mingo?«, fragte Senja.

»Ich hab ihn gesucht.«

»Und wieso?«, fragte sie. »Sind Sie sein Vormund?«

»Nein, ich bin ein Freund von ihm.«

»Ja, das weiß ich, er hat Sie auch seinen Freund genannt. Freundschaft ist ein hohes Gut. Höher als die Liebe oft.« Sie machte eine weitschweifende Geste wie eine Schauspielerin auf der Bühne.

»Das haben Sie schön gesagt«, sagte Kettelbach.

Sie bot ihm keinen Platz an und er warf Mingo einen Blick zu, aber der drehte den Kopf weg.

Sie schwiegen.

Vielleicht, dachte Kettelbach, hätte er freundlicher sein sollen, um Mingo nicht zu verärgern. Was wollte er eigentlich genau? Mingo zurückholen? Und wenn der Junge nicht wollte? Er war nicht zu ihm, Kettelbach, zurückgekommen, er hatte sich entschieden zu Senja zu gehen, und nicht zu ihm.

»Hier steht er, Sie sehen ihn, er ist wohlauf, also?«, sagte Senja Falin.

»Lassen Sie uns bitte kurz allein«, sagte er.

»Sie schicken mich aus meinem eigenen Zimmer?«, sagte sie.

»Ich bitte Sie darum.«

»Da können Sie lange bitten.«

Sie sahen beide gleichzeitig Mingo an. Der kratzte sich am Kopf, und seine Haare waren ein Haufen strubbeliges Stroh, das raschelte, wenn er sich kratzte. Es passte ihm nicht, wie die zwei Erwachsenen sich benahmen.

»Ist irgendwas?«, fragte er und verzog den Mund. Dann nahm er seine Socken vom Ofen, zog sie sich an, schlüpfte in die Turnschuhe und schlug mit der flachen Hand gegen die Wand, und Kettelbach musste daran denken, wie er selbst gegen die Wand getrommelt und sich die Fäuste blutig geschlagen hatte.

»Ich muss mit dir reden«, sagte er zu Mingo.

Der Junge nahm seine Jacke, die an einem Bügel an der Tür hing, zog sie an, machte den Reißverschluss zu und schlug den Kragen hoch.

»Ich muss aber nicht mit dir reden«, sagte er, sah Senja an und hob die Hand. »Ciao. Danke fürs Essen.« Dann drehte er sich um, stieg die enge Treppe hinunter und knallte unten die Haustür zu.

Es dauerte eine Weile, bis sie aufhörten stumm und verlegen dazustehen. Senja öffnete das Fenster, winkte und drehte sich um. »Er hasst winken, er winkt nie zurück.«

»Er wird schon wissen, warum«, sagte Kettelbach und ging.

»Was haben Sie da eigentlich im Wald getrieben?«, rief sie ihm hinterher.

»Versteck gespielt!«

Als er vor das Haus trat, kletterte Mingo gerade über den Zaun, sah ihn und rannte los. Und Kettelbach rannte ihm hinterher.

Kurz vor der Limesstraße kriegte er Mingo zu fassen, packte ihn am Arm, der Junge wehrte sich und schlug um sich, Kettelbach hielt sich schützend die Arme vors Gesicht und Mingo hämmerte mit der Faust gegen die verbundenen Hände und die Wunden fingen an zu bluten.

Mingos Schläge waren schnell und hart und trafen Kettelbach am Arm, mit dem er sich mühsam verteidigte. Passanten schauten ihnen zu.

»Hau ab!«, schrie Mingo. »Lass mich allein! Lass mich bloß allein! Hau ab!« Wieder schnellte sein Körper nach vorn, Kettelbach beugte sich zur Seite, rutschte mit dem Fuß über die Kante des abschüssigen Wegs und fiel hin. Er wollte sich abstützen, seine Hände klatschten auf den Asphalt und er dachte sofort, jetzt hab ich mir die Finger gebrochen, und sein Mantel blieb an einem Mülleimer hängen und er hörte, wie der Stoff aufriss.

Als er hochschaute, hob Mingo das rechte Bein, Kettelbach war unfähig etwas zu tun. Der Fuß schwebte genau über seiner Hand, deren Verband rot von Blut war. Mingo winkelte das Bein noch mehr an und Kettelbach wusste, was er vorhatte, er wollte zutreten, genau auf die Hand. Aus den Augenwinkeln sah Kettelbach die Leute, die stehen geblieben waren, und er dachte, ich muss die Hand wegziehen, ich muss die Hand wegnehmen. Und dann trat Mingo zu.

Sein ausgefranster Turnschuh landete einen Zentimeter neben der Hand und es gab ein dumpfes Klatschen. Kettelbach starrte den Turnschuh mit den schmutzigen Bändern an, und während er bemerkte, dass er nicht nur an den Händen, sondern auch im Gesicht blutete, verschwand der Schuh. Und bis er es schaffte, den Kopf zu heben, war Mingo weg und Kettelbach blickte in eine Runde versteinerter Mienen.

Sein Mantel war zerrissen und erdverschmiert, seine Hose hatte zwei Löcher und sein Gesicht war voller Schrammen und brennender Wunden; ein Schuh lag in der Wiese, den anderen streifte er jetzt ab, weil ihm der Knöchel wehtat. So stand er in schwarzen Socken an der Straßenkreuzung, beschienen von einer gelben Lampe in der Dämmerung, begafft von alten Frauen und Männern, eine jämmerliche Figur, verunstaltet von der wirren irren Sehnsucht nach diesem Jungen.

»Er braucht mich«, sagte er, »er braucht mich! Gerade mich! Mich! Mich!«

»Wer?«, sagte eine alte Frau.

»Brauchen Sie einen Arzt?«, sagte ein alter Mann.

Ich bin nicht verrückt, dachte er und ging nach rechts und dann geradeaus, ich bin nicht beknackt, was geht da ab mit mir? Was wollen die alle von mir, warum lassen die mich nicht allein? Er ging nach links und dann geradeaus. Er schaute sich um, aber niemand kam hinter ihm her. Er ging kreuz und quer durch Neuaubing, erst westlich der Limesstraße, dann östlich, dann südlich, und in der Strahlenfelser Straße erschrak er, erinnerte sich und war sich bewusst, dass er sich erinnerte, und ging weiter, über die Hohensteinstraße und von dort nach links und wieder nach rechts und noch einmal nach rechts, und dann schaute er nicht mehr hinauf zu den Straßenschildern, weil es ihm egal war, wo er landete.

Er dachte an seine Mutter, die wahrscheinlich zu Hause saß und heulte, und er hätte sie gern angerufen und ihr irgendwas gesagt, aber dann hätte sie ihn gebeten zu ihr zu kommen, und das wollte er auf keinen Fall. Wahrscheinlich war sein Vater irgendwo in Deutschland unterwegs, weit weg, und hatte wieder keine Zeit, und Mingo sandte ihm einen zornigen Gedanken und war anschließend froh, dass sein Vater nicht da war, so konnte er ihm nicht über den Weg laufen, das hätte er ätzend gefunden. Wieso find ich das ätzend, wenn ich meinen Vater treff?

Er ging nach links und dann geradeaus. Ich weiß nicht, dachte er, was wollen die von mir, wieso rennt meine Mutter in die Schule und fragt die Lehrerin nach mir aus, wieso lässt die mich nicht in Ruhe, die hat sowieso keine

Ahnung, was los ist. Und wie die immer angezogen ist! Die könnte sich auch mal was kaufen, irgendwas, das cool ist, nicht so altmodisches Zeug, das normalerweise kein Mensch anzieht außer ihr. Und mein Alter, dachte er und ging nach rechts und dann gleich nach links und geradeaus und es war ihm egal, wo er hinkam, mein Alter hat diese schwachsinnigen Anzüge an, in denen er aussieht wie reingepresst, der sieht sowieso dauernd so aus wie gepresst, die spucken ihm alle auf den Kopf und ich bin genauso klein geworden wie er. Die andern werden groß und ich bleib klein wie mein Alter.

Dann hielt er kurz inne und schaute sich um und es war immer noch niemand hinter ihm her, und er dachte, vielleicht bin ich schon in Lochham und es kennt mich keiner, und dann nahm er die Abzweigung nach rechts. Auf einmal hatte er so viele Dinge im Kopf, dass er mit dem Gehen nicht mehr nachkam, und das war großartig, gehen und Dinge denken, und keiner hält einen auf, und er ging schneller und auch die Dinge wurden schneller, er dachte an Senja und ihren stinkenden Ölofen und ihre Geschichten aus ihrer Heimat, wo kam die her, Russland? Ist mir recht, dachte er und ging nach rechts und landete in einer Sackgasse, kehrte um, ging nach links, von wo er gekommen war und ging nach halb rechts weiter, in eine Gasse, die er nicht kannte, Hecken und Einfahrten und trübes gelbes Licht von den Straßenlampen, und Autos fuhren vorbei und niemand laberte ihn von der Seite an.

Er ging geradeaus weiter, mitten auf der Straße, was er nicht bemerkte. Hoffentlich schickt meine Alte mir nicht die Bullen auf den Hals, dachte er, die bringt das fertig und macht das, wenn ich mich nicht melde, aber ich geh da nicht hin, auf keinen Fall geh ich heut Nacht nach

Hause, auf keinen Fall. Ich bleib draußen, ich geh zum Westfriedhof, ich geh zu Isa, und wenn die Beerdigung anfängt, mach ich die Fliege. Ich hab keinen Bock auf die andern, die stehen bloß da rum und glotzen blöde und tun so, als hätt die Isa ihnen was bedeutet. Einen Scheiß hat die Isa denen bedeutet, und da hab ich keinen Bock drauf, dass ich das seh. Ich bleib heut Nacht draußen und geh so rum, das ist angenehm, hab ich gar nicht gedacht, dass das so angenehm ist, ich geh, das ist gut, gehen ist gut, ich geh einfach in irgendeine Richtung. Ich geh einfach drauflos, immer so weiter, nach rechts und nach links, egal wohin, immer weiter, wie im Traum, wie in dem Traum mit den Bäumen, genau wie in dem Traum geh ich, aber es ist kein Traum, sondern ich geh wirklich, das ist das Starke dran, dass ich wirklich geh und nicht bloß träum und dass ich immer weitergehen kann, immer durch die Ebene, und es ist überhaupt nicht kalt und Licht ist auch überall eins, ich geh und geh, und wo ich ankomm, da bin ich richtig.

Und auf einmal stand er vor dem achtstöckigen Haus in der Weißensteinstraße 12 und wusste nicht, wie er da hingekommen war. Er wollte da nicht hin, da wollte er ganz bestimmt nicht hin.

Aber jetzt war er da. Er war da und sah hinüber zu den Fenstern im Erdgeschoss und alles war dunkel.

Er konnte es nicht fassen, dass er vor seiner Wohnung angekommen war. Das war doch gar nicht möglich! Vorhin noch war er ganz woanders gewesen, weit weg von hier, wieso bin ich jetzt hier?

Seltsamerweise hörte er schon eine Minute später auf, darüber nachzugrübeln. Als wäre es das Normalste, was er jetzt tun konnte, ging er zum überdachten Eingang und klingelte. Klingelte gleich noch mal und dann ging im Flur das Licht an und seine Mutter kam aus der Wohnung und schaute ihn an.

Und zwei Minuten später saß er mit ihr in der Küche und sie hatte ihm ein großes Glas Limo hingestellt und sich auch eins. Sie trug einen rosafarbenen Morgenmantel, der Mingo jetzt merkwürdigerweise nicht störte, dabei fand er ihn sonst ekelhaft und bescheuert. Er saß einfach da und schaute tatsächlich seine Mutter an. Die hatte rote Augen und ein blasses Gesicht, so bleich wie sein Vater sonst, doch der war noch nicht aufgetaucht.

Franziska hatte das Licht ausgemacht und gesagt: »Ich seh so schlimm aus«, und dann hatte sie eine kleine weiße Kerze geholt und sie angezündet und aufs Fensterbrett gestellt, wie sonst immer an Weihnachten, damit der Engel im Dunkeln nicht vorbeiflog.

Irgendwie fand er, dass seine Mutter schlecht wegkam im Finstern, er konnte sich nicht erklären, warum.

»Soll ich das Licht wieder anmachen?«, fragte er.

»Was brauch ich ein Licht«, sagte Franziska, »wenn ich neben der Sonne sitze.«

Ein paar Sekunden vergingen, bis Mingo begriff, dass sie ihn meinte.

Und dann stand er auf, stellte sich neben sie und legte ihr die Hand auf die Schulter.

Und dann legte sie ihre Hand auf seine und beide Hände waren eisig kalt. Aber sie nahmen sie lange nicht weg.

17

Eigenartig ist okay

Ich will sehen, wie Sein Zelt bei den Menschen ist und Er bei ihnen weilt, das will ich sehen ... Ich will sehen, wie Wolf und Lamm einträchtig weiden und der Löwe Stroh frisst wie der Stier, das will ich sehen ... Ich will sehen, wie Er jede Träne von ihren Augen abwischt und der Tod nicht mehr ist, das will ich sehen ...

Sabrina sang und sie standen in der Aussegnungshalle und hörten der Stimme aus dem knackenden, blechernen Kassettenrecorder zu, den der Pfarrer auf das Klavier gestellt hatte.

Den weißen Sarg auf dem Holzgestell schmückten leuchtende Blumengebinde und um ihn herum brannten vierzehn hohe weiße Kerzen. Immer wenn Mingo hinsah, flackerte eine andere von ihnen, und im Laufe der halben Stunde, die die Zeremonie dauerte, verfolgte er reihum das Flackern, und er fragte sich, ob einer der beiden Ministranten vielleicht unauffällig hinblies, um das Schauspiel in Bewegung zu halten.

Was der Priester sagte, hörte Mingo nicht. Er hörte es, aber es drang nicht bis in sein Gehirn vor, es verlor sich vorher, und er war froh darüber.

Überhaupt war er seltsam froh, hier zu sein, auch wenn er seine Mitschüler, ungefähr fünfzig, und die Erwachsenen, die gekommen waren, ungefähr dreißig, mit verächtlichen Blicken bedachte, für die er sich große Mühe gab. Er wollte, dass sie sahen, wie sehr er sie verachtete. Für ihn waren alle schuld an Isas Tod, alle, mit Ausnahme seiner Mutter, die drüben bei den anderen Erwachsenen stand und einen schwarzen Mantel trug, den Mingo ziemlich cool fand. Ihn hatte sie in ein schwarzes Jackett und eine dunkelbraune Hose gezwängt, die ihm im Schritt spannte und in der er sich vorkam wie sein Vater, wenn der seinen uralten braunen Anzug anhatte. Kurz nach acht war Franziska sogar noch in den Knüller-Shop gelaufen und hatte eine schwarze Krawatte für Mingo besorgt, die er sich aber nicht umband. Krawatten fand er ätzend, und als er vorhin Daniel sah, der tatsächlich eine umhatte, war er froh, keine zu haben. Verlogen und wichtigtuerisch fand er Daniels Aufzug und er schaute mehrmals zu den drei Polizisten in Zivil, die Isas Eltern bewachten, und überlegte, ob sie später vielleicht auch Daniel mitnahmen und ihn einbuchteten dafür, dass er Isa auf dem Gewissen hatte.

... Ich will sehen, wie die Augen der Blinden geöffnet werden und die Ohren der Tauben aufgetan werden ... Ich will sehen, wie die ganze Erde mit Seiner Erkenntnis erfüllt ist, das will ich sehen ... Ich will sehen, wie die Sanftmütigen die Erde besitzen ...

Im Kassettenrecorder gab es ein Rauschen und Knacksen und dann brach das Lied ab, der Priester hob überrascht den Kopf und sah Jenny an, der das Gerät gehörte und die den Song ausgewählt hatte. Jenny machte schon einen Schritt nach vorne, als die Musik wieder einsetzte und Sabrinas verzerrte Stimme erklang.

Je länger das Lied dauerte, je näher der Moment rückte, dass die beiden schwarz gekleideten Männer, die wie Soldaten steif an der Tür warteten, den Sarg hochheben und hinaustragen würden, desto ruhiger fühlte sich Mingo, desto mehr empfand er sich als jemand, der außerhalb war, der nicht zu denen gehörte, die sich hier versammelt hatten.

Von Minute zu Minute fühlte er weniger Hass gegen sie, nicht einmal mehr Verachtung, er hörte auf, sie mit verächtlichen Blicken zu strafen, und schaute nur noch auf den blumengeschmückten weißen Sarg und dachte an das lange Gespräch, das er gestern mit Isa geführt hatte.

Und dann dachte er auch an ihren Tanz im *Sunrise*, wie sie in dem roten Mantel über die Tanzfläche flog, mit ausgebreiteten Armen, ein sagenhafter Vogel, den man nicht fangen kann, und er musste an seinen Traum denken, als er durch die weiche, sanfte Ebene ging, und die Luft war mild und von irgendwoher kam Licht, unaufhörlich reines Licht. Und noch einmal, ganz deutlich, spürte er die raue Rinde der Birke, die er mit der Hand berührt hatte, und er drehte seine Hand herum und betrachtete die Innenseite, und jemand stieß ihn von hinten an und er ging weiter.

Wie von selbst landete er in der Reihe, die hinter dem Sarg die Halle verließ und auf dem Kiesweg über den Friedhof ging. Das war nicht sein Platz, das gefiel ihm nicht, dass die andern ihn vorgelassen hatten; jetzt wurde er dauernd von den Reportern fotografiert und das irritierte ihn in seinen Gedanken. Einmal schaute er auf und sah die blonde Frau aus dem Fernsehen, deren Namen er vergessen und die seine Mutter vor dem Haus interviewt hatte, sie lächelte ihm zu und er schaute sofort weg.

Da gingen seine geputzten schwarzen Halbschuhe, sie glänzten, weil seine Mutter, nachdem sie aus dem Knüller-Shop zurückgekommen war, die Schuhe eingesprüht und mit einem Lappen ewig abgerieben hatte. Anschließend hatten sie vor dem Haus auf den Bus gewartet, den der

Schuldirektor für die Trauergäste aus Neuaubing organisiert hatte. Der Fahrer war Ludwig, der sonst den normalen Schulbus fuhr und immer eine Pistole in seiner Ledertasche hatte.

Der Kies knirschte und das Geräusch fand Mingo angemessen.

»Alles klar?«, sagte eine Stimme, und er zuckte zusammen.

»Hey!«, sagte die Stimme, »bleib cool, Alter. Alles klar?«

Neben ihm ging Konstantin und Mingo bemerkte ihn erst jetzt.

»Hi«, sagte er und Konstantin schaute ihn schief an.

»Wo warst du schon wieder die ganze Zeit«, flüsterte er, »die Bullen haben dich überall gesucht, die waren in der Schule und haben sich echt aufgeführt. Niemand hat was gesagt, is ja logisch, die Bullen ham nix rausgekriegt. Wo warst du denn, Mann?«

Mingo schaute zum Himmel hoch, der bedeckt war von grauen schmutzigen Wolken, und ein Gedanke beschäftigte ihn, ein Gedanke, der für ihn so neu war wie so vieles in den vergangenen drei Tagen, wie das Ereignis in Isas Wohnung, wie jener Traum, wie sein Weg durch die Nacht, wie diese Beerdigung. Das mit Isa, dachte er und hätte es am liebsten laut ausgesprochen, das mit Isa ist was total Heiliges und das kapiert ihr einfach nicht, das habt ihr einfach nicht kapiert und du auch nicht, du auch nicht, Konny!

»Hey!«, sagte Konny und verpasste ihm einen Stoß in die Seite.

Da wandte sich Mingo abrupt von seinem Freund ab, beschleunigte seinen Schritt und entfernte sich von der

Gruppe. Er ging einfach nicht mehr mit den anderen mit und alle sahen ihm hinterher. Im Nu verschwand er zwischen Bäumen und Gräbern und seine Mutter reckte den Hals und konnte ihn nirgends sehen.

Von einem Familiengrab aus beobachtete er, wie die Gruppe vor einer Grube stehen blieb. Die zwei schwarz gekleideten Männer setzten den Sarg ab und stellten ihn auf die Bretter über dem ausgehobenen Loch.

Was der Priester sagte, konnte Mingo auf die Entfernung nicht verstehen, und es interessierte ihn auch nicht. Da, wo er sich jetzt befand, fühlte er sich unbedingt richtig. Er faltete die Hände vor dem Bauch und versank in der Vorstellung, dass heilige Gefühle Abstand verlangten, Abstand und Einsamkeit.

Und das kam ihm gleich selbstverständlich vor. Zum ersten Mal schaute er nicht verzagt über die Schulter, ob er beobachtet wurde, ob jemand sich lustig machte über ihn, über seine Eigenartigkeit, und eigenartig war er, das sagte seine Mutter genauso wie Senja, seine Lehrer und seine Kumpels, wobei diese am allerwenigsten kapierten, was abging mit ihm, in seinem Innern, wo keiner reinschauen konnte.

An diesem breiten grauen Grabstein, zweihundert Meter von der Stelle entfernt, an der Isas Leichnam für immer in der Erde verschwand, hielt er sich zum ersten Mal nicht für einen Typen, der nicht richtig tickte, wie die andern behaupteten und wie er selber oft glaubte, weil er nicht mehr gern Fußball spielte, sondern lieber allein in den Wald ging, sogar manchmal ein Buch las, eine echte Schauspielerin zur Freundin hatte, auf dem Schulhof meistens am Rand stand und sich bei niemandem darüber beschwerte und weil er auch noch angefangen hatte, keinen Alk mehr zu trinken und kein Fleisch mehr zu essen.

Zum ersten Mal fühlte er, dass er genauso viel wert war wie alle anderen, er war er, ich bin ich, ich bin Mingo, Mann!, und wenn ich will, lass ich die Sonne aufgehen und wieder unter und wieder auf, kapiert?

Er gab sich einen Ruck und stapfte über die nasse Erde, zwischen frischen grünen Sträuchern hindurch zu Isas Grab. Als er ankam, schluchzte Susanne Kaufmann, und Mingo dachte, wie das geht, mit Tränen zu tricksen.

»Herr, du bist unsere Zuflucht«, sagte der Priester. Hinter einer Gruppe Erwachsener bemerkte er seine Mutter, die zu ihm herschaute und ein trauriges Gesicht machte. »Ehe die Berge geboren wurden, die Erde entstand und das Weltall, bist du, o Gott, von Ewigkeit zu Ewigkeit. Du lässt die Menschen zurückkehren zum Staub und sprichst: Kommt wieder, ihr Menschen.«

Nein, dachte Mingo, sie werden nicht wiederkommen, niemand kommt wieder von da unten.

Aus Konnys Hand nahm er die kleine Schaufel entgegen und warf Erde ins Grab und reichte die Schaufel an Jenny weiter, die eine schwarze Mütze trug, so wie Isa eine hatte, und er schaute hin und Jenny flüsterte: »Is was?«, und er schüttelte den Kopf.

Hinter ihm stand Isas Mutter und er roch ihr Parfüm und sah die braunen Ringe unter ihren Augen, die wässrig waren. Sie trug einen Pelzmantel und schwarze Stiefel. Weil er sie nicht vorbeiließ, schaute sie ihn hilflos an, und er verzog keine Miene. Nach einem Moment, während die Leute sich ihnen zuwandten und nicht begriffen, was geschah, hob Mingo langsam die Hand, fasste sich an die Nase und hielt sie sich mit Daumen und Zeigefinger zu. So schob er sich an Susanne und Hannes Kaufmann vorbei, den zwei Polizisten in Lederjacken bewachten, und machte sich auf den Weg zum Bus, der vor dem Friedhof wartete.

Im *Blue Nile* hatte Globus, der Wirt, sämtliche Tische für die Trauergäste reserviert. Später musste er noch zwei weitere Tische dazwischen schieben, weil die Plätze nicht reichten. Direkt an der Theke saßen Mingo, Daniel, Martin, Lobo, Jule, Konstantin und Jenny, daneben Franz Klemm, Hella Fasnacht und andere Lehrer. Mingos Mutter saß neben der Tür und unterhielt sich mit Konnys Mutter. Fast alle rauchten und Emmy servierte Fleischpflanzerl mit Kartoffelsalat und Kuchen und Woco extra für Daniel und Lobo, den Neffen des Wirts.

»Wo ist dein Alter?«, fragte Konny.

»Der schläft«, sagte Mingo. »Ist gestern erst spät von der Arbeit gekommen. War wieder unterwegs.«

»Scheißjob«, sagte Daniel. Dann beugte er sich vor, warf einen Blick durch den Raum und legte den Arm um Mingos Schulter. »Haben die Bullen dich ausgequetscht? Hast du denen was erzählt?«

Mingo schaute ihn aus schmalen Augen an. »Verzieh dich!«, sagte er.

»Vorsicht, Kleiner, Vorsicht!« Er sah sich um und Mingo wusste, Daniel würde ihm nichts tun, weil er dazu zu feige war vor allen Leuten. »Die Bullen haben mit jedem geredet und jetzt hängt jeden Tag so ein Typ vor der Schule rum, einer in Zivil, der denkt, wir erkennen ihn nicht, den Spitzel. Also?«

»Ich hab niemand was gesagt.«

»Da kann ich nix dafür, wenn deine Isa die Smarties nicht verträgt, ist das klar?«

Mingo schwieg ihm ins Gesicht. Daniel krallte die Finger in seine Schulter und Mingo machte sich mit einem Ruck los. Dabei fegte er beinah die Gläser vom Tablett, mit dem Emmy zwischen den Stühlen hindurchbalancierte.

»Pass doch uff, Junge!«, sagte sie und hielt das Tablett mit beiden Händen fest.

»Jetzt erzähl endlich!«, sagte Jenny. »Wo warst du die ganze Zeit? Was habt ihr gemacht, Isa und du? Habt ihr echt ganz allein in der Disko getanzt?«

»Ja«, sagte Mingo.

»Wie romantisch«, sagte Jenny.

Sie nervten ihn alle und Daniel kotzte ihn an, Daniel der Macher, Daniel der Dealer, Daniel der Pate, Daniel der Brunzer, der sich jetzt lässig eine Camel ansteckte und Lilo beobachtete, die sich wie zufällig neben ihren Religionslehrer setzte und ihn niederflirtete.

»Das ist schlimm, dass sie tot ist«, sagte Jule, »ich mochte sie nicht besonders, aber . . .«

»Gehasst hast du die«, sagte Daniel.

»Und blöde Schlampe genannt«, sagte Martin.

»Hab ich gar nicht!«, sagte Jule und streichelte Mingos Arm. Das hatte ihm noch gefehlt und er beeilte sich seinen Arm wegzuziehen.

»Du bist schon ein seltsamer Typ, Mann!«, sagte Lobo und gab Globus ein Zeichen, dass er noch ein Woco brauchte, er stülpte das leere Glas über seinen Mittelfinger und hielt ihn in die Höhe.

»Hey, hast du viele Interviews gegeben?«, fragte Daniel tonlos, mit der Zigarette im Mundwinkel.

»Ich geb keine Interviews«, sagte Mingo.

»Kann ich Sie mal kurz sprechen?«

Mingo drehte sich um. Hella Fasnacht stand auf, zwängte

sich am Tresen vorbei und blieb, die Hand auf der Theke, vor ihm stehen. An ihrer dunkelblauen Bluse prangte eine goldene Brosche, eine Rose. »Mingo, ich weiß, dass Sie ein guter Freund von Isabel waren, und ich verstehe, dass Sie durcheinander sind. Dass Sie die letzten Tage die Schule geschwänzt haben, spielt im Moment keine Rolle, ich möchte Sie nur bitten am Montag wieder pünktlich im Unterricht zu sein.«

»Ich komm nicht«, sagte er. Sein Fleischpflanzerl hatte er nur zur Hälfte gegessen und der Kartoffelsalat war ihm zu salzig. Er schob den Teller weg und wischte sich die Hand an der braunen Stoffhose ab, die ihm immer unangenehmer im Schritt spannte.

»Bitte?«, sagte Frau Fasnacht. Mit einem Tablett voller Kuchenteller quetschte sich Emmy an ihr vorbei und die Lehrerin musste sich auf die glänzende Fußleiste unter dem Tresen stellen, die die gleiche Farbe hatte wie ihre Brosche. Ein paar Schüler sahen zu ihr hin, weil sie auf einmal alle überragte und den Eindruck machte, als wolle sie gleich eine Rede halten. Nachdem Emmy an ihr vorbei war, atmete sie erleichtert auf und stellte sich wieder auf den Boden.

»Ich hab frei«, sagte Mingo. »Ich muss nachdenken.«

»Bitte?«, sagte sie wieder und Lobo zeigte mit dem Finger auf Mingo und grinste.

»Bücherleser müssen nachdenken, ist doch logisch!«, sagte Lobo. Er lachte, trank und lachte weiter und kein Mensch wusste worüber.

»Mann, bist du beknackt!«, sagte Jenny. Sie aß Schokoladenkuchen, den gleichen, den auch Isa immer gegessen hatte, und Mingo wollte nicht hinsehen und dann tat er es doch und kam nicht mehr los von diesem Anblick.

»Is was?«, sagte Jenny. »Willst du ein Stück ab oder was?«

Er schüttelte den Kopf und fuhr sich mit der flachen Hand übers Gesicht. Dann huschten seine Blicke durchs Café und blieben an seiner Mutter hängen. Sie hatte immer noch ihren Mantel an und schaute auf die Uhr. Wie ihr Sohn hatte auch sie nur zur Hälfte aufgegessen und keinen Hunger mehr. Sie trank Kaffee und Konnys Mutter redete ununterbrochen auf sie ein.

»Mingo!«, sagte Hella Fasnacht schroff, und ihre Stimme erinnerte ihn sofort an Unterricht. »Was soll das heißen, Sie kommen nicht? Sie wollen schon wieder schwänzen?«

»Ich schwänze nicht, ich denk nach.«

Ungläubig sah sie ihm in die Augen und er wich ihrem Blick nicht aus.

»Und das können Sie nur, wenn Sie nicht in der Schule sind, nachdenken?«

»Ja«, sagte er.

Seine Kumpels kamen aus dem Grinsen nicht mehr heraus, sogar Daniel entspannte für eine Zeit lang sein notorisches Pokerface und hörte vergnügt zu.

»Ich finde nicht, dass Sie sich auf diese Weise Ihre Zukunft versauen sollten, Herr Border«, sagte Hella Fasnacht mit einem Blick zu ihren Kollegen, die aber nicht auf sie achteten.

»Ich versau mir meine Zukunft nicht«, sagte Mingo und stand auf, »nachdenken ist nicht versauen, oder?«

»Und worüber wollen Sie nachdenken?«

»Über mein Leben . . .« So einen entschlossenen, klaren Ausdruck hatte sie noch nie auf seinem Gesicht gesehen und sie schaute ihn ein wenig beeindruckt an. ». . . und über Isas Leben und so weiter . . .« Er nahm sein Jackett, das er über die Stuhllehne gehängt hatte und drängte sich an der verstummten, ratlosen Lehrerin vorbei zum Eingang.

»Ciao, Einstein!«, rief ihm Lobo hinterher. »Du schaffst das mit dem Denken!« Er grinste heftig, nickte, trank sein Woco und machte: »Brrr . . .«, wobei er wie mit einer Kurbel die Hand neben der Schläfe im Kreis bewegte.

Als sie ihren Sohn näher kommen sah, stand Franziska auf, winkte Emmy und bezahlte bei ihr.

»Warte«, sagte sie zu Mingo, während Emmy ihr das Wechselgeld gab. »Hör mal«, flüsterte Franziska ihm zu, nachdem sie ihre Geldbörse in die Manteltasche gesteckt hatte, »die Frau da, nicht hinschauen!, die da beim Kleiderständer sitzt, die kenn ich aus dem Fernsehen, die hat mal in einem schönen Film mitgespielt, kennst du die?«

»Ja«, sagte Mingo und er flüsterte nicht. »Die heißt Senja Falin und wohnt in dem Wasserturm, können wir jetzt gehen?«

»In unserm Wasserturm, in unserm Wasserturm?« Fasziniert starrte sie Senja an, als wäre diese mindestens Faye Dunaway.

»Ja, in unserm Wasserturm«, sagte Mingo und zog die Stirn in Falten. »Aber sie ist keine Schauspielerin mehr, sie ist arbeitslos, sie ist so was wie eine Pennerin.«

»Das sagt man nicht! Eine Schauspielerin bleibt immer eine Schauspielerin, ganz gleich, ob sie grade im Fernsehen ist oder nicht.«

»Ja«, sagte Mingo und machte die Tür auf.

»Wiedersehen zusammen«, sagte Franziska zu den drei Frauen und zwei Männern an ihrem Tisch und ging an Mingo vorbei nach draußen. Bevor er hinter ihr das Café verließ, drehte er sich noch einmal um und sah Andras

Kettelbach, der ganz in der Ecke saß, neben dem Schirmständer, den jeder Schüler als Abfalleimer benutzte. Es
war das erste Mal während der ganzen Zeit, dass Mingo
Notiz von Kettelbach nahm.

Der Reporter saß mit Senja und drei Lehrern am Tisch
und am Anfang hatte ihn jeder verstohlen gemustert, weil
er sich ein Pflaster aufs Kinn und eines auf die Wange ge-
klebt hatte und aussah, als wäre er in eine wüste Schläge-
rei geraten.

Mingo sah ihn an und Kettelbach nickte ihm zu. Mingo
zögerte einen Augenblick, überlegte, ob er zu ihm gehen
sollte, hielt die Tür fest, blickte mit finsterer Miene durchs
Café und jeder konnte ihn sehen, wie er dastand und über
etwas angestrengt grübelte.

Kettelbach ließ ihn nicht aus den Augen. Es war ihm unangenehm, dass Senja und einige andere Leute sich wun-
derten und mitbekamen, dass die beiden sich offenbar
kannten, obwohl Kettelbach für alle außer Senja und
Franziska ein Unbekannter war, von dem man nicht wusste, was er auf dieser Beerdigung und dann auch noch in
diesem Café verloren hatte. Anscheinend hatte Mingo niemandem erzählt, dass Kettelbach Reporter war, und dafür
war er dem Jungen dankbar.

Schließlich – Emmy hatte ihm schon zugerufen, er solle
endlich die Tür zumachen – drehte Mingo sich um und
trat auf die Straße hinaus. Kettelbach sah durchs Fenster,
wie seine Mutter mit ihm redete, und überlegte, ob er hinausgehen und auch mit ihm reden, irgendetwas zu ihm
sagen sollte.

Er ließ es sein. Senja beobachtete ihn, aber sie sagte
nichts.

»Er hat versucht sich aufzuhängen«, sagte er so leise,

wie er konnte, zu ihr. Niemand hörte ihnen zu, das Café war ein dampfendes Aquarium ineinander schwimmender Stimmen und Geräusche. »In einem Waldstück bei Puchheim, ich kam zufällig dazu und deshalb hat er es nicht getan.«

»Es gibt keine Zufälle.« Das war alles, was sie darauf sagte, und später nahm sie ihn mit in ihre Turmwohnung und sie sprachen lange über Mingo Border.

Und als sie damit aufhörten und eine Weile still dasaßen, wünschten sie beide, er käme jetzt zur Tür herein und würde seine Nähe mit ihnen teilen.

Wenige Meter vom *Blue Nile* entfernt – Franziska und Mingo wollten gerade die Limesstraße überqueren – stiegen zwei Männer aus einem Auto und kamen eilig näher. Der eine trug eine Lederjacke, der andere einen Mantel.

»Entschuldigung«, sagte der mit der Jacke und zeigte einen grünen Ausweis vor. »Mein Name ist Schuster, Kriminalpolizei, das ist mein Kollege Dellinger.« Dellinger, der den Mantel anhatte, nickte. »Wir hätten noch ein paar Fragen, vor allem an Sie, Herr Border.«

»Hier auf der Straße?«, fragte Franziska. Das konnte sie überhaupt nicht leiden, wenn sie aus dem Hinterhalt mit Forderungen überfallen wurde. Haberle, ihr Chef, machte das, und einmal hatte sie ihm schon ihre Meinung gesagt, allerdings, wie sie hinterher wusste, zu behutsam, denn beim nächsten Mal verhielt er sich genauso.

»Wir können zu Ihnen fahren, wenn Sie wollen«, sagte Schuster.

»Das möcht ich nicht«, sagte Franziska und Mingo fand die Antwort lässig.

»Dann würde ich Sie bitten mit zu uns zu kommen«,

sagte Schuster. Vielleicht, dachte Mingo, war Dellinger stumm und konnte bloß schießen.

Einige Sekunden verstrichen, vor dem Café fuhren mehrere Autos weg, und weder Franziska noch Mingo sagten etwas, sie schauten die Polizisten an, und diese rührten sich ebenfalls nicht.

»Wir wären Ihnen sehr dankbar, wenn Sie uns helfen würden, Herr Border«, sagte Schuster und bewegte dabei kaum den Mund.

»Ja«, sagte Mingo. Er schaute Schuster in die Augen, die ganz schwarz waren.

»Wir wissen, dass an der Anne-Frank-Realschule gedealt wird«, sagte Dellinger und Mingo bemerkte ein seltsames Zucken an seinem linken Augenlid. »Und wir wissen auch, dass in den Diskotheken und Bars, in denen Herr Kaufmann arbeitet, Drogen verkauft werden und es ...«

»Wieso suchen Sie den Dealer dann nicht dort anstatt in der Schule?«, unterbrach ihn Franziska.

»Das tun wir, Frau Border«, sagte Schuster.

»Ich nehm keine Drogen«, sagte Mingo.

»Aber Ihre Freundin hat welche genommen«, sagte Dellinger, sein Lid flackerte und Mingo musste an seinen Vater denken. Wenn der jetzt hier wäre, dann hätten die zwei Polizisten ganz andere Sachen zu hören gekriegt, dachte Mingo. Für die Polizei hegte Eduard Border einen aufrichtigen, unerschütterlichen Zorn; die Gründe hatte er seiner Frau nie erzählt, obwohl sie ihn jedes Mal, wenn er wieder einmal mit einem Polizisten auf der Straße aneinander geriet, danach fragte.

»Ich glaube nicht, dass Isabel Drogen genommen hat«, sagte Franziska, »sie war doch erst vierzehn.« Sie wusste selber, dass es in Neuaubing und nicht nur dort Kinder gab, die schon mit zehn Haschisch rauchten und ähnliche Dinge taten, aber sie empfand es als ihre Pflicht, das tote Mädchen in Schutz zu nehmen, noch dazu vor zwei Polizisten, die ihr auf offener Straße am helllichten Tag auflauerten.

»Sie ist daran gestorben, Frau Border«, sagte Dellinger.

Aus einem Grund, der ihm unklar war, ihn aber sofort überzeugte, durfte es Mingo nicht zulassen, dass dieser Dellinger seine Mutter schief anredete, der nicht, Schuster war ihm egal, aber Dellinger hatte kein Recht dazu!

»Sie ist gestorben«, sagte Mingo und trat einen Schritt nach vorn, wie an den Rand einer Bühne, »weil ihre Eltern sie gequält und Pornofilme mit ihr gemacht haben, daran ist Isa gestorben, daran und an sonst nichts, sie haben sie umgebracht, sie haben ihre Tochter umgebracht, und wenn ich nicht rechtzeitig da gewesen wär, dann wär sie schon in dem Hochhaus gestorben, in dem Hochhaus da in München . . .« Er hatte das nicht sagen wollen, er wollte nicht damit angeben, dass er sie aus dem Hochhaus geholt hatte, es war einfach aus ihm herausgesprungen wie ein fauchendes Tier. Aber er war noch nicht fertig.

»Das wissen wir . . .«, begann Schuster und Mingo redete weiter.

»Sie haben sie eingesperrt und misshandelt. Ihr Vater hat sie selber hingebracht und ihre Mutter hat auch mitgemacht, alle beide, und Isa hat sich nicht wehren können, und da waren auch noch andere Männer, die sind schuld, dass Isa tot ist, die und sonst niemand und sonst nichts. Deswegen ist sie jetzt tot und Sie haben überhaupt keine Ahnung, ich nehm keine Scheißdrogen, ich hab nie welche genommen und Isa auch nicht, Isa hat keine Drogen gebraucht zum Leben . . .«

»Wollen Sie den Bericht des Gerichtsmediziners lesen, Herr Border?«, fuhr Dellinger dazwischen.

»Ja klar will ich den lesen!«, sagte Mingo. »Haben Sie ihn dabei? Ich will ihn lesen, jetzt gleich, wo ist er, wo ist er, in Ihrem Auto?« Niemand würde aus ihm etwas herausbringen, niemand, niemand, dieses Geheimnis war versiegelt in ihm, dieses Geheimnis war ein Teil seiner Erinnerung an Isa. Und plötzlich schaute er hoch, schaute Schuster in die Augen, fuhr sich mit der Hand übers Gesicht, zog die Stirn in Falten und blickte über die Straße, die Wiesentfelser Straße hinunter, an deren Ende das weite Feld begann, wo die Sonne unterging und ihr Licht voll an die Häuser hinklebte, saftig orangerot. Und dann sah er seine Mutter an, die er einmal heimlich beobachtet hatte, wie sie auf die Anhöhe ging und sich dauernd umschaute und dann oben stand, still, reglos, mit zwei Plastiktüten in der Hand, und nach Westen blickte, minutenlang. Dann sagte er zu Schuster: »Isa hat keine Drogen genommen und jetzt geh ich mit meiner Mutter nach Hause.«

»Sollen wir Sie abholen lassen? Aus Ihrer Wohnung? Vor allen Nachbarn?«, sagte Dellinger.

»Wollen Sie mir drohen?«

Wieder entstand ein Schweigen und dann griff Schuster in seine Jackentasche und zückte eine Visitenkarte.

»Bitte kommen Sie morgen zu uns«, sagte er zu Mingo, »wir sind ab neun im Büro . . .«

»Morgen ist Sonntag«, sagte Franziska.

»Für uns nicht«, sagte Schuster. »Auf Wiedersehen.«

»Wiedersehen«, sagte Dellinger.

»Ja«, sagte Franziska und Mingo sagte nichts.

Nachdem die beiden Polizisten ins Auto gestiegen und

weggefahren waren, überquerten Franziska und Mingo die Straße.

»Ist das nicht gefährlich, was du machst?«, sagte Franziska.

»Nein«, sagte Mingo.

»Du wirst es wissen«, sagte Franziska. »Vielleicht willst du ja mal mit mir darüber reden.«

»Ja«, sagte Mingo und dann gingen sie schweigend nebeneinander her.

Aber er wollte mit niemandem darüber reden, auch nicht mit seiner Mutter, die ihm plötzlich, wie sie so neben ihm herging in ihrem coolen schwarzen Mantel, sehr vertraut vorkam.

»Ich hab ihr gesagt, dass ich bei dir bin«, sagte Mingo, als er am Sonntagnachmittag plötzlich in Kettelbachs Wohnzimmer stand und sich an seinem schiefen Ohr kratzte. »Kann ich einen Tag dableiben?«

»Ja.«

Es wurden fünf Tage.

Fünf Tage lang durchstreiften sie die Gegenwart und die Vergangenheit und versuchten die Zukunft zu sehen.

Es wurde für beide eine Mahlzeit aus Schauen, Schweigen und Sprechen.

18

Bis an die Grenze und weiter

Sie konnten die Berge sehen, und es schien, als würde das Voralpenland hinter den zwei Türmen des Doms beginnen. Regungslos stand Mingo vor den Panoramafenstern des Olympiaturms und betrachtete die Dächerlandschaft der Stadt. Es waren nur ein paar Besucher da und alle machten fröhliche Gesichter, redeten aufgeregt miteinander und die Kinder zeigten mit dem Finger auf bestimmte Orte draußen und stellten hundert Fragen.

Mingo sagte wenig, er schaute bloß. Manchmal warf er Kettelbach einen ernsten Blick zu und der Reporter lächelte dann.

»Gefällt's dir hier?«, fragte Kettelbach.

»Klar, hier war ich noch nie. Kumpels von mir waren in ihrem ganzen Leben noch nie in München. Wir sind Neuaubinger, wir sind Ghetto-Gangster, verstehst du?«

»Du bist ein Gangster?«

»Klar!« Trotzig blickte Mingo durch das Stahlgitter hinunter auf das BMW-Gebäude und die Betonschachteln des Olympiadorfs.

Später saßen sie im Dreh-Restaurant und Mingo aß Spaghetti mit Tomatensauce und Kettelbach eine Gulaschsuppe mit einem gemischten Salat.

»Kriegst du Taschengeld?«

»Meine Mama gibt mir Geld, wenn ich welches brauch. Wieso willst du das wissen?«

»Es interessiert mich, wie du lebst.«

»Wieso denn?«

»Es interessiert mich eben.«

»Das ist nicht interessant.«

»Jedes Leben ist interessant«, sagte Kettelbach, überrascht über seine eigene Bemerkung.

»Klar«, sagte Mingo, »vor allem das Leben von Leichen ist für dich interessant, klar.«

»So hab ich das nicht gemeint«, sagte Kettelbach und wusste, dass Mingo Recht hatte. Wann hab ich zum letzten Mal das Leben von jemandem außerhalb meiner Arbeit interessant gefunden?

Schweigend schleifte Mingo die Nudeln mit der Gabel durch die Sauce, schaute lange aus dem Fenster, fuhr sich mit der flachen Hand übers Gesicht. Das machte er dauernd und Kettelbach traute sich nicht ihn darauf anzusprechen.

»Ich muss dich mal was fragen«, sagte Mingo und sah Kettelbach in die Augen, was nicht oft bei ihm vorkam. »Hast du schon mal so ...«

»Ja?«

»So ...«, sagte er zögerlich, »so was gemerkt, so ...« Er brachte es nicht heraus, er wischte sich mit dem Handrücken über den Mund, zog die Stirn in Falten und die Augenbrauen zusammen und suchte angestrengt nach Worten. »So ... dass du was siehst und denkst ... und dass du das gleichzeitig siehst und ... Scheiße, vergiss es!«

»Was denn?«

Mingo schob den leeren Teller von sich, lehnte den Ellbogen ans Fenster und blickte über die Stadt.

»Was meinst du, Mingo?«

»Nichts«, sagte er schnell. Dann, nach zwei oder drei

Minuten, in denen die Bedienung die Teller abräumte und noch ein Mineralwasser und eine Cola brachte und Mingo nach draußen starrte, drehte er ruckartig den Kopf.

»Wie alt bist du eigentlich?«, fragte er und machte ein strenges Gesicht.

»Ich bin neununddreißig.«

»Scheiße«, sagte Mingo.

»So schlimm ist das auch wieder nicht.«

»Du bist ganz schön dünn für dein Alter.«

»Du musst grade reden, du Gerippe.«

»Und eine Glatze kriegst du auch schon!«

»Spinnst du? Da, überall Haare!«

»Wieso hast du keine Freundin?«

»Wieso glaubst du, dass ich keine hab.«

»Hast du eine?«

»Nein.«

»Wieso nicht?«

Was sollte Kettelbach darauf antworten? Was antwortete er, wenn ihn ein Kollege von einer anderen Zeitung danach fragte? In seiner Zeitung fragte ihn niemand mehr, sie dachten, er hätte ein aufregendes geheimes Liebesleben in irgendwelchen Bars mit irgendwelchen Superfrauen.

»Ich hatte mal eine, wir haben uns getrennt«, sagte er.

»Wieso habt ihr euch getrennt?«

»Es hat nicht geklappt.«

»Na und?«, sagte Mingo und trank durstig seine Cola. »Deswegen muss man sich doch nicht trennen, nur weil's nicht klappt. Kann ich eine Zigarette haben?«

Ohne die Antwort abzuwarten griff er nach der Schachtel Benson und zündete sich eine an.

»Es war aber so«, sagte Kettelbach und musste an Sissi denken und Karin und Bettina, die er gekannt hatte, als er zwischen zwanzig und dreißig war, und die ihn alle irgendwann ohne große Erklärungen verlassen hatten.

»Trennen ist Scheiße«, sagte Mingo.

»Sind deine Eltern schon lange zusammen?«

Mingo machte einen tiefen Zug aus der Zigarette und stippte sie an den Rand des Aschenbechers, klopfte darauf herum und passte auf, dass die Glut nicht ausging.

Eine Familie mit zwei Mädchen setzte sich an den breiten Tisch nebenan, und der Vater mahnte die beiden zur Ruhe und sie gehorchten ihm sofort. Die Mutter trug ein blaues, edles Sakko, ebenso wie ihr Mann, und immer wieder lachten sie alle vier leise.

Mingo blies den Rauch gegen die Scheibe und sah Kettelbach wieder in die Augen. Und grinste. Saß da mit seinen strubbeligen Haaren, seiner speckigen roten Jacke, die er wie eine zweite unzerstörbare Haut trug, und grinste. Cool und lässig.

Kettelbach schwieg. Ihm war kalt und jedes Mal, wenn jemand in der Familie nebenan kurz auflachte, hatte er den starken, schmerzhaften Wunsch zu fragen, ob Mingo und er sich dazusetzen und zuhören und mitlachen dürften.

»Lass uns gehen«, sagte er. Wenn sie wieder unten wären, dachte er, würde er sich beruhigen und es würde ihm gelingen, Mingo zu bitten nach Hause zu seinen Eltern zu fahren.

»Wieso denn?« Mingo hatte die Zigarette bis zum Filter geraucht und drückte sie jetzt mit dem Daumen aus. »Ist doch schön hier. Superidee von dir, echt! Was ist los? Ist dir schlecht? Hey!« Er hatte aufgehört zu grinsen und sein Gesicht war ernst und verschlossen wie sonst.

»Alles okay«, sagte Kettelbach.

»Meine Eltern sind schon ganz lange zusammen«, sagte

Mingo. Seine Stimme war sanft und leise und er klopfte mit den Fingern aneinander wie bei einer geheimen Zeichensprache. »Zwanzig Jahre oder so, die kennen sich schon ewig. Und die streiten auch dauernd, mein Alter ist bei der Bahn, er ist Koch, dauernd unterwegs, er ist Experte für Lüneburger Sauerfleisch und Schweinebraten, behauptet meine Mama. Außerdem sagt sie, ist er der Erfinder der Schinkenrollen, kennst du die? Schinken und Käse zusammengerollt, hat angeblich mein Alter erfunden. Er ist dauernd unterwegs, und wenn er mal da ist, pennt er, weil er müde ist. Scheißjob, möcht ich nicht machen.«

»Was willst du denn mal machen?«

»Keine Ahnung«, sagte Mingo, »vielleicht werd ich Tierpfleger, ich mag Tiere, ich versteh die. Tierpfleger. Oder ich werd Automechaniker, das kann jeder werden.«

»Hast du keinen Traum?«

»Klar hab ich einen Traum!«, sagte Mingo stolz.

»Was für einen?«

»Denkst du, den sag ich so einfach?«

»Verstehe.«

Später fuhren sie auf langen Umwegen durch Schwabing zu Kettelbachs Wohnung.

Und in der Nacht stand Kettelbach neben der Couch, auf der Mingo schlief, und schaute ihn an.

Sie schauten sie an, jedenfalls hätte man das meinen können. Sie standen genauso starr da wie Mingo und Kettelbach, nah beieinander, die Köpfe erhoben, und schienen über elementare Fragen nachzudenken. Mehrmals klopfte Mingo an die dicke Glasscheibe, aber die Königspinguine reagierten nicht.

»Die überlegen wahrscheinlich, warum sie hier im Knast sitzen müssen«, sagte er.

»Die sind hier geboren«, sagte Kettelbach.

»Ist das ein Unterschied, wenn du im Knast geboren wirst?« Mingo aß Popcorn, das er am Kiosk beim Affengehege gekauft hatte, und als sie den reglosen, voluminösen Gorilla betrachteten, streckte ihm Mingo den Mittelfinger entgegen.

»Los, zeig mir den Effe!«, rief er und ein kleiner dicker Junge neben ihm klatschte in die Hände. »Los, zeig mir den Effe!« Doch der Affe zeigte ihm keinen Effe.

»Was ist der Effe?«, fragte Kettelbach.

»Der hier!« Und er hielt wieder den Mittelfinger in die Höhe. »Effes Stinkefinger, schaust du kein' Fußball?«

»Doch, manchmal.«

»Ich auch manchmal«, sagte er und warf einem an der Leine kläffenden Pudel Popcorn zu.

Es war ein kühler sonniger Tag und im Tierpark Hellabrunn waren Eltern mit Kindern und Liebespaare unterwegs, auch einige verstreute Einzelgänger, die ohne näher hinzuschauen wie durch einen Park flanierten, dessen Wege sie auswendig zu kennen schienen.

Kettelbach wollte Fotos von Mingo machen, aber der erlaubte es nicht. Kettelbach versuchte es heimlich, und als der Junge es merkte, stürzte er sich auf ihn und schlug zu. Diesmal war Kettelbach auf der Hut und wich ihm aus und Mingo beruhigte sich wieder.

An einem Imbissstand kauften sie Pommes frites mit Ketchup und Würstchen mit Kartoffelsalat, und kaum fingen sie an zu essen, spazierte ein blau gefiederter prachtvoller Pfau an ihnen vorbei. Mingo betrachtete ihn fasziniert. Der Pfau stolzierte zwischen den Tischen herum, und wenn Kinder ihn streicheln wollten, huschte er davon und sein Gefieder raschelte erhaben.

»Ich war erst einmal hier«, sagte Mingo und warf Pommesstücke auf den Boden, die der Pfau jedoch verschmähte. »Ist schon fünf oder sechs Jahre her, mit meinen Eltern, es hat angefangen zu regnen und wir sind ins Elefantenhaus geflüchtet. Da stinkt's, dass du stirbst!«

Er hatte einen rot verschmierten Mund vom Ketchup und leckte sich genüsslich die Lippen. »Bist du mit deinen Eltern oft hier gewesen?«, fragte er, nachdem er wortlos aufgegessen und sich eine Benson angesteckt hatte.

»Rauch nicht so viel.«

»Ich rauch nicht viel«, sagte Mingo, »außerdem ess ich kein Fleisch und Fleisch ist viel ungesünder als Zigaretten.«

»Blödsinn!«

»Is kein Blödsinn, is wahr. Außerdem trink ich keinen Alkohol.«

Zweifelnd sah Kettelbach ihn an und Mingo wusste wieso.

»Das war eine Ausnahme . . . jetzt trink ich keinen mehr, ich hab vorher auch keinen getrunken, sechs Wochen lang nicht, seit . . . seit ich Isa kennen gelernt hab . . .«

»Hast du wegen ihr nichts mehr getrunken?«

»Klar! Und wegen Torro. Der hat auch keinen Alk getrunken und kein Fleisch gegessen.«

»Thoreau«, sagte Kettelbach, »woher kennst du seine Bücher?«

»Hat mir Senja gezeigt.« Er wollte nicht weiter darüber reden. Er hielt Ausschau nach dem Pfau, der in der Wiese herumspazierte.

»Du rauchst trotzdem zu viel, du solltest überhaupt

nicht rauchen. Außerdem, warum hast du dann das Buch von Thoreau verbrannt, wenn du ein Fan von ihm bist?«

»Hab ich aus Versehen gemacht.«

»Wie kann man aus Versehen ein Buch verbrennen?«

»Ich kann das!« Er ließ den Pfau nicht aus den Augen, drehte Kettelbach den Rücken zu und zog den Kragen seiner Jacke hoch.

»Meine Eltern waren nie mit mir hier«, sagte Kettelbach und nahm ihm die Zigarette aus der Hand und Mingo hatte nichts dagegen. Kettelbach rauchte sie zu Ende. »Ich kenn meine Eltern nicht, meine Mutter hat mich zur Adoption freigegeben.«

»Warum?«, fragte Mingo und stützte die Ellbogen auf den Tisch und beobachtete den Pfau.

»Das weiß ich nicht. Ich hab nicht danach gefragt. Meine Adoptiveltern waren in Ordnung, Lydia und Georg, sie waren freundlich und geduldig. Als ich zehn war, haben sie mir gesagt, dass sie nicht meine richtigen Eltern sind, und ich war stolz drauf, ich fand das großartig, ich war also eine Ausnahme. Jeder in meiner Klasse hatte seine richtigen Eltern, bloß ich hatte falsche ...«

»Was ist da so toll dran?«, sagte Mingo. »Falsche Eltern möcht ich nicht haben!«

»Ja, aber es war so. Ich kam mir vor wie was Besonderes. Ich dachte, ich hab ein besonderes Leben, bei mir ist alles anders, ich hab eine eigene Geschichte und ich hab das auch gleich jedem erzählt. Meine Eltern, also Lydia und Georg, fanden das nicht gut, sie bereuten, dass sie mir die Wahrheit gesagt hatten, sie hielten mich nachträglich für zu jung dafür. Ich hab auch immer weniger mit ihnen geredet, wir verstanden uns plötzlich nicht mehr, ich hab mich abgekapselt, ich bin meine eigenen Wege gegangen. So wie du.«

Mingo runzelte die Stirn und seine schmalen Augen verengten sich noch mehr.

»Hast du deine richtige Mutter nie kennen gelernt?«, fragte er dann.

Kettelbach schüttelte den Kopf.

»Du hättst sie suchen können«, sagte Mingo.

»Sie wollten mich öfter in den Tierpark mitnehmen«, sagte Kettelbach, weil er nicht länger über seine unbekannte Mutter nachdenken wollte, »aber ich hatte nie Lust dazu. Ich war mit der Schule hier, das hat mir gereicht ...«

»Magst du die Tiere nicht?«

»Doch.«

Das Rascheln des Pfaus kam näher und die Sonne ließ sein Gefieder glänzen.

»Der sieht super aus, oder?«, sagte Mingo.

»Ja.«

Auf der Heimfahrt verschränkte Mingo die Arme und schaute unentwegt aus dem Fenster. Kettelbach nahm die Strecke über Giesing, weil er Mingo das ehemalige Stadion von 1860 München zeigen wollte und den alten Sportplatz an der St. Martinstraße, wo Franz Beckenbauer als Kind gespielt hatte. Doch Mingo schien nichts zu interessieren. Er grübelte vor sich hin, fuhr sich übers Gesicht und kratzte sich am Kopf und es raschelte wie das Gefieder des Pfaus. An der roten Ampel vor der Reichenbachbrücke drehte er sich zu Kettelbach um.

»Siehst du sie oft, deine Eltern?«, fragte er.

»Nein, sie wohnen auf dem Land und wir haben kaum Kontakt.«

»Warum denn nicht?«, sagte Mingo laut und vorwurfsvoll.

»Wir haben uns so oft gestritten, dass wir beschlossen

haben, uns nicht mehr zu sehen, jedenfalls eine Zeit lang nicht.«

»Wie lange?« Mingo schaute mürrisch drein.

»So lange eben, bis wir meinen, wir können wieder miteinander reden.«

»Und wie lang dauert das schon?«

»Ein paar Jahre.«

»Das ist Scheiße, Andras!«, sagte Mingo und es klang wütend und aggressiv.

»Das war die beste Lösung, ehrlich«, sagte Kettelbach.

Aber Mingo redete nicht mehr mit ihm.

Und als Kettelbach nachts ins Wohnzimmer kam und sich über ihn beugte, schlug Mingo die Augen auf und sah ihn böse an und Kettelbach ließ ihn allein.

Sie waren auf der Bundesstraße zwischen Krün und Mittenwald, als das Autotelefon klingelte. Es war Mingos Mutter, die wissen wollte, warum er nicht bei der Polizei gewesen war. Sie sagte, sie hätte ihn nur gehen lassen, weil er versprochen hatte, eine Aussage zu machen. Kettelbach fragte ihn danach.

»Hab ich vergessen.«

Kettelbach gab ihm das Telefon.

»Tschuldigung«, sagte Mingo. »Nein ... ich bin unterwegs ... Oberbayern, nein, nicht mehr weit ... Nein, Wiederhören, Mama.« Er legte auf und schaute aus dem Fenster.

Auf den Wiesen grasten Kühe, die Berge waren nah und die Wälder dunkelgrün, überall blühte das Frühjahr.

»Das war schlecht, dass du nicht bei der Polizei warst«, sagte Kettelbach, »die machen dir Ärger, wenn sie wollen. Was hättst du noch aussagen sollen?«

»Nichts«, sagte er und schwieg. Dann sah er sich im Wagen um. »Scharfer Schlitten, was kostet so ein Porsche?«

» 160 000. Aber ich hab ihn geleast.«

»Krass!« Er ließ sich gegen die Lehne fallen und trommelte aufs Leder. »So eine Gigakiste möcht ich auch haben.« Er schaute sich wieder um und nickte anerkennend.

»Das ist ein Angeberauto, ich hab es nur, weil ich damit schnell wohin komme.«

»Das ist ja auch der Sinn von dem Schlitten, oder?«

»Ja«, sagte Kettelbach und überholte einen Traktor, der hupte, und Kettelbach hupte zurück, der Bauer hupte noch einmal und dann gab Kettelbach Gas und der Porsche war verschwunden.

»Verreist du manchmal damit?«, fragte Mingo.

»Ich war in Italien, in Jugoslawien, als kein Krieg war, in Griechenland . . .«

»Ich war noch nie am Meer«, sagte Mingo und balancierte seine Coladose auf den Knien.

»Sollen wir hinfahren?«

»Nein«, sagte er bestimmt.

»Ist nicht weit.«

Er schwieg. Vor ihnen fuhren zwei Wohnmobile und die Fahrer genossen offenbar in aller Ruhe die Aussicht, denn die Wagen krochen mit fünfzig dahin. Überholen konnte man nicht, weil dauernd Autos entgegenkamen. Kettelbach hupte und Mingo schreckte aus seinem Sitz hoch.

»Spinnst du, Mann? Wieso hupst du die ganze Zeit? Ich hab's nicht eilig!«

»Entschuldigung«, sagte Kettelbach. Mingo versank im Sitz und verschränkte mit finsterer Miene die Arme.

»Ich war auch in Südamerika«, sagte Kettelbach und warf einen Blick hinüber zu einem alten Bauernhaus, dessen Balkone vor Geranien rot leuchteten. »In Brasilien, in Rio, in São Paulo, von dort bin ich nach Montevideo geflogen, das ist in Uruguay, und dann war ich noch in Buenos Aires ... Ich bin immer verreist im Urlaub, ich wollt immer weg sein, das war alles, ich hab zwar schon eine Menge gesehen von der Welt, aber wie heißt es in dem Lied: Du nimmst das Wetter mit, wohin du auch gehst ...«

»Was für ein Wetter?«

»Dich, du nimmst dich mit, du entkommst dir nicht, egal, wohin du verreist. Du bist derselbe, wenn du zurückkommst.«

»Hm«, machte Mingo und spielte mit seinem schiefen Ohr.

»Die Argentinier waren mir gleich sympathisch.«

»Wieso denn?«, brummte Mingo.

»Sie sind ernst, nicht so aufdringlich freundlich, sie sind melancholisch ...«

»Was ist das, melancholisch?« Mingo starrte vor sich hin, aber Kettelbach wusste, er hörte genau zu.

»Melancholie ist eine Art Traurigkeit, eine Schwermut ...«

»Schwermut?«, wiederholte Mingo und sah Kettelbach aus großen blauen Augen an.

»Ja, Schwermut.«

»Schwermut kenn ich«, sagte Mingo. »Dann bin ich auch mechan ... melancholisch.«

»Kann sein.«

»Ist dir das noch nicht aufgefallen?«

Sie schwiegen eine Weile und Kettelbach überlegte, ob immer noch Wachmänner an der österreichischen Grenze standen, trotz der neuen Gesetze. Seit es sie gab, war er nicht mehr ins Ausland gefahren.

»Jetzt sind wir gleich in Österreich«, sagte er.

Sie waren aufgebrochen, weil Mingo Lust gehabt hatte, eine Spritztour im Porsche zu unternehmen, und Kettelbach war, ohne genau zu wissen, welche Richtung er einschlagen sollte, zur Garmischer Autobahn gefahren und vor Murnau auf die Landstraße abgebogen, weil er es schöner fand, den Weg über die Dörfer zu nehmen.

»Ich will nicht nach Österreich!«, sagte Mingo und setzte sich aufrecht hin und stemmte die Hände gegen das Armaturenbrett.

»Warst du schon mal dort?«

»Nein! Halt sofort an! Sofort!«

Sie stoppten neben der Straße und stiegen aus. Über die blumenbunten Wiesen wehte ein kalter Wind und das Licht sah aus wie frisch gewaschen; an den Hängen in der Ferne zeichnete sich jeder Baum überdeutlich vor dem dunklen Hintergrund ab.

Mit seinen Turnschuhen köpfte Mingo Margeriten und rote Kleeblumen, stapfte kreuz und quer durchs wadenhohe Gras und hielt den Kopf gesenkt und vergrub die Hände in den Jackentaschen.

»Was ist los mit dir?«, rief Kettelbach ihm zu.

Autos preschten an ihnen vorbei und Kettelbach fröstelte wieder.

Endlich kam Mingo zurück und blieb einen halben Meter vor Kettelbach stehen und schaute zu ihm hoch.

»Hast du nicht gesagt, deine Eltern wohnen auf dem Land?«

»Ja.«

»Weit weg von hier?«

»Geht so.«

»Wie weit genau?«

»Wieso willst du das wissen?«, sagte Kettelbach und fragte sich plötzlich, ob er wirklich nur zufällig die Garmischer Autobahn genommen hatte. Der Gedanke war ihm etwas unheimlich. Wieso hatten sie hier angehalten, zwei Kilometer von der Grenze entfernt, wir könnten längst in Seefeld sein, ein Wiener Schnitzel essen und einen Kaiserschmarren, was ist los mit diesem Jungen?

»Wie weit wohnen deine Eltern von hier weg, los, sag!« Aus engen Schlitzen funkelte Mingos Blick zu ihm herauf, und so schmal und bleich sein Gesicht auch war, es strahlte eine ungeheure Willenskraft aus.

»Dreißig Kilometer, ungefähr, kann sein«, sagte Kettelbach.

»Dann fahren wir jetzt hin und du redest mit ihnen!« Mingo schlug ihm gegen die Brust, schlurfte zum Auto und ließ sich auf den Beifahrersitz fallen. »Beeilung, Mann!«

»Was gehen dich meine Eltern an? Halt dich da raus!«, sagte Kettelbach und hatte plötzlich wieder das Gefühl, von allen Seiten beobachtet zu werden, als wären die Bäume voller Augen und in der Wiese lägen Spione, die ihm überallhin folgten. Er duckte sich und ihm war schwindlig, er beeilte sich in den Wagen zu kommen. Er knallte die Tür zu und atmete heftig und schwitzte. Er spürte den Schweiß auf dem Rücken und schaltete die Klimaanlage ein, wischte sich mit beiden Händen übers Gesicht, rieb und rieb, als wolle er Farbe abreiben, und streckte den Kopf aus dem Fenster und sog die Luft ein.

»Wir fahren nach München zurück«, sagte er und drehte den Zündschlüssel.

»Wir fahren zu deinen Eltern«, sagte Mingo.

»Nein«, sagte Kettelbach und legte den Gang ein.

Mingo riss die Tür auf und sprang raus. Dann beugte er sich noch einmal hinunter. »Entweder wir fahren zu deinen Eltern oder ich steig hier aus und nicht wieder ein, das garantier ich dir!«

»Was soll das, Mingo? Was mischst du dich in meine Angelegenheiten ein? Meine Eltern gehen dich nichts an, verdammt!«

»Die gehen mich schon was an!«

Und schon war er wieder auf dem Weg in die Wiese und es sah nicht so aus, als würde er freiwillig je wieder umkehren. Kettelbach saß da und fühlte sich wie ein Gefangener, wie ein entlaufener Häftling, dem die Polizei auf der Spur ist, der keine Chance hat zu entrinnen, der nicht einmal ein Ziel hat, das er unbedingt erreichen will. Ein armseliger Flüchtling, wieso ergeb ich mich nicht?

Nachdem er Mingo das Versprechen gegeben hatte, nach Murnau zu fahren, wo seine Adoptiveltern wohnten, stieg der Junge wieder in den Wagen und sie fuhren los. Während der Fahrt sprachen sie kein Wort.

Vierzig Minuten später erreichten sie die Kleinstadt am Staffelsee. Kettelbach fuhr einen Hang hinauf und hielt fünfhundert Meter von einem kleinen Haus entfernt an.

»Wir sind da.«

»Da oben wohnen deine Eltern?«

»Ja«, sagte Kettelbach und sah das gelb gestrichene Zweifamilienhaus mit den roten Balkonen, und es schien, als habe sich nichts verändert, als sei alles wie immer, lautlos, sauber und fremd.

»Dann gehen wir jetzt hin.«

»Nein«, sagte Kettelbach, »wir gehen nicht hin. Ich hab dir versprochen herzufahren und das hab ich getan, obwohl es mir zuwider war. Ich weiß nicht, warum ich es trotzdem getan hab, du hast mich dazu gezwungen. Nein, das hast du nicht, ich glaube nicht, dass du mich gezwungen hast. Aber ich kann nicht zu ihnen gehen, Mingo, das ist nicht möglich, nicht jetzt, nicht heute. Es ist zu viel Zeit vergangen seit dem letzten Mal, ich bin nicht vorbereitet, ich schaff es nicht. Ich schaff es nicht, Mingo, ich würde es tun, wenn ich stark genug wäre. Aber heute bin ich es nicht, ich kann dir nicht erklären, warum. Ich komm ein andermal zurück, und dann rede ich mit ihnen, das versprech ich dir, ich werd wiederkommen und den ersten Schritt tun. Glaubst du mir?«

Mingo antwortete nicht. Er blickte zum Haus, auf dessen Steinveranda zwei Blumentröge mit Tulpen standen.

»Wann?«, fragte er schließlich.

»Bald. Noch in diesem Jahr.«

Mingo schwieg. Dann nickte er und sagte: »Okay.«

Und in der Nacht, als Kettelbach wieder vor der Couch stand, dankte er Mingo wortlos dafür, dass er ihn gezwungen hatte dorthin zu fahren, vor dieses Haus, in dem er aufgewachsen und so oft gestorben war aus Furcht vorm Ungeborgensein.

Und Mingos gleichmäßige Atemzüge verschönten die Stille.

Sitting on a park bench, eyeing little girls with bad intent ...

»Musikalisch bin ich über die Siebzigerjahre nicht weit hinausgekommen«, sagte Kettelbach, »kennst du Jethro Tull?«

»Nein«, sagte Mingo und trank Red Bull.

Sie saßen auf dem Boden, es war Abend, und sie hatten den ganzen Tag nichts anderes getan als in Büchern geblättert, Gemüse gegessen, geschlafen, Kuchen gegessen, Musik gehört und wenig gesprochen.

»Stört dich die Musik?«

Mingo schüttelte den Kopf.

»Was du in der Jugend hörst, das bleibt dir«, sagte Kettelbach, »das kann manchmal ganz schön hart sein.« Er hatte eine Thermoskanne Kaffee neben sich stehen, er trank ihn schwarz mit Zucker, eimerweise, wenn er in der Redaktion war. »Ich hab viel Hardrock gehört, englischen Pop, schreckliche Sachen, Smokie, Sweet, grausam. Aber auch Westcoastmusik aus Amerika, Bob Dylan natürlich . . .«

»Den kenn ich«, sagte Mingo. »*Knocking On Heaven's Door* . . .«

»Und du? Welche Musik hörst du gern?«

»Alles«, sagte er.

»Was denn?«

»Alles.«

»Madonna?«

»Bestimmt nicht!«

Es fing an zu regnen und es wurde früh dunkel. Ian Anderson spielte Querflöte und Kettelbach hockte auf dem Boden wie früher, als er jung war und die Zeit unendlich. Kerzen brannten und er fühlte sich alt, so alt wie noch nie.

»Coolio«, sagte Mingo.

»Was?«

»Coolio ist cool«, sagte er.

»Kenn ich nicht, was ist das für eine Band?«

»Das ist keine Band, Mann, das ist ein Typ! Ein Schwarzer! Da bist du einfach schon zu alt für. Und die Beastie Boys.«

»Hab ich schon mal gehört«, sagte Kettelbach.

»Welchen Song?«

»Keinen Song, den Namen, Beastie Boys.«

»Den Namen!«, sagte Mingo und schüttelte den Kopf und trank.

»Ich hör wenig Musik, ich bin zu viel in der Arbeit.«

»Ist doch gut, wenn du Arbeit hast«, sagte Mingo und ließ die leere Dose über den Parkettboden rollen, hin und her zwischen seinen Knien.

»Ja«, sagte Kettelbach, »und dann komm ich nach Hause, setz mich vor den Fernseher, trink Bier und schlaf ein.«

»Wie mein Alter«, sagte Mingo.

»Und die Wohnung ist menschenleer«, sagte Kettelbach.

»Du bist doch da!«

»Aber sonst niemand. Sonst niemand. Ich bin allein da. Allein.«

»Hast du keine Freunde?«

»Doch«, log Kettelbach. Jetzt hatte er den Zucker vergessen und der Kaffee schmeckte bitter.

»Soll ich dir was verraten?«, sagte Mingo und nahm eines der Bücher, die auf der Couch herumlagen. »Ich hab gar nicht gewusst, dass Erwachsene auch allein sein können, ich hab gedacht, das sind nur Kinder. Ich geh oft in den Wald, wenn ich mich allein fühl. Ich bin oft im Wald ...«

»Da, wo ich dich ... getroffen hab?«

Mingo ging nicht darauf ein. »Dann bleib ich so lang dort, bis ich nicht mehr allein bin ...« Er blätterte in dem Buch, das er in der Hand hielt. »Und wenn ich dann zu Hause bin, bin ich wieder allein. Dann geh ich am nächsten Tag wieder in den Wald. Vielleicht gehst du auch mal in den Wald, vielleicht geht's dir dann besser ...« Er stutzte, las, beugte den Kopf über das Buch und zog die

Stirn in Falten. »›Doch als ich auf dem großen Sandfleck war‹«, las er vor, und seine Stimme klang heiser, »›vor dem großen, gewohnten Meer, verschwand jede Melancholie, oder – besser – sie verlor das Gefühl der Beklemmung. Es war die süße Melancholie der Liebe . . .‹« Er schaute sich den Umschlag an. »Penna heißt der Typ«, sagte er, »Penna, Penner . . .«

»Das ist ein Italiener, er ist schon tot.«

Mingo las die Kurzbiografie des Autors im Klappentext.

»Er hat Schlaftabletten genommen«, sagte er, »hat er sich umgebracht?«

»Ja.«

»Warum?«, fragte er leise und wog das Buch behutsam in den Händen.

»Er war krank.«

Mingo nickte, legte das Buch zwischen die Knie auf den Boden, neben die Red-Bull-Dose, und schaute es an.

Der Regen prasselte auf die Balkonbrüstung und die Musik war zu Ende.

Auf dem Buchumschlag war ein verschwommenes Schwarzweißfoto des Schriftstellers und Mingo betrachtete es eindringlich. So wie er später im Bad vor dem Spiegel sich selbst anschaute, die Stirn in Falten, die Augen zusammengekniffen.

»Ich hab mit Isa gesprochen«, sagte er, als er Kettelbach in der Tür stehen sah, »ich hab mit ihr gesprochen, obwohl sie schon tot war. Wir haben uns unterhalten, ich hab ihre Stimme gehört und meine auch, ihre und meine Stimme, ich hab zugehört, das ist doch irre, oder?«

»Das ist nicht irre«, sagte Kettelbach, »du hast vielleicht den Echos eurer Stimmen zugehört.«

»Echos? Krass! Ja, den Echos. Isa ist jetzt mein Echo,

wenn ich was sag, dann sagt sie auch was, ja, das ist cool, das ist schön...« Er beugte sich zum Spiegel vor und berührte mit der Nase das Glas und ein grauer Fleck entstand vor seinem Mund und dann küsste er seinen Spiegelmund.

Und Kettelbach sah sein eigenes Gesicht, die Ringe unter den Augen, die er seit jeher zu groß fand, zu aufdringlich, die eingefallenen Wangen, seine ergrauenden, ausgedünnten roten Haare, und er wandte sich schnell ab und ging hinaus.

Die halbe Nacht lag er wach und lauschte Mingos Stimme, die verklungen war.

»Bin ich auch in Gefahr?«, sagt der Mann mit dem markanten Gesicht.

»Na ja«, sagt die Seherin im weißen Morgenmantel, »ich sehe Gefahr um Sie herum.«

»Was soll ich tun, Teresa?«, sagt der Mann mit einem angstvollen Blick.

»Weiß ich nicht, ich kann es nicht sehen«, sagt die Frau, die noch müde ist und ihren Kopf an die Wand lehnt; der Mann hat sie aus dem Schlaf geklingelt.

»Ist es so weit?«, sagt er, und seine Augen sind groß und dunkel. »Ist mein Glück zu Ende?«

Dann schweigen sie und den Mann umgibt eine Aura schmerzhafter Verlorenheit.

»Schmeckt super«, sagte Mingo und schob sich ein Pizzastück mit Peperoni und Paprika in den Mund. Kettelbach hatte den Pizzaservice angerufen, und ein junger Inder brachte zwei riesige Pizzen, einen mexikanischen und einen italienischen Salat mit Joghurt-Dressing und zwei Flaschen Spezi und zwei Flaschen alkoholfreies Bier.

Mingo wollte unbedingt fernsehen beim Essen und Kettelbach legte ein Video ein, einen Film, den er schon zehnmal gesehen hatte.

»Das war ganz schön teuer, das Essen«, sagte Mingo mit vollem Mund.

»Hauptsache, es schmeckt.«

»Meine Mama kann Pizza selber machen. Macht sie aber nicht oft. Ist ihr zu viel Arbeit, glaub ich. Außerdem kann man die gefroren kaufen und dann auftauen, ist total billig im Supermarkt, da wo sie arbeitet.«

Kauend schaute er sich den Film weiter an und Kettelbach öffnete die zweite Flasche Alkoholfreies; auf Alkohol hatte er plötzlich keine Lust mehr. Er prostete Mingo zu und der stieß, ohne den Blick vom Fernseher zu nehmen, mit seiner Flasche an und sie tranken gleichzeitig.

Sie saßen am Tisch im Wohnzimmer. Seit diesem Morgen rechnete Kettelbach jeden Moment damit, dass Mingo aufstehen und für immer weggehen würde. Schon als Kettelbach aufwachte, war der Gedanke da und ging ihm den ganzen Tag nicht aus dem Kopf. Sie spazierten durch Schwabing und Kettelbach zeigte Mingo die Leopoldstraße mit den vielen Cafés, im *Diner's* an der Münchner Freiheit aßen sie einen vegetarischen Burger mit Pommes frites und dann schauten sie sich die Touristenkneipen in der Feilitzschstraße an, und Kettelbach erklärte, was die Lach- und Schießgesellschaft war, die ihre Bühne in dieser Gegend hatte. Im Englischen Garten gingen sie zum Biergarten am Seehaus, warfen Steine in den Kleinhesseloher See und ärgerten die Schwäne. Und dauernd dachte Kettelbach, Mingo würde ihm gleich die Hand geben, sich verabschieden und weglaufen. Alle fünf Meter warf er ihm verstohlen einen Blick zu, versuchte herauszufinden, was in dem Jungen vorging, ob er etwas ausheckte, ob es ihm langweilig war. Aber er latschte nur neben Kettelbach her, seine weite Militärhose schleifte über den Kies, seine rote, zerschlissene Jacke bauschte sich im Wind und er wirkte weder müde noch angespannt. Während des ganzen Ausflugs sagte er höchstens fünf Sätze und Kettelbach war froh, dass er überhaupt was sagte.

»Hey!« Mingo stieß ihn in die Seite »Jetzt wird's spannend! Der Typ hat sich eine Knarre eingesteckt.«

»Das ist Willem Dafoe.«

»Kenn ich nicht. Der Typ ist cool, nur die Alte sieht irgendwie verschreckt aus.«

»Die Frau ist Susan Sarandon, die hat schon einen Oscar gekriegt.«

»Sieht trotzdem verschreckt aus.«

Dann stellte er seinen Teller, auf dem kein Krümel übrig geblieben war, zur Seite, trank sein Spezi aus und schob Kettelbach die zweite Flasche hin, damit der sie mit dem Flaschenöffner aufmachte. Kettelbach schob ihm beides wieder zurück und Mingo schob es wieder hin und starrte scheinbar gleichgültig auf den Fernseher. Kettelbach schob die Sachen erneut rüber, Mingo schaute zum Fernseher und das Spiel ging weiter. Willem und Susan gehen in dieses Hotel, das dramatische Lied erklingt und gleich kommt es zu einer Schießerei und zum blutigen Showdown. Kettelbach schob Mingo die Flasche und den Öffner rüber, diesmal direkt vor ihn hin, und weil der Junge die Arme auf den Tisch gelegt hatte und seinen Kopf darauf stützte, stand ihm die Flasche jetzt genau im Blickfeld. Langsam, wie in Zeitlupe, drehte er den Kopf und machte ein finsteres, grimmiges Gesicht, perfekt gespielt, und dann nahm er den Öffner und ließ den Deckel von der Flasche auf den Tisch springen. Er trank und sah zu, die Flasche an den Lippen, wie Willem den fiesen Typen mit der Brille erledigt.

»So hab ich Senja kennen gelernt«, sagte Mingo plötzlich.

»Bei einer Schießerei?«, sagte Kettelbach. Mingo lächelte. Es war das erste Mal, seit Kettelbach ihm im Wald begegnet war, dass er lächelte. Es war ein kurzes schnelles verhuschtes Lächeln, doch es erhellte sein blasses Gesicht.

»Beim Pizzaessen, am Pasinger Bahnhof, da kann man so Stücke kaufen, die kosten zwei Mark, aber wir Schüler kriegen sie manchmal für eine Mark, weil der Türke, der die macht, nett ist, und sein Sohn geht auch bei uns in die Schule, Erdal heißt der, total beknackt, der Typ, kapiert nichts, der will Regisseur werden, Konny behauptet, wenn der Regisseur wird, dann wird er Bundeskanzler...«

Mingo trank und fuhr sich mit der flachen Hand über Augen und Stirn. »Die Senja ist da rumgestanden am Bahnhof und sah echt Scheiße aus, total fertig. Ich bin zu ihr hin und sie hat mich angeschaut und ich hab gleich gemerkt, dass die voll zu ist. Aber sie war auch irgendwie okay, sie stand bloß da und hat so mit den Händen rumgefuchtelt, so wie ein Dirigent, da war aber keine Musik, nur Krach und Leute, das war ihr egal, sie hat da rumgefuchtelt, fand ich irgendwie lässig. Ich bin dann zu Yilmaz, das ist der Türke in dem Pizzastand, und hab eine Pizza für eine Mark gekauft, und die hab ich Senja geschenkt und sie hat mich angesehen und ich hab gedacht, die fängt gleich an zu heulen, hat sie aber nicht gemacht, und ich war echt froh drüber und dann hat sie das Teil endlich genommen und aufgegessen und dann hat sie gesagt, dass sie Senja heißt und ich hab gesagt, ich bin Mingo, und als ich zum Stand zurück bin, hat mir Yilmaz ein Stück geschenkt, das hat er noch nie gemacht, ich denk: Wieso schenkt der mir jetzt ein Stück, er hätt's mir vorher schenken können, dann hätt ich's Senja weiterverschenkt, ziemlich merkwürdig, aber ich hab ihn nicht gefragt und das Teil aufgegessen und das war's dann, der Bus kam und ich bin eingestiegen. Später ist sie mal mitgefahren und ich hab sie zu ihrem Turm begleitet. Vielleicht spielt sie mal in einem Film von Erdal mit, die ist bestimmt nicht teuer.«

Vielleicht hatte er den ganzen Tag so viel geschwiegen, damit er am Abend genügend Worte übrig hatte für seine Geschichte von Senja und der Pizza.

»Es ist nicht weiter schlimm«, sagt Willem, der jetzt ein blaues Hemd trägt und im Gefängnis sitzt. »Ich fühl mich sogar irgendwie befreit. Bis jetzt ...« Und dann lächelt er und für einen Moment geht die Sonne auf im Knast und sie reden über Susans Kosmetikhandel und seine Briefe, die er schreibt, und über die Nacht, die er einmal bei ihr verbracht hat, ohne dass etwas passiert wäre, weil sie beide stoned gewesen sind.

»Das ist etwas, woran ich oft denke«, sagt er dann, »etwas, worauf ich mich sehr freue, denn ich habe es mir immer gewünscht«, und sein Gesicht ist ernst und weich.

»Mir geht's ähnlich«, sagt sie und greift nach seiner Hand und sie halten sich fest. »Verrückt, wie sich die Dinge entwickeln.«

Und er beugt sich vor, die Augen geschlossen, und küsst sanft ihre Hand.

An diesem Abend brachte Kettelbach Mingo dazu, endlich einmal ein Bad zu nehmen und sich nicht nur flüchtig zu waschen. Währenddessen saß Kettelbach in seinem Arbeitszimmer und schrieb Tagebuch. Als er ins Wohnzimmer hinüberging, lag Mingo schon auf der Couch und war eingeschlafen.

Gegen Morgen ging Kettelbach noch einmal zu ihm hinüber.

Mingo lag da, das Gesicht zur Seite gedreht, eingehüllt in die dicke Bettdecke, und schnarchte leise. Kettelbach zögerte. Dann kniete er sich vor ihn hin und beugte sich vor. Im Licht der Straßenlampe, das milchig ins Zimmer fiel, sah er winzige rote Flecken auf Mingos Haut, die sonst weiß war wie Marmor.

Kettelbach bewegte sich nicht, hielt den Kopf gebeugt und tat nichts. Er hatte Angst, dem Jungen zu nahe zu kommen, und war ihm doch näher als je zuvor. Sein Herz klopfte, als wäre er ein Einbrecher und zum ersten Mal im Einsatz, sein Gesicht war schweißbedeckt. Plötzlich glaubte er Geräusche zu hören, ein Rascheln von Kleidern, Schritte, als wären unsichtbare Verfolger hinter ihm oder bösartige Pfauen und würden ihn beobachten, schon die ganze Zeit, während der er wie gelähmt vor der Couch kniete, nur einen Hauch entfernt von Mingos Gesicht. So erbärmlich benommen hatte er sich noch nie, ja, ich bin ein Einbrecher, ich brech in seinen Schlaf ein, ich nehm seine Nähe in Besitz und bild mir ein ihn berühren zu dürfen.

Das Glück, das er im ersten Moment ihrer Begegnung empfunden hatte, überwältigte ihn jetzt, und er schloss die Augen, atmete nicht und machte erschrocken die Augen wieder auf und dachte, dass er diesem Glück nicht gewachsen sei.

Dann hob er den Kopf und befreite sich aus der Erstarrung.

Da spürte er die dürren Arme und er drehte sich noch einmal zu Mingo um. Dessen Augen waren jetzt offen und funkelten blau und die dürren Arme umklammerten Kettelbachs Hals und Mingo drückte ihn an sich.

Er umarmte Kettelbach so fest, als wollte er ihn erwürgen.

Und dann fing er an zu weinen. Und sein Weinen schüttelte seinen dürren Körper und er weinte ohne Unterlass. Kettelbach wusste nicht, wohin mit seinen Händen, er berührte Mingos Kopf und nahm die Hände gleich wieder weg, er stützte sich auf die Lehne, während Mingo ihn weiter umklammerte und weinte und die Tränen flossen über Kettelbachs Nacken und seinen Rücken hinunter und hörten nicht auf.

Kettelbach legte den Kopf auf Mingos Schulter und der Junge schluchzte und schnappte nach Luft, und Kettelbach spürte, wie er versuchte mit dem Weinen aufzuhören, aber er schaffte es nicht. Aus der Tiefe seiner Seele strömte ein Fluss und überwältigte ihn und er war machtlos.

Minutenlang hing er an Kettelbach, die Arme eisern um dessen Nacken geschlungen, und das Beben ging über auf den Mann, der seine Finger in die Lehne grub, und der Geruch des Leders vermischte sich mit dem Geruch von Mingos brennender Haut.

All der Schmerz seiner sechzehn Jahre, die Angst, der Tod und die Einsamkeit, die Liebe und alles, was groß ist und unfassbar, spiegelte sich in seinen Tränen.

Und dann ließ Kettelbach die Lehne los und umarmte Mingo, umarmte ihn behutsam, und der Junge rieb das Gesicht an seinem Hals und Kettelbach spürte seine Nase, sogar sein schiefes Ohr, seine strubbeligen Haare und die Stoppeln seines kümmerlich sprießenden Bartes, und er hörte sein Keuchen wie einen tiefen Gesang, und er dachte plötzlich: Das Universum ist bewohnt und niemand geht verloren.

Nach einer Toastscheibe, die er nur dünn mit Nutella bestrichen hatte, wollte Mingo nichts mehr essen. Er saß da, am Küchentisch, schaute Kettelbach an und sagte nichts. Sie sagten beide nichts, wie so oft in den vergangenen Tagen. Es war fast ein Uhr, Mingo hatte bis nach zwölf geschlafen und Kettelbach in seinem Zimmer geschrieben.

Kettelbach trank Kaffee, Mingo Kakao, aber nach einer Tasse hatte er genug.

Draußen sangen die Vögel und man hörte Stimmen, Kinderschreien und Hundegebell.

Sie saßen sich gegenüber.

Mingo hatte schon seine rote Jacke an und die Turnschuhe.

Kettelbach wartete noch fünf Minuten, bevor er fragte, ob er ihn nach Hause fahren solle.

»Ich bin ja auch von selber gekommen«, sagte Mingo.

Dann stand Kettelbach auf, ging ins Arbeitszimmer und kam mit einem kleinen Buch zurück.

»Das ist für dich, ich weiß, dass es dir immer noch was bedeutet.«

Es war ein Exemplar des Buches von Thoreau, das Mingo verbrannt hatte.

»Danke«, sagte er und steckte es sofort ein.

Kettelbach wollte sich wieder hinsetzen, da stand Mingo auf, holte aus der Innentasche seiner Jacke etwas hervor und reichte es ihm. Es war eine CD.

»Die ist von Sabrina Setlur«, sagte er, »die hat die Isa gern gehört, ich hab sie für dich gekauft.«

»Wann denn?«, sagte Kettelbach. »Und mit welchem Geld?«

»Ich frag dich ja auch nicht, wo du das Buch herhast, Scheiße!«, sagte er, zog das Buch aus der Tasche, warf es auf den Tisch und steckte wütend die Hände in die Jackentaschen. Kettelbach nahm das Buch und hielt es ihm hin. Mingo schaute weg, Kettelbach hielt es ihm weiter hin und schließlich riss Mingo es ihm aus der Hand und steckte es ein.

»Danke für die CD.«

»Bitte.«

Kettelbach lächelte ihn an, aber Mingos Gesicht blieb verschlossen.

An der Tür gaben sie sich die Hand.

»Ich weiß ja jetzt, wo du wohnst«, sagte Mingo.

»Alles Gute.«

»Klar«, sagte er und trabte die Treppe hinunter. Kettelbach blieb oben stehen, bis Mingo verschwunden war. Dann ging er auf den Balkon.

Am Viktoriaplatz drehte sich Mingo um, sah nach oben und ging weiter. Kettelbach winkte auch nicht.

Er packte ein paar Sachen zusammen und verließ mit dem Auto die Stadt.

19

Dieses Leben ist mir

Vom ersten Song an gefiel ihm ihre Stimme und er drehte den CD-Player laut auf, während er ohne Hast über die Autobahn in Richtung Süden fuhr.

Bitte bitte bitte lass mich in Ruh und bitte geh mir ausm Weg, du verstehst nicht, was ich tue und um was es für mich geht ...

Wann er zurückkommen würde, wusste er nicht, aber er war entschlossen, länger als zwei Wochen Abstand von der Zeitung und den Münchner Dingen zu halten. Jeden Morgen wollte er vom Fenster seines Hotels aufs Meer hinaussehen, am Nachmittag in *Harrys New York Bar* einen Bellini trinken und abends in einer kleinen Trattoria abseits der Touristenwege essen und trinken, bis sie ihn hinauswarfen. Er wollte im Dom sitzen und für Mingo beten und dann den Musikern vor den Cafés zuhören, wie sie Vivaldi oder Mozart spielten. Vielleicht, dachte er, geh ich auf Weltreise, ungeplant, gegen alle Vernunft, nur los, los, endlich los.

... auch wenn ich alles verlier, es ist das, was ich will, dieses Leben ist mir ...

Hinter ihm fiel eine Tür zu und er schaute sich nicht um.

Im Vorbeigehen warf er einen schnellen Blick durchs Fenster des Bahnhofslokals und stutzte. Er hielt sich die Hand an die Stirn und spähte noch einmal durch die schmutzige Scheibe. Dann ging er hinein.

»Hi«, sagte er zu seinem Vater, der mit einem Mann, den Mingo nicht kannte, an einem Ecktisch saß und Bier trank.

»Sohn«, sagte sein Vater und seine Augen waren dunkel und er blinzelte ständig. Er verzog den Mund und es fiel ihm schwer, deutlich zu sprechen. »Was tust du ... wieso bist du ... nicht zu Hause und ...«

»Musst du nicht arbeiten?«, fragte Mingo.

Eddi Border schaute ihn verwundert an, blinzelte und strich sich dann über seine blassblaue Windjacke, als wolle er Fusseln abwischen.

»Servus, ich bin der Hubert«, sagte der andere Mann und hob die Hand. Mingo erinnerte sich an den Namen, seine Mutter erwähnte ihn manchmal, bei ihr hieß er nur der betrunkene Hubert. Mingo sah, dass sie Recht hatte.

»Ich muss mit meinem Sohn reden, verzieh dich«, sagte Eddi zu seinem Freund.

»Freilich«, sagte Hubert, stand auf, nahm sein Weißbierglas und steuerte ebenso zielsicher wie unsicher einen Tisch an, an dem zwei Männer vor sich hin schwiegen.

»Hinsetzen«, sagte Eddi. Mingo setzte sich und die Bedienung kam.

»Was trinken?«, fragte sie.

»Nein«, sagte Mingo.

»Er trinkt einen Apfelsaft«, sagte Eddi und nickte.

»Ich mag keinen Apfelsaft«, sagte Mingo, »ich geh gleich wieder.«

Die Bedienung verschwand.

»Wo warst du, du?«, sagte Eddi. Mingo fand, sein Vater sah gespenstisch aus, er hatte eingefallene Wangen, rote Augen und dicke schwarze Ringe darunter. Wenn er das Glas hob, zitterte seine Hand.

»Wieso bist du nicht bei der Arbeit, du arbeitest doch

immer am Samstag«, sagte Mingo und zog die Stirn in Falten.

»Ich hab frei und das geht dich gar nichts an. Du Rumtreiber! Du blöder Rumtreiber...« Eddi packte seinen Sohn am Arm und Mingo befreite sich aus der kalten Hand.

»Ich bin kein Rumtreiber«, sagte er und stand auf.

»Hinsetzen!«, sagte Eddi. Mingo blieb stehen und schaute auf ihn hinunter. »Hinsetzen!« Eddi zeigte auf den Stuhl und widerwillig ließ sich Mingo fallen. Der Raum war verraucht, die Luft stickig, die Sonne fand kein Schlupfloch hier herein.

»Hör zu, Sohn«, sagte Eddi und legte die Hand auf Mingos Arm, und Mingo wehrte sich nicht, »ich arbeite nicht am Samstag, schon lang nicht, schon lang nicht mehr, am Samstag nicht...« Er holte Luft, blinzelte und verzog den Mund. »Am Samstag nicht, am Freitag nicht, überhaupt nicht, ich bin nämlich nicht mehr bei der Bahn, verdammte Bahn, ich bin nicht mehr dabei, verstehst du, ich bin nicht mehr dabei...«

»Bist du arbeitslos?«, sagte Mingo.

»Jawohl, ich bin arbeitslos, und das ist die Wahrheit«, sagte Eddi, nickte, trank und fuchtelte mit dem halb vollen Glas herum. »Und das ist die ganze beschissene Wahrheit, Sohn.«

»Und wieso habt ihr mich angelogen, die ganze Zeit, wieso?«, sagte Mingo wütend und machte sich mit einer ruckartigen Bewegung von Eddis Hand los, die immer noch auf seinem Arm ruhte. »Wieso habt ihr mich verarscht? Du und Mama? Wieso?«

Eddi schwieg. Er hielt das Glas vor sich über den Tisch, sein Arm zitterte, und er setzte mehrmals an etwas zu sagen, aber es kam nichts über seine Lippen.

Zwei uniformierte Polizisten betraten das Lokal, sahen sich um, gingen durch den Saal, musterten auch Mingo und Eddi und verschwanden wieder.

»Die Polizei sind alles Spitzel«, sagte Eddi leise, »die fragen dich, was du machst und beobachten dich heimlich, die sammeln Material über dich, Material, verstehst du das, die sind gefährlich ...«

»Wieso habt ihr mich die ganze Zeit angelogen?«, sagte Mingo und verschränkte die Arme vor der Brust und seine Augen waren winzig vor Zorn.

»Weil ...« Eddi stellte das Glas hin und bemühte sich Mingo anzusehen, ohne ununterbrochen zu blinzeln. »Weil ... wir haben uns geschämt, deine Mutter und ich, wir haben uns geschämt, verstehst du das, verstehst du das?«

»Nein«, sagte Mingo und wich dem Blick seines Vaters nicht aus. »Das versteh ich nicht, wieso denn? Heut ist doch fast jeder arbeitslos, das ist doch nichts Besonderes, das ist doch normal, wieso muss man sich da schämen?«

»Entschuldigung«, sagte Eddi. Es klang traurig und mutlos.

»Ich versteh das nicht«, sagte Mingo und fuhr sich mit der flachen Hand über Augen und Stirn. Warum hatten sie das getan, wieso lügen die mich an wie einen Fremden, der gar nicht dazugehört, den das gar nichts angeht, wieso darf ich nicht wissen, dass mein Vater arbeitslos ist und bloß in der Kneipe sitzt, wieso darf ausgerechnet ich das nicht wissen, ich bin doch sein Sohn!

»Wir ...«, begann Eddi wieder und wartete, bis Mingo ihn ansah, »wir haben es niemand gesagt, niemand im Haus und ... niemand, das war falsch, du hast Recht, man darf sich nicht verstecken, man muss den Leuten ... den

Leuten . . . man muss den Leuten die Wahrheit ins Gesicht sagen, hab . . . hab ich ja auch gemacht! Verstehst du? Ich hab denen gesagt, dass ich unter den Bedingungen im Zug nicht arbeiten kann und dass es . . . dass das nicht hygienisch dort ist und dass man was ändern muss, und dann? Dann haben sie mich entlassen, raus, ich bin ein Störenfried, ich hab denen nicht in den Kram gepasst, und warum? Warum? Weil ich die Wahrheit gesagt hab, die Wahrheit, die haben die nicht ausgehalten, die haben mich rausgeschmissen. Und ich bin ein guter Koch, das weißt du, ich kann was, ich hab was gelernt, wenn ich koch, dann sind die Leute hinterher zufrieden, zufrieden sind die und kommen wieder. Tut . . . tut mir Leid, Mingo, wir wollten . . . das ist doch eine Blamage, wenn die Leute erfahren, dass ich keine Arbeit hab und deine Mutter muss im Supermarkt Säfte verkaufen . . .«

»Ich find nicht, dass das eine Blamage ist«, sagte Mingo.

»Ja«, sagte Eddi und schnaufte und blinzelte. »Mein Chef hat gesagt, ich spinn, als ich . . . als ich die Röllchen gemacht hab, die Schinkenröllchen mit dem Käse, das ist meine Erfindung, das hat's vorher nicht gegeben bei der Bahn, das ist mein Werk, die Leute mögen die, die essen die gern, das weiß ich, das hab ich immer wieder gehört, die Leute erinnern sich an so was.«

Er trank sein Glas leer und knallte es auf den Tisch.

Sie sagten nichts mehr, drei, vier Minuten lang.

Mingo kratzte sich am Kopf. Eddi nickte und zeigte aus irgendeinem Grund mit dem Zeigefinger auf sein leeres Glas, als redete er stumm mit ihm.

»Noch'n letztes vorm nächsten, Eddi?«, sagte plötzlich die Bedienung. Eddi schaute zu ihr hoch und sagte nichts.

»Kommst du mit?«, fragte Mingo.

»Eins trink ich noch«, sagte Eddi müde. »Okay?«

Mingo stand auf, sagte: »Ciao«, und verließ das Lokal.

Dann fuhr er mit dem Bus vom Pasinger Bahnhof nach Neuaubing.

An seinem Tisch am Fenster hört er Geigenmusik und der Platz ist hell von Licht und laut von Stimmen und er hält Ausschau nach Mingo, obwohl er weiß, er wird nicht kommen. Und sein Schweigen ist ein Tanz von übermütigen Gedanken.

Mingo sprang aus dem Bus und rannte zum Jugendtreff. Über dem weiten Feld hinter dem Freihamer Weg stand glutrot die Sonne. An der Tür begegnete er Uta und sagte: »Hi«, und sie fragte ihn, wo er gesteckt hatte, und er sagte: »In der Stadt.« Dann ging er in die Küche, nahm sich eine trockene Semmel, sah sich nach Uta um, die hinauf ins Büro gegangen war, und holte das Fünfmarkstück aus der Tasche, das er die ganze Zeit bei sich getragen hatte und mit dem er Isa ein Stück Schokoladenkuchen kaufen wollte. Hastig steckte er die Münze in Utas Jutebeutel, der wie immer an der Türklinke hing, und dann fiel sein Blick auf Dennis, der unten neben dem Kickerkasten saß und Cornflakes in sich hineinschaufelte, den Teller nah am Mund. Als Mingo ihm zurief: »Hi!«, schaute Dennis kurz auf und mampfte sofort gierig weiter, als säße ihm der große Cornflakesklauer auf der Schulter. Mingo verließ den Treff und schlenderte zum Freihamer Weg und schlenkerte lässig mit den Armen, er wollte sich das Schauspiel der sinkenden Sonne ansehen. Da bemerkte er eine Frau auf der Anhöhe und diese Frau war seine Mutter, er erkannte sie sofort, auch auf die Entfernung. Und langsam schlich er näher.

20

Der Gesang der Raben

Was machte seine Mutter da? Was sah sie, warum stand sie wieder einmal wie ein gelber Baum auf der Anhöhe und blickte nach Westen, über das riesige Stoppelfeld, das in sattes Orange getaucht war?

Mingo beobachtete sie eine Zeit lang, dann lief er los. Querfeldein, mit ausgebreiteten Armen, seine rote Jacke plusterte sich auf und er spürte den Wind im Gesicht und sog ihn mit offenem Mund ein. Krähen schrien, schwarze Stimmen, überall, und Mingo sauste über die harte holprige Erde, und wohin er auch schaute, der Raum kam ihm unendlich weit vor, weit weg waren der Wald und die Straßen, die Hochhäuser und die Wiesen, die S-Bahnstrecke und die spielenden Kinder. Seine Mutter konnte er deutlich sehen, reglos stand sie da in ihrer gelben Jacke und ihrer weißen Jeans, und sie hatte ihn entdeckt, und er rannte immer weiter, auf die glühende gleißende Sonne zu, und die brannte ihm in den Augen und er schaute in sie hinein, und plötzlich, er konnte sich nicht erklären, woher die Worte in seinem Kopf kamen, hatte er einen Gedanken und der erschien ihm absurd und erschreckte und begeisterte ihn zugleich. Die Raben, dachte er, sie singen und sind Gottes Schatten. Die Raben, sie singen und sind Gottes Schatten, dachte er ein zweites Mal und staunte über diesen Gedanken und über sich, dass er so etwas dachte, und dann drehte er sich dreimal im Kreis mit wirbelnden Armen und lief einen weiten Bogen und schaute hinüber zu seiner Mutter und die Raben sangen und er freute sich über ihren Gesang.

Wie sie ihn so rennen sah, hin und her, übermütig und leichtfüßig, dachte Franziska Border, wie schon einmal, dass, wer im Traum fliegt, auch aufrecht über die Erde gehen kann, und ihr Sohn war dazu fähig, ja, er schaffte das, er hatte das Recht dazu, und dann winkte sie ihm.

Sie winkte ihm mit beiden Armen, obwohl sie wusste, dass er das nicht leiden konnte, sie stellte sich auf die Zehenspitzen und ihre gelbe Jacke glänzte und war unübersehbar. In großer Entfernung rannte Mingo vor ihr im Zickzack, und plötzlich blieb er außer Atem stehen.

Er schnappte nach Luft, beugte sich vor, stemmte die Hände auf die Knie und keuchte. Dann richtete er sich wieder auf, blickte in die Richtung seiner Mutter und hob den Arm. Und winkte.

Und während Franziska immer weiterwinkte, lief er selbstvergessen auf sie zu und dicht an ihr vorbei hinunter auf die Straße. Dort blieb er zappelnd stehen, drehte sich zu ihr um und rief: »Komm, ich hab Hunger!«

Und dann rannte er weiter, denn er hatte einen Weg vor sich.

Anmerkungen des Autors

Die zitierten Songs von Sabrina Setlur stammen von der CD »Die neue S-Klasse«. Als ich mit dem Roman anfing, gehörte ihre Musik zu meinem täglichen Aufwärmtraining.

Die Zitate aus dem kleinen Buch, das Mingo bei sich trägt, sind entnommen aus: Henry David Thoreau, »Über die Pflicht zum Ungehorsam gegen den Staat«, Diogenes Verlag 1996.

Das Gedicht, das Senja in Kapitel 15 vorliest, schrieb Jesse Thoor (zitiert aus: »Jesse Thoor, Gedichte«, Suhrkamp Verlag 1975, daraus auch das Gedicht »Im Dezember« auf Seite 5).

Die Zeile »Sitting On A Park Bench ...« in Kapitel 18 ist aus dem Song »Aqualung« von Jethro Tull.

Das Zitat von Sandro Penna stammt aus dem Prosaband »Fieber« (Beck & Glückler Verlag 1987).

Der Film, den sich Mingo und Kettelbach auf Video ansehen, heißt »Light Sleeper« (Buch und Regie: Paul Schrader, USA 1991).

Mein besonderer Dank gilt Petra Wöhrle, Claudia Lex und Heinz Treiber für ihre interessanten Informationen und Tipps sowie Ralph Schwingel, der mir erlaubt hat, den Namen seines Sohnes zu benutzen. Ich hoffe, die zwei Mingos kommen gut miteinander aus.

F. A.

Inhalt

Erster Teil

Zweiter Teil

Wie das **Leben** schmeckt, wenn man es nicht **sehen** kann.

192 Seiten. Gebunden. www.hanser.de

Lukas hat einen ungewöhnlichen Wunsch zu seinem
14. Geburtstag: ein paar Tage allein durch München streifen.
Unterwegs lernt er die blinde Sonja kennen. Sie öffnet ihm
die Augen, und er lernt, das Leben und seine eigenen Gefühle
neu zu entdecken: Plötzlich ist jedes Geräusch, jede Berührung
intensiver. Lukas weiß, dass er Sonja nicht verlieren will.
Nur wie er das schaffen kann, weiß er noch nicht.